棄女成凰

卷五

凤夢回翔

木子西 著

好讀出版

目錄

大順皇朝後宮品位

正　宮　皇后
正一品　皇貴妃
從一品　貴妃
正二品　妃
從二品　昭儀
正三品　婕妤
從三品　充儀
正四品　貴嬪
從四品　嬪
正五品　貴人
從五品　才人
正六品　常在
從六品　答應

第九章 欲迎還拒

身上衣袍漫溢著他的味道，端木雨曾說他對我有意，真是這樣麼？我不知，但我只能深深長歎，我這樣身分的女人是不值得被愛的，哪個後宮女子不是事事算計、步步防備的？況且，我這一輩子已注定是皇帝的女人，永遠也掙不脫枷鎖，如何回應得了這樣的愛？若真是愛上了，依西寧楨宇那倔強的性子，只怕又添他一生的孽障。

五十五　為愛癲狂

初秋的天氣依舊炎熱無比，尤其此時日正偏西，頃刻間我便覺汗如雨滴，額上汗珠沿著兩鬢滾落而下我卻渾然不覺，只焦急探望著宮門外。

那道熟悉的身影一路狂奔而來，我急切地抬頭望向他，只盼他能吐出肯定之語，引我增添一絲期盼和希望。

眼前那個堂堂七尺男兒在我深盼眼神中黯然地偏開頭去，半晌甫吶吶啓口道：「皇后娘娘，這大熱的天，您先回去吧，皇上這會子正忙，稍後卑職再替娘娘通稟一次吧！」

我一個踉蹌，心中那最後一絲希望緩緩滅去。

忙麼？

這樣的拒絕等同無言的壓迫，看來他是鐵了心要將我的龍陽送人了！

難道在他心中，我眞就是那等狠毒之人麼？難道他竟認爲是我欠了雨妃一個孩子麼？

我該怎麼辦呢，該怎麼辦呢……他不願見我，是想逼迫我妥協，可是我能妥協麼？我怎麼能妥協呢，我一旦妥協，就是捨棄我的命了。

他輕輕歎了口氣，悄聲道：「娘娘，留得青山在便不怕沒柴燒！」

我猛地抬頭，一道凌厲目光掃將過去，少帆眼中滿滿的心疼令我憤怒的話語哽在咽喉，再出不來。

難道……眞的要妥協麼？

妥協，不過是心中留著東山再起的希望，可是一次妥協，也有可能從此急轉直下，再無迴轉餘地！

念及可愛的龍陽，眼前又閃現出潯陽的純眞笑顏，不，不！依如今雨妃的種種作爲，我的龍陽若到了她手裡，我這個娘還有機會再看到她麼，誰能保證她不會成爲下一個潯陽？

我怎能就這般輕言妥協了！

我「咚」的一聲跪落正門口內，抬頭對著刺眼驕陽，一字一句道：「請莫統領再替本宮通稟一次，皇上若不肯接見本宮，本宮便長跪不起！」

「娘娘！」少帆一驚，待要勸我，對上我炯炯目光後欲言又止，終是長歎一聲，轉身離去。

穹空驕陽漸漸西沉，我獨跪宮門內的影子也越拉越長。汗水早已濕透了裡衣，臉頰早已曬得通紅，嘴唇乾裂，頭如針扎般疼痛欲裂，我抱存一絲希望，用最後的毅力支撐著。我心知若是我沒堅持下去，那我的龍陽明日將就此全然歸屬別人，再也不會叫我一聲娘了。

彩衣和小安子幾番趨前勸說，我絲毫不爲所動，就連守在宮門口的侍衛也紅了眼，默默退開。

太陽一點一點從宮鑾頂上落下去，一侍衛慌慌張張奔來，悄悄在把守宮門的侍衛耳邊低語幾句。

小安子忙上前打聽情況，在我身邊半吞半吐。我有氣無力地問道：「小安子，究竟出甚事了？」

小安子幾經掙扎，方悲痛道：「主子，剛剛得到消息，莫統領直闖御書房，惹惱了皇上，被萬歲爺下令押入牢房！」

我腦中一片懵懂，霎時反應不過來，心頓然像被掏空似的，接受不了這驚天霹靂的消息，總堅信不放的那點信念逐寸熄滅。

滿心的絕望！對，絕望！我初次感受到了那份無底的絕望！

明明沒有哭的感覺，眼淚卻如泉水般洶湧而出，珠淚不斷滴落在地，印出大塊大塊的花紋，瞬間被吸去底下了無痕跡。原來，眞的可以當一切都沒發生過一般！

我再壓抑不住內心的悲痛，高呼出聲：「肅郎，您怎麼狠得下心啊！」眼前逐漸模糊，腦中思緒混亂起來，朦朧中只聽得一陣嘈雜之聲！

待我醒來，屋中已然點上紅燭。我一驚，轉頭望見窗外一片漆黑，著急得拉了彩衣問道：「彩衣，現下什麼時辰了？」

「回主子，快亥初了。」彩衣上前扶了我回道。

我急忙推開她，起身下床。

彩衣趕緊拉住我，問道：「主子，主子，您方才暈過去了，正虛弱得緊，您要去哪兒啊？」

「彩衣，皇上呢？皇上來過麼？」我停止動作，看著彩衣問道。

彩衣明顯躲避著我的目光，不知該如何作答。我從她神情中已然獲知答案，遂不顧她的阻攔，下了床逕朝門口奔去。

彩衣又上前拉我，終是攔阻不住，我出了暖閣一路前行，行至正殿中方被彩衣給攔了下來。

我推開她，再要前行，彩衣卻「咚」的跪撲在地，抱著我的腳哭道：「主子，您何苦這般折磨自己？萬歲爺他狠心至此，主子您苦苦相求又有何用呢？主子，看您這樣，奴婢心都碎了！」

我怔在當場，眼淚簌簌而下，軟癱於地哽咽道：「心碎了麼？本宮心都死了！龍陽便是本宮的命，本宮當初保不住潯陽，如今連龍陽也保不住了麼？彩衣，不如此，我又能如何？我雖是這六宮之主，可萬歲爺乃天下之主，除了求他，我還能求誰呢？」

彩衣不再說話，嚶嚶痛哭著，不知怎生安慰我才好。

我端跪正殿之中，不吃不喝也不言語，小安子、彩衣等人在旁焦急萬分，又莫可奈何。

「莊懿皇后，想不到你也有今天！」清脆中帶著幾分譏諷的語音響起，我抬起頭，卻見端木雨在雲秀嬤嬤的攙扶下邁著蓮花碎步走入，背後的胭脂帶著一群太監擁了進來，其中兩人押著口中塞著軟木嗚嗚掙扎著的小安子。

「雨妹妹，你這是……」我從未見過如斯神情的端木雨，忍不住脫口而出。

「收起你那副僞善的面孔吧！」端木雨再沒了往日的溫柔嫻雅，只冷冷看著我，一副不屑之態，

「別張口閉口就妹妹長、妹妹短的，你說著不覺噁心，我聽著還嫌寒磣呢！」我終於明瞭：來者不善，善者不來！端木雨，果終露出她的眞面目來了。

我不再發聲，在彩衣攙扶下徐徐站起身，肅然回視於端木雨。

「聽說龍陽公主聰明伶俐、乖巧可愛，本宮明兒個便將成爲她的母妃，有如此聰慧的女兒，也是本宮的福氣了。」端木雨覷了一眼拳頭緊握、竭力隱忍的我，方不緊不慢地說道：「這也難怪，龍陽可是宮中除了歿了的長公主潯陽之外唯一受封的公主了，聖上恩寵顯而易見。」

「我不會讓你得逞的，龍陽是本宮的女兒，永遠都是！」我咬牙切齒道。

「你一個被幽的皇后，哪還有甚資格跟我爭？」端木雨復又瞟看我幾眼，爾後款款朝階上正中的赤金鳳椅走去。

端木雨端坐在赤金鳳椅上，細細撫摸著那精緻的雕花，似笑非笑道：「莊懿皇后麼？如若本宮願意，這鳳椅又豈是你能坐的？不過本宮對這皇后之位不感興趣，對皇后可愛的孩兒卻是喜歡得緊。」

端木雨用護甲輕敲旁側小几，發出「嘎嘎」響聲，同時朝我詭異一笑，始緩緩道：「這一次是龍陽，下一次……便輪到六皇子了……」

這個女人！究竟意欲爲何，又到底想做什麼？不管她想怎樣，我絕不允許她打我孩子們的主意！

我霍地轉身，凜然與坐在鳳椅上的她對視而立，半晌才一字一句道：「雨妃，就因爲如此，你便不惜犧牲自己，一次又一次打掉自己腹中胎兒，甚至連蓮婕妤也不放過，幾次三番陷害本宮麼？」

「你、你知道了！」端木雨失聲驚呼，隨又回復了神色，笑道：「即便是你知道了又能如何？而今所有人都知是你下的毒手，連皇上也下令幽禁了你。人都說落難的鳳凰不如雞，我今兒個就是來看看落難的莊懿皇后究竟是鳳凰還是隻雞？」

端木雨仰頭大笑起來，刺耳笑聲在幽深空蕩的莫殤宮中越發引人毛骨悚然。

我卻顧不得去計較她話中之刺，只抓緊機會追問道：「我早就猜疑到是你，只一直都沒想明白你在我宮裡是怎地下毒……」

端木雨冷眼睇看身旁的奴才們，一揮手，胭脂便帶了奴才們退下，我一揮手，彩衣也帶了奴才們離開。一時之間，殿中便只剩端木雨和我，以及雲秀嬤嬤和小安子。

端木雨這才不冷不熱地嘲諷道：「都說皇后娘娘蘭心蕙質，心機過人，原也不過如此，連這等簡單的計謀都能騙過。」

「如今的雨妃娘娘寵冠六宮，威名傳遍大順宮祠，自然非尋常人所能比了。本宮這等俗婦，又豈能相比呢？還請雨妃娘娘不吝賜教！」

我看著得意忘形的端木雨，不禁想利用這樣個機會從她口中套出更多話來。

「皇后，你落得今時下場，要怪就怪你自己過分自以爲是！」端木雨露出洋洋得意之狀，「自你坐鎮六宮起，上至各宮嬪妃、下至雜役房的奴才，你處處維護周全，只望能博得眾人歡喜滿意。皇后，你說本宮該說你太善良，還是該笑你太蠢？」

「你！」我頓了頓，自嘲地笑笑，「本宮一心想博眾人滿意，卻不想仍是徒勞無功！」

「那是因爲皇后娘娘忘了，人都是需索無度的。你對六宮再好，又能如何？宮裡人人皆望得到的並非你的好，而是皇上一人的恩寵，是晉位，是爲妃爲后！」

端木雨擺出視我爲傻子的態勢，嘴角逸出一絲冷笑，「本宮懷了身孕之後，你尤盡心竭力，處處謹慎防備，可你忘了，日防夜防偏偏家賊難防，你防得了宮裡其他人，又怎麼防得了本宮呢？」

「但這一次明明是你和蓮婕妤二人同時在我宮裡出了事，難道……你是趁蓮婕妤回去後派人下的手？」

「哼！」端木雨嗤笑一聲，白了我一眼，「我說喜歡酸湯，你就眞信了麼？不過是想利用這樣個難得的機會罷了。來時我便已在袖中揣放藏紅花，酸湯呈上時我知道機會來了，於袖中用護甲勾了些藏紅花，趁著攪拌酸湯之際添進湯中……」

「你！可你如何知曉我那日裡會燉酸湯呢，就這等趕巧帶了藏紅花在身邊？」難道，就連我宮裡頭也……

「呵呵，如果我說，其實我每次到你宮裡都帶在身邊呢？」

我不由打了個寒噤，果眞是天下最毒婦人心！如許處心積慮的計謀，怎防得了？她既下定決心要這般，即便沒有了那酸湯，也定然還有其他……

「你總算自己吐說出來了，」熟悉而富磁性的聲音響起，殿中房梁角落處緩緩落下一道偉岸身影，「我等了你好久！」

眾人詫然看著從天而降的西寧楨宇，端木雨尤大驚失色，原本紅潤臉頰上血色盡失，顫聲道：「西……西寧哥哥！你……你怎麼在這裡啊？你何時來的？」

西寧楨宇冷冷睇看她，眼中再沒有她熟悉的溫暖，他淡漠回道：「來得不早也不晚，剛好及得上聽到你如何親手虐殺自己腹中龍胎，誣陷皇后……」

「不是的，西寧哥哥，不是的！」端木雨滿臉焦急，上前拉了西寧楨宇，「西寧哥哥，我剛才不過隨口胡謅，都不是眞的！」

「雨兒，你太教我失望了！」西寧楨宇瞅著端木雨，痛心疾首道：「皇后娘娘這般眞誠待你，你竟恩將仇報，你……」

「哼！」端木雨見西寧楨宇淡漠神情，不由得肅著臉放開了西寧楨宇的胳膊，退了兩步冷哼道：「她是眞心對我好麼？她不過爲了討好你罷了！」

「雨兒……」西寧楨宇凝看著端木雨，對她的轉變無所適從，也許打一開始他便懷疑端木雨了吧，只是當揣測被證實而該面對的時候，總教人難能接受。

「西寧哥哥，爲甚你老是那麼偏心？以前你的眼中只有姐姐，如今你的眼中只有這個女人……」端木雨看著西寧楨宇失望的神情，不禁癲狂起來，「可是，雨兒眼中始終只有你一人啊，西寧哥哥！」

「你……」西寧楨宇驚異萬分，被端木雨這突然的表白訝得愣在當場！

「你喜歡姐姐，眼中無我，我無話可說。可是姐姐去了後，你眼中仍舊沒有我，卻竭力扶持這個女人，爲甚？爲甚？」端木雨憋屈多年，終壓抑不住爆發而出。

「言言同你姐姐情同手足，你姐姐就是因爲在宮中無依無靠方才被人所害，我受她所託，無論如何也要護得言言周全。」

「言言……」端木雨冷哼一聲，譏笑道：「叫得多親熱啊！說甚受姐姐所託，依我看，你是喜歡上這個無恥的女人了！」

「雨兒！」西寧楨宇聞言，像是心虛似的瞟了我一眼，轉頭朝端木雨厲聲喝道：「不許胡說！」

端木雨眼中頓時蒙上了霧氣，雙目含淚痛心道：「你吼我？西寧哥哥，你居然爲了這個女人吼我？你還說你沒有喜歡上她？」

我凜然看著二人，一言不發。

西寧楨宇沉了臉，搖頭呢喃道：「雨兒，你何時變成這樣了？你爲甚要這麼做？」

端木雨朝我詭祕一笑，繼而朝西寧楨宇嚷道：「爲甚？我也是被你們逼出來的！西寧哥哥，你知道這個女人的眞面目麼？你曉得當初姐姐究竟是怎樣去了的麼？」

「呵呵！」端木雨突然冷笑連連，直笑得我心中發毛，暗自心驚，她果眞是知道了……直看到我心虛地轉過頭去，她才鏗鏘有力地朝西寧楨宇一字一句道：「今日我就替你揭穿這女人的眞面目，當初，姐姐就是被這個女人害死的！」

此話一出，我和西寧楨宇俱是一震，殿中陷入死寂。

過得許久，西寧楨宇顫聲道：「雨兒，此事切不可胡說，害你姐姐的麗貴妃早已被廢，得到應有的報應了！」

端木雨不理會西寧楨宇，緩步走上前圍著我繞行一圈，站在我跟前緊盯著我，淡然道：「麗貴妃被廢，死後棄屍荒野，被那些個野狼野狗將身上雪白柔細的肉一塊一塊撕下來……皇后娘娘，那你呢？你這個眞凶呢？你應該得到何等報應呢？」

西寧楨宇的目光緊瞅著我不放，我望他一眼後，含笑輕聲問端木雨：「雨妃緣何如此言辭鑿鑿指責本宮才是害死晴姐姐的眞凶呢？」

端木雨神祕地一笑，「皇后娘娘，你眞的以爲小初死了，就再無人知悉殿前階上結冰的祕密麼？」

「小初？她不是晴兒殿裡的宮女麼？又有甚殿前階上結冰的祕密？」西寧楨宇上前一把拉了端木雨，急切追問道：「雨兒，你快些說明白！」

端木雨看著笑容僵掛在臉上的我，柔聲道：「西寧哥哥，你別急，我會讓你好好看清這女人眞面目的。」

端木雨輕輕拂開西寧楨宇，端了胭脂剛奉上的茶送到西寧楨宇手中，待他喝了兩口，這才娓娓敘說起來。

「姑媽忌日之時，我赴佛堂祭奠。雲英嬤嬤找上了我，說太后臨終之時行下安排，要她扶持我產下龍子，坐上皇后之位。我婉言謝絕，告訴她如今的莊懿皇后爲人寬厚又賢良淑德，乃是坐鎭六宮最佳人選，況且我志不在此，當初一氣之下入宮，此後悔恨萬千，只想平平淡淡了卻餘生。

「雲英嬤嬤幾次三番勸說無果，有一次竟帶來一個叫小綿的宮女，那宮女告訴了我一樁驚天祕密。小綿與姐姐殿中一個叫小初的宮女親如姐妹，姐姐去了之後，那名叫小初的宮女神情恍惚，最後竟告訴她，姐姐出事那晚，有人悄悄於殿前階上潑上一盆水，大冷的天裡那水結成了冰，姐姐從外頭回來後在冰上跌摔一跤，後來、後來當晚便小產了。」

「就算這樣，亦難證明那潑水之人便是皇后娘娘啊！」西寧楨宇急聲道。

端木雨冷笑一聲，「西寧哥哥，你不消這麼著急地替她辯解！」說罷轉頭看著我，續道：「二人商量許久，最末決定將此事吐訴給與姐姐素爲親近的德昭儀，也就是如今的莊懿皇后。不想，小初卻在次日便沒了！莊懿皇后，你不會想告訴我，這並非你殺人滅口而純屬意外吧？」

我不吭聲，只轉頭望向西寧楨宇，卻巧睇見他明顯鬆了口氣的樣子。

他轉頭朝端木雨道：「雨兒，這些言先時告訴過我了，我曾細細查證一番。彼時麗貴妃代理六宮，青果是她奉皇上之命送到各宮，且宮中四處皆是她的眼線，她的嫌疑誠然最大，雖說不能一口咬定是她，但也八九不離十！」

「西寧哥哥！」端木雨倏地轉身怒視西寧楨宇，一副恨鐵不成鋼之狀，「爲甚到現下你仍執迷不悟？你口口聲聲說愛的人是姐姐，我看你早就愛上這個狐狸精了！」

「夠了，雨兒！」西寧楨宇高聲怒喝道：「你錯得夠多了，快回頭吧！懇求皇上和皇后原諒你的過錯！」

「懇求？」端木雨復又冷哼一聲，「西寧哥哥，你不會想向皇上揭發我吧？西寧哥哥……別這樣啊，你那麼疼雨兒的，你怎捨得……」

「哎！雨兒，我一向把你當親妹子對待，你這次怎這等糊塗啊！在家時你每回犯了錯，我都幫襯著替你開脫，偏生這一次你錯得過分離譜，西寧哥哥就算想幫你，只怕也是……有心無力啊！」

西寧楨宇眼中滿含心疼，抬手想摸摸端木雨的頭，我卻見他臉上閃過一絲震驚隨又隱遁而去，抬到一半的手顫抖個不停，軟軟垂落。
端木雨迅速反應過來，呵呵一笑，一把將西寧楨宇推倒在楠木椅上。
西寧楨宇萬料不到端木雨竟連他也……，他滿臉震驚地顫聲道：「雨兒，你……」
我大吃一驚，待要上前去，端木雨卻猛喝一聲：「不許過來！」
我怕西寧楨宇有個閃失，未敢再趨前半步。
端木雨轉身朝西寧楨宇笑道：「西寧哥哥，我叫胭脂在你方才喝的茶裡下了無色無味的散功粉，一個時辰之內你會武功盡失、渾身無力。」
「雨兒，爲甚、爲甚你……」西寧楨宇癱軟在椅上，有氣無力地說道。
「我知道，你想問我爲甚要這麼做？」端木雨倏地面色一凜，「因爲恨！因爲我好恨！爲甚……爲甚你愛的人始終不是我？」端木雨看向西寧楨宇的眼神漸顯悲痛，面色也更加猙獰。
「從前你的眼中只有姐姐，而我只能做你們背後的小跟班。好不容易，姑媽在我慫恿之下將姐姐宣進宮中，我本以爲從此以後，你的眼神會停留在我身上……可是我錯了，即使姐姐做了皇上的女人，你仍然只愛她一人，甚至還在宮中私會，姐姐甚至懷了你的孩子！我好恨啊，我恨爲甚我事事都比姐姐強，你眼中卻從來沒有我，從來沒有！
「好在老天總算開了眼，姐姐於內廷爭鬥中滑胎丟失性命，你知道麼？我知道此事後的心情只能以欣喜若狂來形容！
「但很快的，我就失望了，姐姐去後，你一心投入爲姐姐報仇雪恨。即便我使出渾身解數，你連正眼也不瞧我一眼。儘管如此也沒有關係，這些我都能理解，因爲姐姐的大仇未報，以你的性子絕無可能就此善罷甘休的，所以，我可以等你！

「到後來麗貴妃死了，賀家土崩瓦解，姐姐大仇得報。我滿心歡喜地以爲我終可如願以償，你卻一口回絕了我悄悄請去說媒的劉姨娘。我又怒又恨，一氣之下便聽從姑媽安排入了宮。我入了宮，你反而來看我的時間多了，對我也比以前和善，可是我已經成了皇帝的女人，永遠也不能同你在一起！我恨！我恨皇上，恨姑媽，恨我自己，更恨你！

「偏偏這個時候，我竟發現了你與當今的皇后娘娘來往密切，關係非比尋常。我使出千方百計，從雲英、雲琴嬤嬤口中探知一些，後來才在雲秀嬤嬤口中得知了你和皇后聯手替姐姐報仇之事！

「我暗自觀察，旋看出你們之間遠非聯盟那等簡單，皇后看你的眼神中含藏無限期待和信任，而你，我最愛的西寧哥哥，你看這個女人的眼神中總帶著痛苦和滿滿的不捨！別跟我說你們之間是清白的虛話，你們是當局者或許不自覺，我站在旁側卻是看得分明：你痛苦，是因爲你心裡有滿滿的掙扎，你不捨，是因爲你心疼著她！

「我恨！我好恨！這個女人究竟有甚好呢，她媚惑皇上寵冠六宮，一連爲皇上誕下龍子龍女，就連坐鎮六宮之後新入了那麼多嬪妃也能聖寵不衰。這便算了，偏偏連我最愛的西寧哥哥也被引誘了。西寧哥哥，你只用那款眼神看過姐姐的，如今你卻用同樣眼神看著另一個女人，那個女人卻不是我！爲甚，究竟爲甚？西寧哥哥，你爲甚不要我？」

「雨兒……」西寧楨宇看著情緒失控的端木雨，悄悄對我遞了個眼神，同時柔聲啜哄著端木雨，「雨兒，你聽西寧哥哥說，哥哥把你當自己親妹子疼愛，從沒有不要你！你知道麼，哥哥聽說你掉了龍胎時心如刀絞，幾乎親手掐死皇后娘娘替你報仇！我們都好疼你的！」

端木雨卻一眼瞟到西寧楨宇瞧我的眼神，斷聲吼道：「就是這種眼神，事到如今，你還要用這款眼神看著她！」

端木雨早已不見往日的溫雅，雙目噴火，忿忿言道：「莫言，你這隻狐狸精，你勾引完皇上又來勾引我的西寧哥哥，我不會讓你得逞的！如今的你不過是個被幽的棄后，我看你還怎麼神氣！」她露出洋洋得意之態，「我要奪去你的聖寵，讓皇上眼中再沒有你，也要把你的孩子一個個搶過來，龍陽、睿兒……一個也不留！」

她隨即黯然下來，呢喃道：「可是……我的西寧哥哥怎麼辦呢？如今他心中只有你，再容不下我了！該怎麼辦呢？」

我瞧看眼前紅了眼的端木雨，心中一陣陣發怵，今刻被圍得密實的莫殤宮中，眞正堪用的奴才早已剩沒幾個，她來時又帶來許多人，且西寧楨宇被她下了藥，倘她眞格發起狠，我只怕是岌岌可危。

癱軟在椅上的西寧楨宇顯然意識到了這一點，試圖安撫端木雨的情緒，柔聲道：「雨兒，我心中除了你姐姐，從沒有過其他女子，你別……」

「胡說！」端木雨喝道，隨即又呵呵陰笑著，「西寧哥哥，我今兒要做什麼，咱們早是心照不宣。我本不打算這麼快動手，今兒只想來欣賞她的痛苦情狀罷了，既然你都已經知曉，那便無必要再多等啦。」

「雨兒！」西寧楨宇高聲喊住，連喘了幾口氣才又道：「你以爲你殺了她，我就會喜歡你了麼？」

「你終於承認你喜歡她了！」端木雨神情更添狂怒，「我得不到的東西，亦絕不允別人得到！」

端木雨轉頭朝殿外高聲道：「胭脂，你磨磨蹭蹭做甚？制伏幾個奴才也用得著這樣久麼？本宮養你們何用？還不快給本宮進來！」

「來了，主子！」胭脂應聲領了眾人進來，赫然可見背後的太監們押著小碌子、彩衣等人。

我凜然看著眼前陣勢，一把推開護在我跟前的小安子，冷聲道：「雨妃，你想做什麼？本宮如今被幽，但仍是皇上親封的正宮皇后，你想弒后麼？」

「弒后？」端木雨哈哈大笑，「皇后若死了，不也可說是畏罪自盡麼？口長在本宮身上，本宮說什麼便是什麼！」

「你說什麼便是什麼，難道你能夠堵住攸攸眾口？」我炯然瞪著她，「皇上又豈是糊塗之人，哪能由著你胡來？」

「皇后麼？呵呵，莊懿皇后濃寵萬千，皇上不也照樣下了旨將龍陽過繼給本宮麼？」端木雨不懷好意地朝我微微一笑，「皇后娘娘，明兒個開始，龍陽可就得叫本宮母妃了。她若是識相，乖乖聽本宮的話，本宮猶可放她一條生路，但若是……可別怪本宮管教嚴格，不給她好果子吃！」

「你！」我聞雨妃之語，擺明是要爲難我的龍陽，登時氣得滿臉漲紅，心如刀絞。

「不過啊，皇后娘娘你恐無機會得見了！」

端木雨不理會我，逕自上前掀開胭脂手持托盤上蓋著的紅布，眾人不禁倒吸了口冷氣，托盤上赫然擺著一柄三寸來長的短劍。赤金的雕花手柄，顯示著短劍主人身分的尊貴，劍刃處在燈光下發著冷冷幽光，顯示短劍十足鋒芒銳利。

「西寧哥哥，這柄短劍你應不陌生吧？」端木雨回身看著雙目緊閉、額頭猛冒冷汗的西寧楨宇，嘲諷道：「不忍看了麼？我告訴你也一樣，這是你送給姐姐的定情之物！西寧哥哥，你傷透了雨兒的心，雨兒亦要讓你痛一回。今天，雨兒就用這柄短劍親手殺了你心愛的女人，讓你也嘗嘗眼睜睜看著心愛的人遠去卻挽回不得的滋味，讓你痛不欲生，這才叫公平！哈哈……」

五十六　最後溫情

幽深正殿中，端木雨瘋狂的笑聲引人不住心底發怵，毛骨悚然。

我看西寧楨宇神情痛苦，知他是聽見了的，心中暗暗著急，只盼他能不受影響而儘快逼出毒來，否則照端木雨的瘋狂情狀，只怕我今兒個就要命喪於此了！

我看著眼前青絲凌亂、雙目發紅的端木雨，怎麼也想不到向來溫婉可人的端木雨竟會做出這等瘋狂之舉。看來，她眞是愛慘了西寧楨宇，只是這樣的愛又有哪個男人敢要？

「怕了麼？」端木雨朝我冷笑道：「原本打算先搶了你的龍陽，再奪你的睿兒，接著將你廢黜打入冷宮，最後賜死！如今看來，本宮的計畫不提前不行，可惜了……要怪，你就怪西寧哥哥太聰明，逼得本宮不得不提前動手！」

端木雨一臉惋惜的表情，隨即又興奮起來得意洋洋地說道：「所幸本宮向來信奉小心駛得萬年船，來時便帶齊了所有對象，否則，本宮此時倒成了你們的甕中之鱉。」

我沒有說話，心知只能儘量拖延時間等待西寧楨宇逼出毒，方爲上策。於是我默默緊盯著端木雨，唯恐再出言刺激了她，會讓她更陷瘋狂。

「好了，折騰這麼好半宿工夫，本宮乏了，這戲也該收場啦！」端木雨優雅地打了個呵欠，指著胭脂道：「你，去替本宮動手殺了她！」

端木雨一句輕描淡寫的話語，卻引得胭脂一個激靈，「咚」的跪落地上。胭脂小心偷瞟端木雨一眼，語不成聲，「主子，奴、奴婢……怕，奴婢不敢！」

「沒用的東西！你去！」端木雨隨手一指，被指中的那名太監同樣渾身打顫，癱軟在地，連連磕頭道：「娘娘饒命，娘娘饒命啊！」

背後一干奴才們紛紛跟著跪下來連連求饒，誰也不敢抬頭。

「一群廢物！」端木雨憤恨眼神掃過地上那幫磕頭不止的奴才，舉步上前一把抓起托盤中那把短劍，轉身便衝我而來。

我此時才真正感到恐懼，煞白了臉，連連後退。直到抵上殿中圓柱無處可退，背靠著圓柱，我周身發顫，腦中空白一片，張口卻發不出半點聲音。

端木雨滿臉嫉恨之色，目露凶光衝上前，抬手便刺將過來，我絕望地閉上雙眼……

那一瞬間，只覺有人抱住了我。我倏地睜開眼，小安子那張透出明顯痛楚的臉龐近在眼前，我心下頓時明瞭：是他，替我擋住了這一劍！

端木雨怔在當場，手中短劍沒入小安子身子裡，她握住手柄用力抽了出來，小安子登時軟軟地癱倒下去。

「小、小安子……小安子！」我蹲下用力搖著倒在地上的小安子，喉嚨一陣緊縮，眼淚簌簌而下。

「賤人，我殺了你！」端木雨微愣一下，手持滴著鮮血的短劍，又要衝上前來。

「雨妃，雨妃娘娘，您收手吧！」方才立於殿角一言不發的雲秀嬤嬤，此時跪倒端木雨腳邊，雙手死死抱著端木雨。

「閃開！」端木雨冷眼瞅著雲秀嬤嬤。

「雨妃娘娘，您收手吧！西寧將軍和皇后娘娘並無私情，將軍不過受了晴主子臨終所託，才處處照顧皇后娘娘的，雨妃娘娘莫再錯下去了，收手吧！」雲秀嬤嬤老淚縱橫，苦苦勸道。

「雲秀嬤嬤，本宮敬你是宮裡的老嬤嬤，才不為難於你。你可別忘了，你是我父親偷偷送到姑媽身邊好方便照顧進宮的姐姐的，而姐姐極可能就是遭這賤人害死，你難道要幫凶手說話，不想幫姐姐報仇了麼？」端木雨盯著腳下的雲秀嬤嬤，振振有詞。

「不，不，不是的！皇后娘娘和晴主子情同姐妹，怎可能下那般毒手呢？是、是老奴……」雲秀嬤嬤呢喃著，突似精神崩潰了般，失聲哭喊起來，「雨妃娘娘，您要殺就殺老奴吧，殺了老奴為晴主子報仇！老奴對不住晴主子，更對不住老爺，老奴罪該萬死！」

「你……你說什麼？」端木雨倏地意識到雲秀嬤嬤揣藏著一樁祕密。

「是的，是老奴害的，不是別人！」雲秀嬤嬤咬咬牙，終喊出了石破天驚的祕密來，「是老奴親手餵晴主子喝下了滑胎藥，是老奴害死了晴主子！」

「你、你、你胡說！」別說我不信，就連端木雨也是一臉震驚，「你是姐姐的奶娘，從小看著姐姐長大，後來父親想將端木家女兒送進宮中，故才事先安排了你進宮。你待姐姐如親生女兒般，你怎會害她呢？我不信，你定是為了救這賤人才這樣說的！她究竟給了你何項好處，給了你們怎樣的誘惑，西寧哥哥向著她，連你也這般幫她？」

「沒、沒有！眞是老奴害死了晴主子。」雲秀嬤嬤將藏在心中的祕密吼出，這會子反倒平靜下來，緩緩回憶起了往事。

「老奴受命進宮協助端木家的小姐，晴主子入宮，老奴自是欣喜萬分。漸漸的，老奴發現晴主子並不開心，起初老奴以爲她是念家，可有次晴主子偷偷垂淚後，老奴卻發現了她無意中留在桌案上的情詩。細查之下，晴主子甫道出與西寧少爺已私定終身，懇求老奴與西寧少爺聯繫，見上最後一面。

「老奴禁不住晴主子苦苦哀求，逮得機會找到了西寧少爺。哪知西寧少爺也是個癡情種，一來二去之中，晴主子她……她竟有了身孕！晴主子欣喜異常，得了活下去的寄託，老奴卻是痛苦萬分，太后那邊知悉此事，逼迫老奴給主子下藥……

「老奴當然不肯，太后命老奴自個兒抉擇，倘若老奴不幫忙保住皇家血統，她便要賜死主子。老奴無奈之下，趁晴主子摔倒之際，餵她喝下了……誰知晴主子也是性烈之人，得知滑胎後，她竟偷偷聞了那無色無味的幽靈香，不多時便……便香消玉殞了！」

雲秀嬤嬤直望著端木雨，懇求道：「雨妃娘娘，您醒醒吧，您們都是入了宮的女人，都是皇上的妃子，這輩子與西寧少爺是再無緣分了！雨主子，您趕緊收手吧，莫再錯下去了！這些年老奴無時不滿心愧疚，如今終得說出，落下心中大石。雨主子要爲晴主子報仇，就衝老奴來吧，老奴罪有應得！」

「替她報仇？哼！本宮哪來那等閒工夫。你知道爲甚被送進宮來的是姐姐麼？」端木雨凜然盯著雲秀嬤嬤，蠕動著雙唇說出那冷徹心扉的話來，「是我勸姑媽下旨令她入宮的！」

「你……你……」雲秀嬤嬤萬分震驚，癱軟在地。

「滾開！」端木雨一腳踹開癱在她腳邊的雲秀嬤嬤，恨恨道：「敢搶我的西寧哥哥，讓你們一個個都不得好死！端木晴如此，你也如此！西寧哥哥不要我，我也絕不允許其他女子占據他的心！絕不允許！」

端木雨揚起手中短劍朝我刺來，我迅速往後退去，暗嘆道：「眼前這女人完全瘋了！看來今兒個我不死，她是絕不會罷手的……」

靠在殿中角落最後一根圓柱上，盯著緩緩逼近的端木雨，我徹底絕望。此回生死關頭，我只能依靠自己了，即使西寧楨宇近在眼前。

「賤人，去死吧！」端木雨朝我舉起了手中的短劍。

「啊！」我驚叫出聲，乍覺有道影子朝我撲來。

沒有疼痛！我慌忙張開緊閉的雙眼，卻見到方才那道身影擋在我面前，隨著端木雨抽起劍，那人也軟軟倒落。

我不由失聲呢喃道：「雲秀嬤嬤……」

木然看著面目猙獰的端木雨，想起為我躺倒在地的小安子和雲秀嬤嬤，心中萬念俱灰，一個又一個的人為了我倒下去。我不禁莫名恐慌起來，下一個輪到誰呢？我腦中一片空白，呆呆地望著端木雨落下的短劍……

「不！」怒吼聲起，一道挺拔的身影席捲而來，在千鈞一髮之際迅速將我帶入懷中，飄落開去，我眼睜睜地看著那光亮的短劍劃過了他的胳膊。

我被熟悉的味道緊緊包圍著，甚至能聽到他凌亂的心跳聲，驚魂未定間，耳邊傳來他模糊的呢喃：「所幸還來得及……」

我倏地想起那短劍、他的胳膊，迅速拉過他的手，袖袍上有道被利劍劃破的口子，原本雪白的裡衣早被染成了一片刺眼猩紅。我心中生疼，著急地問道：「疼麼？要不要緊？」

他搖了搖頭，眼神上下打量我，喃喃道：「你呢？你沒事吧？」

我看著他關切的目光，低下頭去輕輕搖了搖，取出絲帕替他綁縛傷口。

端木雨愣望著我身邊的他，劍尖上那一滴分不清是誰的鮮血在燈光下紅得灼人，緩緩滴落而下，在地板上印出一朵豔麗小花兒來。

「啊！」端木雨尖叫著，手中短劍應聲而落，捂著耳朵轉身奔出。

一隊殿前侍衛一路小跑衝入正殿，將殿中團團圍起，為首的侍衛上前朝西寧楨宇拱手道：「西寧將軍，卑職接到信號，即刻領人趕來，請將軍示下！」

我靠在圓柱上看著西寧楨宇，不得不佩服他的冷靜睿智，值此慌亂之刻他仍不忘打信號喚人前來。

「嗯，雨妃娘娘意圖弒后，即刻捉拿待審！」西寧楨宇冷言吩咐道，瞟了一眼那群嚇得癱軟在地的胭脂等奴才，「將他們押下去，每人賜酒一杯！」

「是，卑職即刻去辦！」那侍衛答應著，忙轉身吩咐眾人行動。

「小安子，小安子！」耳邊傳來彩衣的呼喚聲，我轉頭看去，這才想起……

我大步上前推開小碌子和彩衣，一把抱了小安子入懷，輕聲道：「小安子，小安子！你聽得到本宮說話麼？」

我望著血色盡失的小安子，心底陣陣刺痛，眼中盈滿了淚水，轉頭吩咐道：「小碌子，快，快去請太醫！」

「不……不用了。」小安子緩緩睜開眼，吃力地說道：「主子，奴才自己清楚，奴才時候不多了。主子啊，奴才能單獨跟您待一會兒麼？」

我用力地點點頭，彩衣他們忙退了開去，我噙淚哽咽道：「小安子，你想跟我說什麼，說吧！」

「主子，奴才可否斗膽一次，不做奴才，喚一次您的名字啊？」小安子含笑懇求道。

我看著痛苦不堪卻強作笑顏來安慰我的他，再也忍禁不住，鼻子一酸，眼淚順著臉頰淌落，用力地點著頭。

「言言，別哭！看你傷心，我會心疼的！」小安子吃力地抬起手，輕輕替我揩去淚水，顫聲道：「言言，只願小安子來生……來生還能守候在你身邊，默默保護你一輩子！小安子我就心滿意足……了……」輕撫我臉龐的那隻手軟軟垂落下去。

「不！」我嘶聲吼道，悲痛難抑，那樣一個無時無刻處處關心我、愛護我的人就這麼為了我而去了，我……

彩衣聽見我的喊聲，忙上前來，看著嘴角含笑而去的小安子，她亦不由紅了眼眶，偷偷抹淚。

「雲秀嬤嬤……雲秀嬤嬤……」耳邊傳來西寧楨宇的呼喚聲。

對了，還有雲秀嬤嬤，她也是為了我才……我忙起身奔上前去看她，柔聲道：「雲秀嬤嬤，你、你怎麼樣了？」

雲秀嬤嬤朝我虛弱一笑，「皇后娘娘，您沒事就好！」

我剛止住的眼淚又流淌下來，雲秀嬤嬤轉頭朝西寧楨宇吃力地說道：「西寧少爺，老奴、老奴對不起您！老奴沒能替西寧少爺保護好晴主子，實是無可奈何，請別怨恨老奴！不過，今兒個老奴終於替您保護了皇后主子……」

西寧楨宇紅著眼，顫聲道：「我怎麼會怪嬤嬤呢，我知嬤嬤你是那般疼愛晴兒。謝謝嬤嬤，眞的，多謝！」

「無論這是不是西寧少爺的眞心話，但老奴信了！」雲秀嬤嬤眼神逐漸迷離，露出安詳神色，輕聲呢喃道：「西寧少爺，皇后娘娘，您們好自珍重！老奴、老奴先去向晴主子請罪了……」

「都怪我，全是因爲我！如果不是我，他們也不會一個個就這樣去了！」我生生地恨起自己來，發了瘋似的捶打著自己。

「別這樣，言言！」西寧楨宇一把拉住了我的手，睇向一臉平靜的雲秀嬤嬤後，沉聲道：「他們都是爲了保護你，希望你過得好好的。你這般不愛惜自己，怎對得起爲你丟失性命的人呢？」

我滿臉淚痕，失神望著西寧楨宇，他朝我用力地點點頭。我抑忍住心中萬分悲痛，緩緩起身吩咐道：「小碌子，去……」

「娘娘……」小碌子尚未答應，便被殿門口傳出的這一句微弱呼喚聲打斷。

循聲望去，我不禁大吃一驚，忙大步跨上前去。

「小曲子，你這是怎麼啦？」我上前拉了渾身是傷而奄奄一息的小曲子，顫聲問道。

眾人跟著隨附，小碌子幫扶了他起身，靠坐在殿門口。

小曲子張了張乾裂的雙唇，沙啞道：「皇后娘娘，衛公公派奴才前來稟報娘娘，請娘娘救……救救皇上！」語罷軟軟地倒在地上。

西寧楨宇趨前拉起小曲子的手略一把脈，旋轉頭吩咐道：「彩衣，去備糖水來！」說著同小碌子一起扶小曲子入殿。

餵下半杯糖水後，小曲子緩緩醒轉，掃視身邊的眾人，一見到我又忙道：「皇后娘娘，衛公公派奴才來稟告娘娘，皇上被雨妃娘娘下了春藥，性情大變，請娘娘想辦法營救皇上！」

我和西寧俱是一驚，彼此對望一眼。

西寧楨宇道：「昨兒個末將見到皇上，聖上龍體虛弱不少，精神尚可，一再吩咐末將派人保護皇后安全。末將以爲皇上身子不爽，不想……」

我轉身吩咐道：「彩衣，速派人悄悄請南御醫過來，再去小廚房熬些清粥送來。小碌子，你在門口守著，任何人不准靠近！」

二人答應著出去後，我才轉頭看著小曲子，「小曲子，你別急，從頭道來，本宮與西寧將軍方能對症下藥！」

小曲子受了不少皮外傷，幸好並無大礙，許是餓暈過去了，這會子飲下些糖水後精神見好。他點點頭，細細回憶起這幾天的事。

「皇后娘娘被幽禁以後，雨妃娘娘聖寵日濃，起初時衛公公和我以爲皇上覺著虧欠了雨妃娘娘，而對她較上心些。然慢慢的，皇上除了雨妃娘娘的牌子外誰也不翻了，且月嬪、珍嬪等嬪妃頻頻出入儲秀宮，夜夜笙歌。

「皇上一入夜，神情便與平時有異，初時奴才們大惑不解，可也不敢多嘴。後來，衛公公身旁的小李子無意中發現，雨妃娘娘竟與其他幾位主子聯手，在萬歲爺膳食中下了、下了春藥！

「衛公公看在眼裡是急在心裡，偏生淑妃娘娘掌權，派人緊盯著奴才們，皇上那邊奴才們又不敢胡亂說話。可長此以往，萬歲爺龍體怎地吃得消啊，衛公公無奈，昨兒一早趁皇上早朝之時命奴才偷跑出來稟告皇后娘娘，請娘娘聯繫西寧將軍，想法子救救皇上！

「奴才趁著天色未明前一路疾跑，不料雨妃娘娘已命人在莫殤宮外等著奴才！僅僅一步之遙，奴才被抓了回去，好在看守的奴才們都受過皇后娘娘恩典，雨妃娘娘下令鞭打奴才時他們並未著實打，奴才方得無恙。

「直到今兒子夜，待到雨妃娘娘攜宮裡的奴才們外出，奴才這才好說歹說，在看守的兩名奴才協助下，讓他們假裝被奴才給打暈，方得逃出……皇后娘娘，這裡發生甚事了？小安子他……」

我心中一陣刺痛，眼中又蒙起了霧氣，哽咽道：「雨妃帶了奴才們前來鬧事，小安子他、他為了救本宮……」

小曲子一聽，同也紅了眼眶，低頭呢喃道：「娘娘，奴才對不住……」

「皇后娘娘，此時不是傷心之際啊！」西寧楨宇沉聲道：「雨妃如此擾亂宮闈，現下由淑妃掌權，她不可能不知。既然她放任雨妃等人，只怕也是暗中支持的，至少是默許了，如此一來，只怕她會有其他打算啊！」

我吸了吸鼻子，頷首道：「淑妃兩眼盯著那太子之位，她此時只怕是想趁亂坐享漁翁之利了。」

「依小曲子之言，皇上那兒也甚是讓人擔憂，月嬪、珍嬪幾人不足為懼，怕只怕……」西寧楨宇眉頭深鎖。

我抓住腦中一閃而過的念頭，失聲輕呼：「怕只怕淑妃扶持月嬪、珍嬪等人媚惑皇上，乘隙奪了太子之位！」

西寧楨宇點點頭，憂心道：「這宮中自然到處是皇后娘娘的人，可現官不如現管，如今淑妃當權，奴才們沒了主心骨，猶如一團散沙毫無用處，當務之急還得要封鎖雨妃之事，不動聲色將皇上救出才是。」

我頷首相應，「要請西寧將軍行個方便，讓我與衛公公取得聯繫，方才便於行事。」

「這個自然，皇后娘娘想怎麼做？」

「請西寧將軍將雨妃暫時祕密羈押，我這就捎去信息，讓衛公公想盡辦法先封了消息，儘量避開淑妃那邊，待皇上問起再稟了事實，請皇上定奪！至於皇上的周全，就託西寧將軍了！」

西寧楨宇沉聲道：「皇后娘娘放心，末將定然不負重望！」

「西寧將軍，你的手……」我倏地想起他手上之傷。

「一點小傷，不礙事！」西寧楨宇朝我笑笑，「皇后娘娘，折騰了大半夜，你先去歇息吧。末將這就去布置，娘娘只管寬心！」

我趨前兩步，一把抓住走到門口的西寧楨宇，「將軍，如今六宮之權旁落，太子未立，我們母子全仰仗將軍了。」

西寧楨宇反手握了握我的手，又迅速放開去，「放心吧！」

我長舒了口氣，精神鬆懈下來，整個人卻有些搖搖欲墜，眼前也跟著模糊，最後意識僅記得小曲子的呼喚和西寧楨宇朝我伸出了手。

再次醒來，彩衣和秋霜守在跟前，南宮陽也早已到了。我忙問道：「南御醫，小曲子怎麼樣了？」

「娘娘放心，小曲子只是些皮外傷，休養幾日便可。」南御醫關懷地看著我，「倒是娘娘您，可要好好保重玉體！這宮裡頭上上下下的擔子可不輕啊！」

又閒聊幾句，天色已濛濛亮了，南宮陽忙朝我告辭，起身悄悄離去。

我服用過小碌子送來的湯藥，隨口問道：「西寧將軍何時走的？」

「回主子，南御醫診脈完告知主子並無大礙，西寧將軍便先行離去了，吩咐奴婢好生伺候主子！」彩衣恭敬回道。

我點點頭，讓彩衣伺候著又躺了下去，不一會工夫便墜入夢鄉。

到午後方才醒轉，彩衣上來伺候我起身梳洗，笑道：「主子，不出您和西寧將軍所料，淑妃娘娘果真行動了。」

「哦？你聽到什麼了？」我細細抹著雪花膏，漫不經心地問道。

「前些日子侍衛們看得緊，消息傳不進來。如今得了西寧將軍的密令，也對奴婢們的行動睜隻眼閉隻眼的，方才小碌子打聽到，這宮裡頭前些日子便流傳開了，說是有個遊方高人說宏皇子乃文曲星轉世，是濟世治國的奇才……吹得可神了！」

我一聽，心下明瞭，看來西寧楨宇早聞說了這些，難怪他會這等謹慎對待，如此我倒不必多慮了，只管放心讓西寧楨宇去辦便成。

「呵呵……」我咯咯輕笑出聲，「傳吧，就讓她傳吧，過了這幾日，我倒看看她如何神氣！」

到傍晚之時，西寧楨宇傳過話來，說是萬事俱備，只待今夜動手。我喚人掌燈，用過晚膳後隨手拾了本書，半個時辰也沒翻上一頁，起身撥弄桌案上的盆景，反倒把葉子扯下一大片。

我歎了口氣，轉身朝窗邊走去，心中焦慮，難免有些坐立難安，今日之事若然失敗，只怕……往後在這宮中就更難安身了。

彩衣輕輕給我披了件披風，柔聲道：「主子，快金秋了，夜裡嫌涼，小心保重身子才是。」

我微微頷首，彩衣又勸道：「主子，此事急也急不來，西寧將軍辦事，您還不放心麼？主子，您去貴妃椅上躺一會吧，有了消息奴婢喚您就是！」

我點點頭，緩步走到貴妃椅上躺落，彩衣忙取來小錦被替我蓋實。我望向漆黑的窗外，又看看屋中搖曳的燈光，滿腦子胡思亂想著這兩日之事，不知不覺間竟瞇盹過去。

半夢半醒間，只覺有人輕輕碰了我幾下，小聲喚著「主子」。我憶起事來，心下一驚，幽幽醒轉。暖閣中燈火通明，彩衣伺候在旁，正用手輕觸著我，見我醒來，她悄悄伸手朝我指了指旁邊。抬眼望去，見殿前陳副統領正領著兩人立於屋中，我心下一喜，含笑問道：「陳副統領，怎麼樣？成了麼？」

話剛出口，我倏地驚覺自個兒還躺在貴妃椅上，而他們幾人卻未經通傳便擅自入得暖閣。守在門口的小碌子哪兒去了？他也不是不懂規矩之人，怎麼就……我不由驚出一身冷汗，這陳副統領貌似正是那芳嬪的兄長，他這會子出現在這兒……我的心逐寸沉落。

果不其然，陳副統領朝我神祕一笑，恭敬道：「回皇后娘娘的話，事情進行得相當順利！」說罷朝背後兩人一示意，三人緩緩退了開去。

陳副統領等人背後，淑妃儀態萬千地現身，左右兩邊分別立著芳嬪和雪貴人，三人正笑盈盈看著我。我心裡不由得打了個寒噤，淑妃這時候來我這兒，豈能帶了善意？還眞眞是前腳送走了狼，後腳迎來了虎！

我打量著眼前形勢，對方有三名身材魁梧、訓練有素的侍衛，而我，身旁除了彩衣再沒有別人。

怎麼辦呢？怎麼辦呢？值此關鍵時刻，我絕對不能放棄，是了，我應該拖延時間，也許西寧楨宇正在趕來莫殤宮的路上，只要拖延到那時……

「皇后姐姐，事情進行得實在順利，本宮只用了點小手段，就穿透了皇上布下的那道銅牆鐵壁，順利地來到姐姐面前。」淑妃似笑非笑看著我，笑顏滿透寒意，引我沒來由地打了個寒噤。

「淑妃妹妹說笑了。」我依然不動聲色地應對著，「難得妹妹如此有心，還攜幾位妹妹前來探望姐姐，妹妹們費心了。」

芳嬪朝我抿嘴一笑，冷聲道：「皇后娘娘，妹妹們好不容易得了機會便巴巴地趕來看您了，還給皇后娘娘送來了玉露！」

玉露？我心下冷哼一聲，毒酒還差不多呢！

「海月，端上來，本宮親自給皇后姐姐滿上！」淑妃高聲喚著，海月姑姑忙托了放著玉壺和白玉杯的托盤，恭敬遞到淑妃跟前。

淑妃不懷好意地朝我微笑，伸出青蔥玉手執起玉壺，將玉露緩緩注入杯中。

我看著那細水長流的玉露，心裡陣陣發怵，慌亂得腦中一片空白，無計可施。

淑妃卻已放下玉壺，輕輕端起白玉杯緩步走近，將手中之杯舉至我面前，含笑輕聲道：「姐姐悶在這莫殤宮中有些時日了，想來奴才們也伺候得不周。本宮如今代理六宮，卻沒能好好照顧姐姐，是妹妹的不是，請姐姐滿飲此杯，權當妹妹向姐姐賠不是吧！」

我冷眼瞅著淑妃，嗤笑一聲，將白玉杯推將回去，滿臉堆笑道：「難得妹妹如此盛情，姐姐心領。這玉露就免了吧，姐姐這幾日身子不爽，待過幾日身子骨硬朗了，再向妹妹賠罪！」

「姐姐何須客氣，這玉露可是上好的調養之物，姐姐身子不爽，正好應該多飲……」淑妃溫言勸著，手上卻半點也不含糊，趨前一步就要將白玉杯往我唇邊堵來。

我心下大驚，忙推了回去，口中急道：「淑妃妹妹毋須客氣，姐姐剛剛醒轉，尚未洗簌。先放了，等會子再飲吧。」

「姐姐……」淑妃再次推了過來。

「妹妹……」我再次推了回去。

一來二去間，白玉杯中的玉露竟全潑灑出來，一滴不剩。淑妃倏地停下動作，我則尷尬地朝她笑了笑。

淑妃恨恨地將白玉杯摔了出去，「啪」的一聲，白玉杯應聲而碎。

淑妃臉色一沉，冷聲道：「皇后姐姐既然敬酒不吃吃罰酒，就別怪本宮翻臉無情了。來人呀，伺候皇后娘娘滿飲玉露！」

「是，淑妃娘娘！」

海月迅速取出另一只白玉杯，斟滿了玉露，陳副統領則帶了那兩人逼將上來。

「淑妃娘娘，請聽嬪妾一言。」立於一旁的雪貴人突然跪了，恭敬道：「娘娘何須動怒，如今的皇后不過是娘娘的階下囚，娘娘想讓她生她便生，想讓她死她就得死。」

「那是自然，本宮等的就是這麼個機會！」淑妃一副小人得志相，笑得花枝亂顫。

「娘娘英明！」那雪貴人繼續奉承道：「想當初莊懿皇后寵冠六宮、威風八面之時，何曾將娘娘放在眼中，如今落在娘娘手裡，娘娘讓她死得這等乾脆，豈非便宜了她？漫漫長夜，娘娘何不先消遣消遣，還怕她長了翅膀飛走不成？」

「你！」立於我旁側的彩衣聽雪貴人之言，心知她是要報平日裡我不給她臉面，時常當眾羞辱她之仇了，忍不住目露凶光就要衝上前。

我忙一把抓住彩衣，示意她住口，復悄悄搖了搖頭，彩衣縱然心有不滿，也只好噤聲。

「消遣？等會子把腦袋消遣搬家了，看你還敢不敢消遣。」淑妃冷冷地瞥了雪貴人一眼，「不長腦子的東西，也不看看如今這宮裡是什麼形勢。雨妃已然玩完，本宮再不出手，更待何時？」

淑妃指著我，憤然道：「這個賤人入宮之時只是個小小的答應，短短五年便一路擢升至皇后，聖寵不衰，好不容易中了雨妃之計被幽，卻也能有辦法扳倒雨妃。本宮再不狠心，只怕下一個便是本宮了。」

「今兒個本宮如許輕易地便直入莫殤宮，掌握了她的生死，只怕……這會子皇上那邊恐已生變。」淑妃說著不禁打了個寒噤，越想越怕，急急命令道：「片刻也不能耽擱了，都還愣著做甚？快給本宮灌下去，將彩衣那丫頭也一併解決，布成服毒自盡之狀。」

「是，娘娘。」陳副統領陰笑著，再次逼了上來。

「主子！」彩衣一把將我攬在背後護著我。

想到爲了救我而犧牲的小安子和雲秀嬤嬤，我心中疼痛難捱。不能，不能再讓彩衣出事了！我伸手欲拉開擋在我跟前的彩衣，不料她卻死死地護著我不放。

「皇后娘娘，卑職得罪了！」陳副統領已然欺將上來，動作可就不似言語這般客氣了，一咬牙，朝我伸來了手。

電光石火之間，我只覺眼前寒光一閃，陳副統領左邊的那名侍衛隨即倒落。眾人俱是一驚，定睛細看，那侍衛喉嚨處赫然插著一枚多角形的鋼鏢，其中一隻角深陷入咽喉之中，那侍衛連吭都沒吭一聲便斷了氣。

陳副統領不由膽怯起來，有些躊躇不前。

淑妃一凝神，厲聲喝道：「兩個手無縛雞之力的女人，能做得了什麼？還不快快動手！」

陳副統領面色蒼白，雙腳直打顫，一把抓過旁邊的侍衛推上前，催促道：「你，你去！」

那侍衛心驚膽戰移步趨前，一抬頭便對上了我冷然的眼神，雙腳一軟，連連磕頭道：「皇后娘娘饒命啊，娘娘饒命啊！」

「沒用的東西！」陳副統領一腳踹開那侍衛，伸手便來抓我的肩膀，就快碰到我之際，只聽他一聲哀號，捂住了胳膊。

我定睛一看，那胳膊上不知何時多了一枚多角鋼鏢。陳副統領怒上心頭，正要抬腳踢出之際，腳上又多了一枚鋼鏢，登時便站立不住，倒在地上哀叫連連。

芳嬪大驚失色，奔上前來抱著他，哽咽道：「大哥，大哥……你怎麼樣了？」回應她的只有一連串哀號聲。

「淑妃娘娘……依嬪妾看，皇后娘娘早有準備，如今幾位侍衛大哥都對付不了，咱們……還是算了吧。」雪貴人在淑妃背後勸道：「娘娘，此事須從長計議啊！」

淑妃轉頭狠瞪著雪貴人，冷聲道：「雪貴人，你處處阻擾本宮，長他人志氣而滅本宮的威風，本宮都要懷疑你究竟是本宮的人還是皇后的人了！」

雪貴人迅速俯下頭去，嚇得一顫，連聲道：「娘娘息怒，娘娘息怒！」

淑妃這才滿意地收回眼神，朝我厲聲道：「究竟是誰在那兒裝神弄鬼，還不給本宮滾出來！」

屋中一片寂靜，無人回應。淑妃不敢輕舉妄動，又一次高呼：「是誰？給本宮正大光明的出來！躲在角落裡算甚英雄好漢？」

「呵呵……」屋中響起一陣清脆的嬌笑聲，眾人乍覺眼前有道影子飄過，窗臺上已坐了個娟秀的身影，嘲弄之聲響起，「淑妃娘娘這三更半夜的不睡覺，私自帶了殿前侍衛到皇后娘娘的宮裡頭來，也是正大光明的行爲麼？」

「你！」淑妃借著屋中燈光凝神細看，倏地一臉怒氣，厲聲喝道：「玲瓏！你這個賤婢，你想造反麼？你殺殿前侍衛，威脅本宮，樁樁件件皆是死罪，還不快快住手，本宮饒你不死！」

我見到玲瓏，猶如在茫茫大海中抓住了一根救命稻草，吊在嗓子眼的心終於落下，也稍稍有了些底氣。

「淑妃，你私調殿前侍衛夜闖莫殤宮，意圖弑后，哪一件又不是死罪？」我振振有辭地駁了回去。

「我……我……」淑妃微有些心虛，頓了頓，又強作鎮定道：「本宮好心過來探望皇后，贈送玉露，不想皇后卻不賞臉，愣生生打翻了本宮的一片心意！本宮一怒之下與皇后娘娘發生了口角，不料皇后娘娘卻指使宮女射殺殿前侍衛，威脅本宮！」

「贈送玉露麼？」我呵呵冷笑著，上前端起海月托盤上的白玉杯款款逼近，「那本宮就借花獻佛敬淑妃妹妹，請妹妹滿飲此杯！」

淑妃看了看我端在跟前的白玉杯，滿臉驚恐，連連退了幾步，顫聲道：「你……你……」我步步緊逼，端著白玉杯直往淑妃唇邊送去，聲聲迫人，「喝啊！妹妹，你喝啊！你喝給本宮看！」

海月扔落托盤，從背後一把抱住我，口中直喊：「主子，您快、快將玉露搶了，灌她喝下去！」

淑妃一愣，隨即發了瘋似的上來奪取我手中的白玉杯，我心下大驚，萬料不到海月有此一著，一時間方寸大亂。

雪貴人嚇了一大跳，也上前死死抱住淑妃，拚命將淑妃往後拉去。

淑妃口中恨恨道：「你這賤人，你還眞是她的人啊！」

雪貴人也不說話，只死死地抱住淑妃，意圖拉住她的手。彩衣立即跑上前，拚搶著那只白玉杯。

一時之間，屋中亂成一團。

玲瓏見狀，驚得跳下窗臺，大步奔了過來。芳嬪意圖阻攔，卻被玲瓏一個劈手打暈在地，陳副統領剛爬起來，玲瓏抬腳飛踢，他便乖乖又躺下了，只是這次連吭聲都沒了。

杯中玉露在爭搶中飛濺而出，潑到了我臉上，雪貴人驚呼：「娘娘，抿著嘴，別張嘴啊！」

所幸玲瓏已然趕到，一手抓了海月，另一手扣住海月的命脈，海月頓時失卻力氣。玲瓏一甩手，海月便飛了出去，重重墜落桌案後滾倒在地，只有出的氣而無進的氣。

我身上一鬆，趕緊後退兩步，玲瓏扶住我，彩衣忙伸手取了絲帕細細替我揩除臉上的玉露，生怕我一個不愼吞下半滴。

淑妃見勢頭不對，抬腳狠踩在雪貴人繡鞋上。雪貴人一陣吃痛，隨即鬆了手，淑妃乘隙將她推倒在地，掙脫開去，踉蹌著朝門口奔去。

「想逃？沒那麼容易！」玲瓏冷哼一聲，上前抓住淑妃的肩膀，使勁朝後一拉。

淑妃一個趔趄，摔倒在柔軟的波斯地毯，頭頂那支六尾鳳簪上的珍珠流蘇晃個不停，臉上沒了方才抵到時的雍容華貴。

我用彩衣送來的清水洗去臉上玉露，透了口氣，冷眼睇看倒在地上一臉狼狽的淑妃。

玲瓏略略怔愣，兩步跨近窗邊探望，旋即回身拾起掉在地毯上完整無缺的白玉杯，倒了滿滿一杯，口中急道：「娘娘，快坐到椅上去。」

我有些不明所以，但也一刻沒有遲疑，退到楠木椅落坐。

玲瓏右手一把抓起癱軟在地的淑妃，伸手一點。淑妃眼中一陣恐懼，張口驚呼：「你……」然後便沒了聲音，只不停地張動著嘴。我頓時明白玲瓏是點了她的啞穴。

「彩衣，你還愣著做甚，趕快把玉露端過來！」玲瓏一邊拉了淑妃到我身側，一邊催促在旁愣看的彩衣。

「哦！」彩衣三步併作兩步，趨前端了白玉杯遞到玲瓏手中。

玲瓏朝她努努嘴，道：「倒到地上去！」

屋外乍時響起腳步聲，彩衣微微明瞭玲瓏的想法，忙靠在我腳邊躺倒。

玲瓏一手扣住淑妃的命脈，一手將白玉杯塞到淑妃手中，將她推至我跟前狀似要強灌我喝玉露，自己則連連哀求道：「娘娘，淑妃娘娘不要……」

我朝玲瓏展顏微笑，投去一抹讚許目光，旋聽見腳步聲逼近門口，忙伸手拉住淑妃的手，作勢推攘著，口中急喚：「淑妃，你果眞喪心病狂了麼？你不怕皇上知曉後滅你九族麼？」

淑妃原本眼露惑色，直至此刻方才明瞭，連連搖頭掙扎著，卻發不出半點聲音。

珠簾響動，西寧楨宇矯健的身形先閃了進來，隨後那身明黃也在小玄子攙扶下跨入，來者皆被眼前的一幕驚呆了。

「娘娘，娘娘不要啊！」玲瓏急忙哭求著，聲音中滿是哭腔，「皇后娘娘，快、快逃啊！」

「你們愣著做甚？還不快上去拉開！」皇上怒吼道。

西寧楨宇疑惑之餘，手腳卻毫不含糊，立時抓住淑妃使勁拉開。淑妃撞在旁側椅子上，軟軟倒落下去，小玄子背後的兩個宮女忙上前將幾欲昏厥的淑妃押住。

「皇上！」我梨花帶淚撲跪在皇上腳下，泣不成聲。

「言言，快起來，起來！」皇上攙扶起我，一同坐到椅上。他環視屋中一片混亂，頓時陰沉著臉，向我問道：「這是怎麼回事？」

我含淚望著他，剛張了口，眼淚卻忍不住簌簌而下，半晌才哽咽道：「皇上……」旋撲進他懷中，再說不出半句話。

皇上心疼地擁我入懷，輕輕撫背替我順著氣，轉頭沉聲問道：「你說，這究竟怎麼回事？」

玲瓏跪伏在地，淚流滿面地應話：「回萬歲爺，主子昨夜裡受了驚嚇，今兒晚上奴婢們正陪著主子說笑，淑妃娘娘突然帶著陳副統領等人闖將進來，只說是奉了皇上口諭，前來賜主子玉露。主子不信，要求面見皇上，淑妃娘娘惱羞成怒，命人強行灌飲玉露。皇上若是再晚來半步，只怕……只怕主子便要香消玉殞了。」

「皇上，皇后娘娘連雜役房的奴才們都不捨責罰，又豈會做出謀害龍裔之事，請皇上明鑒，爲皇后娘娘昭雪沉冤！」聞聲趕來的木蓮跟著誠懇請求道。

我一臉悲痛模樣，嚶嚶抽泣著，愴然道：「皇上請賜臣妾一死吧，也好除了妹妹們的眼中釘、肉中刺，省得今兒個持刀，明兒個使毒的闖入這莫殤宮中！」

皇上一個趔趄，捂住胸口連退幾步，失聲痛呼道：「朕的愛妃們，朕寵愛的一群好妃子啊！朕……」聲音戛然而止。

我抬頭一望，皇上蒼白著臉，表情僵硬，全身無力地向後倒去。

「皇上！」眾人齊聲驚呼，隨侍在側的小玄子等忙扶住了他。

我起身奔上前，指使奴才們小心翼翼扶了皇上躺靠於貴妃椅。

五十七　機不可失

看著六神無主又亂成一團的眾人，我沉聲喝道：「都給本宮住了！小曲子，即刻去傳南御醫。秋霜，把窗子開了讓屋內通風透氣，其餘眾人全部退後待命！」

南宮陽一路小跑進來，不及見禮，我便示意他趨前替皇上細細診脈。

看著跪滿一地的嬪妃奴才，我神色稍凜，冷聲吩咐道：「來人啊！即刻送各位妹妹回宮，沒有皇上和本宮的允許，任何人不得私自出宮，相互來往。西寧將軍，護衛各宮娘娘安危的重任，本宮就交給你了，皇上尚未康復傳話之前，切不得出半分差池！」

「是，娘娘，末將定然不辱使命！」西寧楨宇朝我一拱手，命人押了陳副統領等人出去。

過得好一會，皇上才幽幽醒轉，伺候在旁的木蓮欣喜地拉了他的手，柔聲道：「皇上，您醒了？」

皇上臉色蒼白，虛弱中帶著內疚目光穿過眾人，直望向立於眾人背後的我。我微微轉開頭避開了他的目光，朝南宮陽道：「南御醫，皇上龍體怎麼樣了？」

南宮陽看了皇上一眼，略略遲疑，朝我恭敬委婉道：「回皇后娘娘，聖上近日操勞過度，加之怒氣攻心，這才昏厥了過去。娘娘不必擔憂，皇上醒來便沒事了，只需好生調養，不日便可康復。」

操勞過度麼？的確，在床榻之上操勞過度了！

我頷首作應，未再多問，只吩咐小玄子將皇上送回養心殿中。

躺在寬闊床榻，神情憔悴的皇上顯得更消瘦不堪，看來這些日子那幫妄圖懷上龍胎的女人們可真沒少下工夫啊！

小玄子親手端來依南宮陽所開方子煎好的湯藥，我一言不發地接過青花瓷碗，微微吹了吹，試了試不燙口，方送到他跟前。

他醒來後目光便緊緊追隨於我，幾次欲與我說話，都被我巧妙引開了去。此時見我主動上前服侍湯藥，他雙眼一亮，欣喜呢喃道：「言言……」

「皇上，該服藥了！」我淡淡地打斷他，將藥碗送至他唇邊，他無奈之下只好就著我的手將墨黑湯藥飲下。

一見他用完藥，我即刻起身將藥碗放回托盤，吩咐道：「衛公公，皇上龍體務得好生調養，近日就別上綠頭牌了。悉心侍奉皇上，皇上龍體關乎江山社稷，若有個閃失，本宮定不輕饒！」

「是，是，皇后娘娘！」小玄子恭敬回道。

我朝皇上福了一福，不冷不熱地道：「皇上，臣妾告退！」說罷朝門口而去。

「你站住！」背後響起威嚴而醇厚的喝令之聲。

我立於原地，未轉身。

大口呼吸的喘息聲，伴隨著木蓮擔憂之語在背後響起：「皇上，皇上……您可要保重龍體啊……」

皇上勉強撐起身子，由木蓮伺候著靠在軟枕之間，爾後揮了揮手。

木蓮遲疑少頃，甫起身福了一福，帶著奴才們一併退下。

我仍沒回頭，挺直了脊背等待風暴來襲。

「言言，你眞要棄朕於不顧麼？」預想中的狂怒之聲被痛心疾首的質問所取代。

空曠暖閣中僅餘我二人，連淺淺呼吸聲都能清晰傳入耳中。彷彿過去了半輩子光陰，我微微閉眼，深吸了口氣後緩緩轉身，淡淡言道：「皇上折煞臣妾，皇上是高高在上的君王，是臣妾的天。臣妾一向用心侍奉著皇上，何來棄皇上於不顧之說？」

「你！」面對我直接的挑釁，他怔在當場，難以置信地瞅看於我，萬料不到我會端出這般態度。

「皇上好生歇息，臣妾先行告退，臣妾會交代蓮婕妤好生侍奉皇上的！」我不加理會他的驚訝，福了一福，欲轉身離去。

「好個用心侍奉！朕在這兒，你是朕的皇后，沒有朕的允許，你意欲何往？」他沉聲說道，威嚴語調中透出一股氣急敗壞的心緒！

我如沐春風似的微微一笑，帶著些許哀怨口吻道：「臣妾自然是回莫殤宮了，皇上難道忘了麼？是您下旨幽禁臣妾，嚴令臣妾不准出宮的。皇上龍體今既已無大礙，臣妾也該回籠子去啦。」

他愣了一瞬，聽出我話中隱含的委屈，微微挑了挑眉，「皇后，你這是在怪朕麼？」

「臣妾不敢！」語音中仍夾帶埋怨之氣。

「不敢？」他輕笑出聲，「朕至今還未發現過天底下有朕的皇后所不敢之事呢！過來，到朕的身邊來。」

我不再言語，俯首緩步朝御榻行去。

男人除了需要女人的柔順，偶爾亦需些許反抗，適時合宜的反抗是男人眼中的不羈，會帶給男人不一樣的刺激衝擊，吸引男人的目光久久停駐在你身上，但一味的反抗則恐會淪為自命清高、孤芳獨傲而難以親近，讓男人失去了興致。拿捏適可而止的尺度向來是我的拿手招數，而無情地傷害過後再狠狠補償對方卻是他的強項，有時我甚至覺得我們是絕佳拍檔，配合得如此渾然天成！

他輕咳了幾聲，顫巍巍拉起我白如凝脂的纖纖玉手，無限柔情地打量著我。半晌，才聽得他輕聲道：「言言，你恨朕麼？」

「臣妾……不怨皇上！」我紅了眼眶，避重就輕地答道。

「言言，委屈你了，抱歉！」皇上長長歎了口氣，神情微顯動容，一把擁我入懷。他聲音中帶著瑟瑟的抖顫，「朕不是不信你，朕是怕！」

我默默任由他擁著。這些日子以來，我已心冷似鐵，厭透了他每回賞你一巴掌又給你一顆糖的做法。因為他是君王，所以從不顧及別人的感受，想要時便予取予求，不要時便不顧對方死活，反反覆覆，我早落得疲憊不堪。

我沒有說話，只那樣靜靜坐著，靜靜地等著，等著他把那顆糖送入我口中，再審時度勢，爭取更多的糖果。

「朕知曉你性子倔強，可朕怕這是她們設好的圈套，等你跳進去了，即便是朕相信你也擋不住攸攸眾口，朕更怕……朕更怕查出來果真是與你有關……朕怕受不了……」

我平靜地聽著，心中再也激不起半點漣漪，只靜靜聆聽而一言不發。

「所幸你沒事！」皇上用力將我攬入懷中，像要把我揉進身體裡似的，「那群毒婦，朕一個也不會放過！」

「皇上……」我輕輕搖了搖頭，「臣妾不委屈，臣妾只是擔心……」

「怎麼啦？」他凝看著我，謹慎道：「言言，你是否還知道了什麼？你告訴朕，朕……」

「不！」我拿手輕點了下他的嘴唇，搖頭悄聲道：「皇上，切不可因著臣妾而傷害別人。臣妾不過聞聽奴才們說五皇子乃什麼文曲星下凡之類的話，明顯衝著太子之位而來。淑妃妹妹絕非工於心計之人，定然受了他人蠱惑，臣妾甚是擔心啊。皇上，三番兩次有人構陷臣妾、謀害龍胎，皇上又遭人下了藥，此時恰傳出文曲星下凡的流言，依臣妾看來，只怕是有心之人想挑起事端，從中牟利啊！」

「此等禍國殃民、蛇蠍心腸之人絕不可留，查，鐵定要查！朕即刻下旨讓刑部嚴查此事！」

「皇上。」我心下暗自著急，表面卻不敢露出異樣，只輕聲喚著他，遲疑少頃才道：「此事關乎皇室顏面，臣妾連著兩晚險些遭人弒殺，就連皇上也……此事若是傳將出去，大內安全豈不遭人質疑，皇家顏面何存？再又說了，此事眼下已涉及淑妃、雨妃等幾位妃嬪，尚未知是否有朝中勢力牽扯進來，皇上若然讓刑部在此事上插手，只怕會引發朝堂亂局，於國體不利啊！」

「那……該怎麼辦呢？」他語罷又是一陣激烈咳嗽，我忙伸手輕撫他胸前替他順氣。

待稍稍平復下來，他一把抓了我的手，雙目炯炯望著我，「言言，你如今坐鎮中宮、掌權六宮，此事乃深宮爭寵奪嫡之爭，你貴爲一國之后，此事朕便交由你全權處置了！」

我竭力克制住心內激動和欣喜，假意推卻道：「皇上，臣妾人微言薄、能耐有限，恐難擔負此般重責大任，只怕會辜負了皇上的一番期望啊！」

「不，言言，朕相信你定能妥善處置此事！」皇上拉著我，鄭重道：「言言，朕絕不許這批蛇蠍毒婦再存於大順內廷，朕授予你查治此事的權力，即刻命西寧楨宇協助於你。查，給朕嚴查，將那幫不軌之人統統繩之以法，嚴懲不貸！」

「皇上，皇上別激動，保重龍體啊！」我急切低喚，輕輕替他順著氣，一副極爲難之狀，「臣妾、臣妾答應您就是了！只是……臣妾倘若毫無建樹，還請皇上莫怪罪才是。」

「言言，朕怎捨得怪罪於你！」他一把抓過我的手，沉靜地凝望著我，眼底滿是痛楚，「朕一心想保護你，不想卻反而害了你，險些置你於死地！朕、朕於心有愧啊！」

「皇上！」我低下頭去，避開了他的目光，「臣妾不曾眞的怪過您。皇上請好生歇著，調養龍體，臣妾不能時刻伺候在側，會讓蓮妹妹日夜隨侍皇上的，皇上就安心養病吧！」

我匆匆喚奴才們進來伺候我換了素淨單衣，上了床榻，與他相擁而眠。

翌日醒來，看著沉睡中的皇上是如此令人不忍，我只能感歎君心莫測，而我，始終僅是個平凡之人，承受不了這等濃烈而又慘烈的寵愛。

我輕歎一聲，緩步走至門口，悄聲命人傳木蓮入內伺候，方才離去。我心知有更緊要之事等著我去做，我絕不能放過這樣個大好機會。

閒靜坐在楠木椅上，手上赤金鑲玉護甲輕敲旁側小几，發出「咚咚」響聲，我若有所思地望著案上新添換的白玉蘭。

「主子，莫統領來了。」小碌子逕自領了少帆進來，恭敬稟道。

我抬眼看向小碌子背後英姿颯爽的男子，笑著招呼他坐下，盯著他微顯消瘦的臉龐，「二哥，你受苦了！」

少帆靦腆地低下頭，歉然道：「不苦，即便是入了大牢，兄弟們亦未刻意爲難。只是妹子，兄長愚鈍沒能幫上你的忙，反要妹子相救，爲兄愧疚萬分！」

我看著更添成熟內斂的少帆，胸中激蕩，從來想不到有日我也能擁有溫馨的手足親情，不由微微一笑，柔聲道：「二哥有此心意，妹子心中誠然感激！」

「我答應過父親，要好好保護你的，娘她們每每問起，都怕妹妹一人獨在這深宮中受委屈。」少帆滿懷自責，落寞道：「都怪兄長無能！關鍵時刻保護不了妹子……」

「二哥切莫自責。」我歎了口氣，「所幸有小安子和雲秀嬤嬤拚死護衛，妹妹我才躲過了這一劫。雲秀嬤嬤的骨灰已然送去陪伴太后，二哥，你把小安子的骨灰帶回去，請父親葬於莫家族墳，當作莫言的兄長供奉靈位吧！」

少帆點點頭，沙啞道：「安公公大仁大義，捨命相救，誠然是我莫家的恩人。妹妹放心吧，兄長知道該怎麼辦的！」

我心中悲憤難平，雙手猛力握著楠木椅打磨得溜光的雕花扶手，恨恨道：「放心吧，本宮絕不會讓他們白白犧牲！」

少帆起身恭敬朝我一拱手，「皇后娘娘，西寧將軍另有要事出宮去了，派卑職前來協助娘娘，娘娘想從何查起？」

我霍然站起，口中迸出冷冷的五個字，「儲秀宮，雨妃！」

「可是……卑職聽說雨妃娘娘精神失常了，誰也不認識，成日裡胡言亂語。」少帆略顯躊躇，對我的決定感到疑惑不已。

我微微展顏，笑容中帶著猙獰之色，「放心吧，本宮有的是辦法教她恢復常態。」

儲秀宮門重掩，孤燈映壁，往昔宮人盡皆被西寧楨宇賜死，如今伺候端木雨跟前的幾人都是內務府新調過來的。這批奴才們早知雨妃落難，伺候得便不怎麼上心，加之端木雨今時像瘋了般的摔打著殿內飾物，他們就更不願上前伺候了。

我立於冷清幽深的正殿中，看著跪在地上瑟瑟發抖的四個奴才，輕聲道：「起來吧，把燈都掌上！」

「是，皇后娘娘。」四人謝過恩後迅速起身分成兩組，太監取燈罩、宮女點燈，不一會工夫殿中即變得通亮。

「把雨妃帶上來吧！」

如今皇上病中，幾位高位嬪妃被幽，我在宮內權力空前壯大。兩個小太監一聽我的吩咐，立時閃入暖閣之中，頃刻間便生生地拖拽出端木雨。

今時的端木雨不復往日光鮮，身上還穿著前日到我宮中之時那身鵝黃宮裝。她珠釵散亂，妝容全無，面色憔悴，穿梭於殿中眾人之間，口中咯咯笑道：「狐狸精，狐狸精，你是狐狸精……」

小碌子和彩衣素與小安子關係親近，又眼睜睜看著小安子死於她手中，如今再見到她，早已激憤得目露凶光，一副恨不能食其肉、寢其皮的樣子。

小碌子上前一把抓住她，好不憐香惜玉地推倒在我跟前，冷聲喝道：「大膽罪妃，見了皇后娘娘也不行禮！」

「皇后娘娘？」端木雨目光呆滯地緩緩爬起身，嬉笑著不斷上下打量我，陡然間露出惶恐之狀，連聲道：「不，不，你是狐狸精，狐狸精！」倏地神色一凜，撲上前來，口中高呼：「殺了你，狐狸精，殺死你！」

我不慌不忙退後兩步，彩衣迅速將早先備好的仙人球擋在我跟前，端木雨伸上來的手躲閃不及，一把用力地抓了上去……

「嘶」一聲低呼，端木雨迅速將手收回，手指斑斑紅點清晰可見，原本木然望著我的眼中閃過一絲狠毒。

我心裡冷笑連連，暗諷道：「裝吧，繼續裝，本宮有的是工夫陪你玩，有一堆招數伺候你！看你能裝到幾時？」

我面色如常取了絲帕，趨前一把抓過她受傷的那隻手，緊緊握著以細瞧那些快凝固之血，忽地狠狠用力一捏。迅速冒出的紅點，在白皙玉手上顯得格外鮮豔奪目。

我口中嘖嘖出聲，展露一臉的心疼惋惜，柔聲道：「雨妹妹，你怎這等不小心呀？瞧瞧，這小手上突然多了好些窟窿，真讓人心疼啊！」

拿絲帕輕輕一揩，雪白絲帕上立即印開來一朵朵鮮豔小花。我輕歎了口氣，又道：「哎呀，所幸這些個小窟窿在手部，倘若是不慎印在了臉上，那妹妹的花容月貌可就……」

我拖了長長的尾音沒再往下說，咯咯輕笑著，笑聲直凍人心。端木雨忍不住打了個哆嗦，眼中瀰漫深深恐懼，被我握住的小手一陣冰涼。

我含笑將她放開，看著她明顯鬆了口氣的神情，又指著那仙人球笑道：「本宮聽說雨妹妹精神有些不濟，心急如焚，大清早便巴巴地趕來了。聽者老們說，失心瘋是惹惱了神靈、沖撞了邪氣所致，只消拿仙人球的刺將十指放血，便可驅走邪氣而回復正常。」

我冷笑著緊緊盯視臉色煞白的端木雨，高聲吩咐道：「來人啊！伺候雨妃娘娘驅邪！」

「是！」隨侍中即刻有兩個身形魁梧的行刑司太監上前，不由分說便一左一右架住了端木雨。

彩衣將那盆仙人球遞與秋霜，自己則拿小鑷子選了仙人球上堅硬無比的長刺鑷住，取小銀剪一使勁，「喀嚓」一聲便剪下來一根寸餘長的小刺，放於潔淨小瓷盤中。

我伸出纖纖玉手拾取那根小刺，含笑走上前去，舉在端木雨面前柔聲道：「妹妹啊，你須忍著點，這十指連心的，扎下去，嘖嘖……可是痛徹心肺啊！」

端木雨面露驚恐之色，緊盯那根尖細無比的小刺，不住地抽著冷氣，雙唇微微顫抖，半天也沒嚶嚀出聲。

「雨妹妹方才不愼碰到這刺頭，合該知曉厲害。這大清早的，等會子妹妹不顧形象放聲尖叫，知情者曉得本宮好心在爲妹妹驅邪，那不知情的還以爲本宮虐待妹妹了。」我語音一變，冷聲吩咐道：「來人啊，給妹妹含上軟木，省得那些個有心之人又到皇上面前胡嚼舌根，說是本宮動用私刑懲罰宮妃。」

「不、不……」端木雨早已六神無主，雙腳發軟，完全靠兩個小太監支撐方才得以站立。

「是，娘娘。」旁有小太監迅速竄上前，伸手粗魯地捏起端木雨下頷，疼得她直咧嘴，小太監順勢塞軟木入口，止住她的呢喃不休。

我霍地抓起她未受傷的那隻手，叫小太監捏了放在她眼前，將那根刺輕輕移近。

我用刺尖輕觸她的指尖，刺激著她的神經，「雨妹妹，你說是先刺這個好呢？還是先刺這個好？」

端木雨嚇得渾身如綿、六神無主，額上冒出密密一層冷汗，連連搖頭，口中發出嗚嗚求饒之聲。

我將那根刺隨手一扔，在她鬆口氣時朝她展露惡毒的一笑，接著抓取一把盤中彩衣挑著剪下來的長刺，冷冷問道：「說不定這麼多同時刺下去效果尤佳呢，要不，就試試吧！」

端木雨聞聽此言，嚇得魂不附體，兩眼一翻立時暈厥過去，癱靠在兩個小太監身上。

我將手中之刺往盤裡一扔，取了新絲帕細細擦手，露出一副興趣全失態樣，轉身走至紅木椅上落坐，「光這樣便嚇暈過去了？那本宮準備的其他法寶可不就用不上麼？提刀殺本宮時，本宮瞧她精神挺足的，怎麼這會子倒成了軟腳蝦啦！」

隨手端起几上新沏的茶抿了一小口，我又吩咐道：「來人，上水，潑醒了再說！」

深秋的冷水實嫌刺骨，一小瓢迎頭潑去，端木雨周身一顫，嚶嚀醒轉。

「雨妹妹醒來了？可眞眞沖撞了邪靈，妹妹的身子骨著實虛弱不少，這刺還沒下呢，妹妹便暈過去怎行呀！彩衣，接下來就由你幫雨妃娘娘驅邪吧！」我毫不留情地道。

端木雨一臉祈求狀望著我，淚如泉湧滾落而下，口中嗚嗚不止。我略略示意，小太監即刻拔除端木雨口中的軟木，將她放倒後旋退了下去。

端木雨跪倒在地，連連磕頭道：「皇后娘娘饒命啊，皇后娘娘饒命啊！」

我朝殿中眾人呵呵一笑，高聲道：「瞧瞧，瞧瞧，這老人們的老法子挺奏效的，這刺兒還沒扎呢，雨妃娘娘就清醒過來了！」

說時遲那時快，端木雨倏地起身朝殿中立柱撞去，所幸一旁的小太監眼明手快，及時拉住了她，將她死死地扣押在地。

我面色一肅，趨前蹲在她身邊一字一句咬牙道：「不裝瘋了又想死了？想死，沒那麼容易！你殺了本宮最信賴的安公公、最敬重的雲秀嬤嬤，本宮豈能輕饒！本宮可打算著將你毒啞弄聾，薰瞎毀容，砍去四肢，丟進豬圈，讓你求生不得、求死不能！」

「你不敢！」端木雨強作鎮定。

「我不敢？呵呵，皇上已授意本宮全權處置此事，本宮只須隨便尋具屍體去化人場化了，只說是你畏罪自殺就成了。你端木家麼？哼哼，雨妃娘娘你媚惑皇上、謀害龍胎、意圖弒后，樁樁件件都是滅九族的大罪，即便本宮殺了你，你端木家又有誰敢吭聲？」

「不、不……不要啊！」端木雨此時才真正感到了恐懼，「咚咚」的朝我直磕頭，「皇后娘娘，嬪妾知錯了，嬪妾不敢求娘娘饒命，但求娘娘賜嬪妾痛快一死！」

「死？帶著你端木全家一併陪葬麼？你以為你死了，你家族便可無事麼？」我冷哼一聲，嘲弄她的天眞。

「你……」端木雨聽出我話中的弦外之音，陷入遲疑。

「雨妃，這許多樁事眞是你一人搗騰出來的？難道除了求饒求死，你就沒有其他話對本宮講麼？」

倒不愧爲端木家聰慧的千金小姐，一點即通。端木雨聞言，如抓住救命稻草般連聲道：「有，有！娘娘想知道什麼，嬪妾知無不言，但求娘娘放過嬪妾一家。」

我伸手扶她起身，遞了絲帕給她，含笑道：「瞧瞧，雨妃妹妹這一失心瘋，後宮嬪妃的端莊秀麗全無，所幸妹妹迷途知返，這會子便好了。擦擦吧，等會子喚奴才們伺候你好好梳洗。」

端木雨已然見識到我溫柔平和中潛藏的狠毒，半點不敢放鬆大意，連連陪笑著，落坐於我旁側的紅木椅。

揮揮手示意眾人退下，只留幾個貼心之人守在跟前，我一把抓了端木雨的手，語調淡定地問道：「妹妹啊，本宮一直好奇著，你是怎樣知曉西寧將軍與本宮有所來往的？」

「是……是我再三逼問當初姐姐之事，雲秀嬤嬤不慎說漏了嘴，我這才知曉。」端木雨微歎了口氣，「那時的我是那樣執著心儀於他，聽說了這件事後我便擱放心上，凡是你二人同在的場合我都會格外細察，只一眼，我便發現了你們之間瀰漫不尋常的氛圍。越看我越是不甘，嫉妒到發狂，夜不能寐。爲甚幸運的始終是你，擁有了聖寵還不夠，還要吸引西寧哥哥的注意？既然爭不到西寧哥哥的愛，起碼我也要奪去你的聖寵，於是我一步步接近皇上，不想卻意外懷上了龍胎。我的心中只有西寧哥哥一人，怎麼可能爲別的男人產下子嗣呢？而你，偏偏一副關懷備至又溫柔嫻淑的樣子出現在我面前，我終是敵不過心中的邪魔，伸出了報復之手！當我再次下手之後，淑妃找上了我……」

我終於聽到了自己想要的東西，遂不動聲色追問道：「淑妃娘娘找你，究竟所爲何事？」

「淑妃麼？傻瓜一個！」端木雨不屑地冷哼一聲，「區區丫頭出身的宮妃，也妄想當太后。不過也因爲她，使我萌發了要奪你子嗣教你痛不欲生的念頭，而孤掌難鳴，我自然與她聯手，她替我尋來了媚藥，大家各取所得。」

「原來如此。芳嬪爲攀高枝不擇手段，卻是個沒腦之人，那陳副統領亦是糊塗，怎地心甘情願跟著淑妃扯入弒后的勾當，就不怕滅九族麼？」

「呵呵，這世間男人和女人不就僅那碼事麼？淑妃娘娘那是久旱逢甘露，陳副統領則是長線釣大魚，不正好乾柴烈火，一點就著麼？」端木雨眼中滿是蔑視，「他們那樣個見不得人之事，躲躲閃閃，還眞當我不曉麼……」

我得到了想要的內幕，便不再打斷端木雨。

待她說完，我才輕歎了口氣，道：「唉，妹妹這都是何苦呢？你我皆是皇上的女人，此生是永遠跳不出這口井了。人生不過是活這一輩子，爲了一個男人，妹妹落得如此下場，値得麼？」

「値得！」端木雨重重頷首，「爲了所愛之人，做什麼都値得！只是……皇后娘娘，嬪妾是讓妒心沖昏了才做出那般狠毒之事，如今想起猶歷歷在目，爲了所愛之人確實做什麼都値得，卻偏偏不能傷害他人！嬪妾悔之晚矣，死不足惜，只請皇后娘娘看在亡姐以及西寧與端木兩家情分上，替嬪妾在皇上面前求求情，給端木家族一條活路吧！」端木雨跪落我跟前，苦苦哀求著。

我伸手扶她起身，輕拍她的手，「妹妹放心吧，姐姐自當會替妹妹求情。只是妹妹啊，漫漫人生，往後幾十年都要在這宮牆內孤獨終老了！」

「不，皇后娘娘！」端木雨望向我，固執地搖搖頭，輕聲道：「嬪妾所犯之錯實是天理難容，嬪妾萬沒臉再苟活於宮中，若然可以選擇，嬪妾願長伴青燈，用餘生來懺悔自己犯下的罪行並替娘娘祈福。但這純是嬪妾心底奢望，正三品以上的宮妃除非死，否則是不可離開宮闈的，所以嬪妾只能帶著深深內疚離世。請皇后娘娘恩允在嬪妾死後，將嬪妾的骨灰送至皇家歸元寺中，讓嬪妾生生世世伴青燈，再不入紅塵，超脫為情所困之苦！」

我點了點頭，吩咐奴才們好生伺候端木雨，方才離開。

五十八　東窗事發

一回到殿中，彩衣便忿忿然道：「主子，您怎能夠這般輕易放過她？您難道忘了小安子……」

我轉頭回望，彩衣被我臉上的悲痛神情怔在當場，吶吶道：「主子，奴婢口無遮攔了。」

我將彩衣拉近，把頭輕靠在她肩上無聲地抽泣著，半晌才道：「彩衣，你以為我不恨她麼？我恨不得將那仙人球上的刺一根根全插進她身軀，恨不得讓她受盡世間酷刑，好教她求生不得、求死不能！」

「主子，您……」彩衣從未見過我這等崩潰之狀，她慌得手足無措，不知該怎生安慰我。

「可是我不能！彩衣，小安子之死縱是雨妃下的手，卻非雨妃一人之意。造成小安子之死的，除了雨妃還有以淑妃為首的一干宮妃，我不能逞一時之快而錯失懲治元凶的機會。我要將那些罪徒一網打盡，讓她們全都死無葬身之地，牢牢掌握至高無上的權力。唯有這樣，才是真正為小安子報仇雪恨，遂了小安子的心願！」

彩衣連連點頭，「主子，都怪奴婢不好，奴婢思慮淺薄，自然想不到那許多。主子，那接下來我們該怎樣辦呢？」

「這正是本宮煩惱之事，對付雨妃，我有整個端木家族能當籌碼。可是淑妃乃王皇后的丫鬟出身，上無父母亦乏同輩兄弟姐妹，下無兒女，她若把心一横，我還眞拿她沒辦法！」我揩去淚水，苦惱地揉著頭。

「主子，身子要緊，您慢些想，先用午膳吧！」彩衣看秋霜稟報已布好午膳，忙勸道。

我點點頭，由彩衣攙扶著緩步朝西花廳走去。

用過午膳後，躺臥在貴妃椅上，許是昨兒夜裡沒睡好，抑或是近幾日發生了太多事而操勞過度，不一會我便瞇盹睡去。

「主子，主子！」朦朧中聽得彩衣呼喚，我倏地驚醒過來，卻見她一臉喜色望著我。

彩衣見我醒轉，忙道：「主子，西寧將軍回來了，已在偏殿候有好一陣啦。」

我一聽，忙起身穿鞋，口中埋怨道：「西寧將軍過來定然有要事，怎好讓西寧將軍等著啊，也不早些喚醒我！」

彩衣滿臉委屈回道：「奴婢看主子近幾日乏困，這會子睡得極香，實不忍心喚醒主子，便稟知西寧將軍，西寧將軍只道這幾日難爲主子您了，吩咐奴婢不必喚醒主子好讓您多歇會兒。還是奴婢瞧主子都睡了兩個時辰，西寧將軍也等上大半個時辰，這才斗膽喚醒主子。哎呀，那一邊想讓主子您好生歇著，這一邊又責怪奴婢，還眞眞是左右爲難，兩頭受氣啊！」

我「噗」的一聲笑出來，拉了彩衣正經道：「行啦，不怪你了。不過彩衣，此話不可胡說，那日在殿中的奴才們除卻你和小碌子外其他人早就沒了。我自然極信你們，只是你們自己也得謹慎些才好，這話倘讓有心人聽去，可又是翻天覆地的大禍哩！」

彩衣嚇得白了臉，「咚」的跪落在地，連連磕頭道：「主子，奴婢該死，奴婢不是存心的，請主子責罰！」

「罰甚的啊！」我親手將她拉起，「小安子去了後，我身邊能說上話的就剩你一個了，往後亦只有你能陪著我呢。快起來吧，趕緊伺候我梳洗，可別讓西寧將軍再久等了！」

待梳洗理妝完畢，我三步併作兩步，匆匆跨進偏殿。

見到正站起身來準備行禮的西寧楨宇，我擺擺手示意他免禮，直入主題，「西寧將軍，怎麼這時候過來了？」

「皇后娘娘，末將一接到歸元寺住持大師飛鴿傳書便即刻趕赴過去，未及跟娘娘稟報，所幸不枉此行。」西寧楨宇面露喜色，朝我拱手道：「皇后娘娘，末將要送娘娘一份禮物！」

「哦？」我受他感染，臉上不自覺浮上笑容，「觀西寧將軍神色，定然是喜事。那本宮就不推辭，笑納這份禮了。」

「還不快帶進來！」西寧楨宇朝門外高聲道。

話音甫落，便有兩名殿前侍衛押著一名灰袍僧人走入。那灰袍僧人一見我便跪伏在地，且不停磕著頭。

我不明所以的轉頭望向西寧楨宇，笑言：「西寧將軍，你專程趕赴歸元寺，該不會就爲了帶這樣個磕頭和尙贈與本宮吧？我這宮裡頭向不缺磕頭之人。」

「聽到了麼？」西寧楨宇朝那僧人沉聲道：「皇后娘娘不喜歡磕頭之人，還是說出些皇后娘娘想聽的話來吧！」

我正疑惑著西寧楨宇怎會吐說如斯怪話，他卻朝我神祕一笑，示意我聽那僧人說話。

「是，西寧將軍。」那僧人朝西寧楨宇磕了個頭，才又朝我道：「回皇后娘娘，貧僧是歸元寺的粗使僧人一眞，負責打掃後院。因著貧僧剛入寺不久……」

聆聽一眞的講敘，我從不明所以到震驚萬分，再到欣喜若狂，最後終於明瞭西寧楨宇爲何一副胸有成足的模樣。

聽完一眞的話，我心中那塊大石落了地，呵呵朝西寧楨宇笑道：「西寧將軍眞是不枉此行，這份禮物本宮甚爲滿意，收下了！」

西寧楨宇含笑起身，恭敬道：「能讓皇后娘娘歡喜，是末將的福分。皇后娘娘但有需要協助之處，直接找莫統領便可，末將先行告退。」

「西寧將軍客氣了。」我起身親送他至門口，「將軍操勞一日，趕緊回去歇息吧。」

西寧楨宇朝我行過禮後離去，我立於門口看著他遠去的背影，久久才收回目光。

自從端木雨戳破我們之間那層紙以來，我們變得越發客氣，然我卻隱隱感到我和西寧楨宇像倏地走近一步，他待我比以往親厚不少。

我踱回楠木椅上落坐，端起几上的茶呷了一小口，瞅看跪在地上的一眞，不冷不熱地道：「一眞，你可知你所犯下乃是滅族的大罪，即便你遁入空門，也難逃被凌遲處死！」

我看著毫無反應的他，不知他究竟是否聽懂我的話，復又加重了語調：「你知道什麼是凌遲處死麼？」見他木然輕搖腦袋，我不由輕笑出聲，「凌遲處死就是把你人吊起，用刀子一刀一刀將你的肉割下來，直到割完一百零八刀才停手。當然，如果那時你還有氣在，就會再繼續割下去……」

他渾身一顫，咚咚磕頭不止，聲音帶著無盡的驚恐，「娘娘饒命，娘娘饒命啊！」

「成了！」我冷冷打斷他的求饒，「本宮說過，這宮裡頭最不缺的便是磕頭之人！你若乖乖配合本宮，本宮自然保你無事！」

「但憑皇后娘娘吩咐，貧僧萬死不辭！」他不敢再磕頭，只信誓旦旦地保證道。

我點點頭，朝彩衣吩咐道：「彩衣，帶他下去換身衣服，順便把他那顆光頭打理一下，太醒目了。之後準備準備，今兒晚上咱們該前去探望淑妃娘娘。」

「是，主子！」彩衣聞我之言，知我定然想到了好主意，露出一臉欣喜。

我疾步走入養心殿，木蓮正陪皇上在暖閣裡敘著閒話。皇上一見我進來，便朝我伸出手。

我看著滿眼含笑的木蓮，走上前將手放入他手心，倚近他身旁柔聲道：「肅郎，您身子可好些了麼？」

「言言……」皇上顫巍巍地握緊我的手，眼底滿存內疚，沙啞道：「抱歉，朕不知……朕一直不曉得，你連御書房歇息小間內那幅畫之事也擱在心上……」

「這……」我轉頭看看木蓮。

木蓮忙笑道：「皇后姐姐惦掛著卻不想讓皇上知悉，嬪妾明白。可是姐姐，有些事定得告訴皇上，否則姐姐做了那麼多卻盡被有心人奪占功勞，皇上哪兒知曉啊！姐姐別怪妹妹多嘴，妹妹方才已然把整件事和盤托出：姐姐發現嬪妾有七八分肖似那幅畫像後，即刻命人教授嬪妾宮廷禮儀，安排嬪妾至皇上跟前伺候以慰皇上對薛皇后思念之情。嬪妾不說明，皇上猶以爲此事乃淑妃娘娘一手安排，直誇淑妃娘娘對皇上上心呢！」

我朝木蓮眨眨眼，轉頭朝皇上笑道：「爲人妻者關懷夫君本就應該，還爭甚功勞呢？臣妾體貼皇上、事事爲皇上著想，皇上即便一時被人迷惑，終有一天也會明白眞相的。」

「言言……」皇上動容地看著我，「你不會怪朕對她念念不忘吧？其實她與朕大婚之時，朕忙碌朝政而疏於關心，朕本待理順朝政大事後再好好疼愛她的，怎奈……世事弄人，未及那時，她就因生下太子難產而去。這麼多年了，朕一直耿耿於懷，朕……實在有負於她！」

我拍了拍他的手，寬慰道：「薛皇后姐姐斷然不會責怪皇上的，她必能理解自己的夫君以江山社稷爲重，倘她在天有靈，定不希望皇上耿耿於懷！臣妾知曉這事後非但無任何責怪肅郎之心，反越發感到幸福，因爲臣妾的丈夫不僅是位明君，更是個有情有義的好男子！」

皇上搖了搖頭，愧疚道：「朕眞眞犯糊塗了，居然誤信讒言冤枉朕的皇后謀害龍胎！連蓮婕好都能完全信任皇后人品，朕卻受他人蠱惑一度懷疑著言言你，眞是愧對朕的好皇后啊！」

「皇上，咱都老夫老妻了，怎地又說起這些話呢，您也不怕蓮妹妹取笑於您！」我拉著他，咯咯嬌笑以緩和氣氛。

「是啊，皇上，皇后姐姐經常對臣妾說，皇上就是我們的丈夫，丈夫本非聖人，難免有錯怪臣妾們之時，要理解皇上的難處！」木蓮在旁跟著勸道。

「不，言言，朕許諾過絕不會虧待了你和我們的皇兒，可朕竟然一次又一次失信於你。今天，當著蓮兒的面，朕該實現對你的承諾了！」皇上說罷朝門口高喊：「小玄子！」

「奴才在。」守在門口的小玄子忙打簾子進來，躬身恭敬道：「萬歲爺有何吩咐？」

「傳朕旨意，皇六子睿係皇嫡長子，聰慧聖明，好文習武，深肖朕躬，可承宗廟社稷大任，今立爲太子，賜居東宮！」皇上一臉嚴肅，沉聲道：「即刻令翰林院修書擬詔，令禮部準備冊封大典，待過上幾日，朕身子復元，即刻昭告天下！」

我被這樁天降喜事沖得整個人暈陶陶的，偷偷伸手掐捏自己大腿。儘管痛得直鑽心窩，我仍歡喜非常，與木蓮對望一眼，齊齊跪拜道：「恭喜皇上，賀喜皇上！」

「好，好。」皇上面露喜色，伸手拉我二人起身。

我躊躇一下，甫小心翼翼開口：「皇上，臣妾尚有下情，不知當稟不當稟？」

「皇后有何事，但說無妨。」果是人逢喜事精神爽，皇上如今精神氣色好了不少，面泛紅光。

「回皇上，二皇子轉眼便十七了。今春皇上諭旨爲二皇子定下翰林院梁大學士的嫡孫女，太子故去後，二皇子也算是長子了，已定親半載的長子尚未大婚，皇上卻爲睿兒的太子大典忙碌著，恐情理上說不過去呢！」

皇上若有所思地點點頭，「到底還是皇后考慮得周全，這樣吧，朕即刻命禮部準備大婚儀典，封二皇子爲廣平王，來月大婚，賜居廣平王府！」

「皇上！」我拉著他的胳膊，撒嬌道：「好了，聽臣妾的，肅郎您就先別操心這些事啦，調養龍體要緊，待養好了身子再操持這些事亦不遲！」

「是啊，皇上，皇后姐姐說得沒錯，安心調養好龍體最要緊。」木蓮勸言的同時，頗為疑惑地看著我。

「好，好！」皇上和顏睇看我和木蓮，目光中添了幾分柔情，隨即一捂肚子，咧嘴道：「哎喲，哎喲！」

「怎麼啦？」我和木蓮俱是一嚇，齊聲驚呼。

「呵呵，朕逗你們玩呢！」皇上大笑著，朝門口高聲吩咐道：「小玄子，伺候朕出恭！」

我和木蓮對望一眼，輕捂著嘴，笑了。

趁皇上出恭之時，我悄悄塞了早已備好的瓷瓶給木蓮，悄聲吩咐道：「妹妹，你酌量放在茶水中，能拖多久就拖多久，爭取多一點時間給姐姐對付那些個蛇蠍心腸的毒婦！」

「皇上這邊姐姐就放心吧，妹妹會好好侍奉的。」木蓮收妥瓷瓶，臉上閃過一絲狠毒，「姐姐可不能再心慈手軟了，再不收拾她們，只怕她們會越發無法無天！」

我點點頭，拉了她柔聲道：「妹妹，所幸有你一直支持著姐姐！」

「皇后姐姐不嫌棄嬪妾，已屬嬪妾的福分！」

「你們姐妹倆趁朕不在都說些什麼？有沒有說朕的壞話啊？」背後響起皇上的聲音，我二人同時轉過頭去，嗔怪嬌呼一聲「皇上」。

三人復又閒聊好一陣，直到用過晚膳，皇上品享過木蓮特製之茶酣然入睡後，我才回轉莫殤宮。

「皇后娘娘，您可回來了！」剛一歸抵，等候在殿中的少帆便迎將上來。

我朝他微微一笑，問道：「二哥都已準備妥當吧？」

「都準備妥當了。」他點點頭。

「走吧，赴永和宮！」我扶了小碌子的手，轉身朝外走去，「本宮簡直迫不及待了！」

我端坐於永和宮正殿，冷眼瞧看著眼前一身正式宮裝、頭戴六尾鳳簪且悉心修飾過妝容，傲然而立的淑妃。

「妹妹才兩日未出宮門，就連宮妃禮儀都忘卻麼？見了本宮也不知行禮呀？」我平和語調聽不出半分情緒。

淑妃依舊昂首站立，一副無懼之狀直視著我，「從本宮出手那一刻起，早就看通『成王敗寇』的道理，若成了，宏兒便是太子，而本宮將在皇上百年之後成為太后。此刻，本宮敗了，要殺要剮悉聽尊便，皇后又何必刻意前來侮辱？本宮已了無牽掛，無話可說，只請皇后娘娘能給個痛快！」

「哎……」我搖搖頭，露出憐惜之態，輕歎了一聲，「看來本宮白跑這一趟啦，淑妃妹妹既已了無牽掛、無話交代，那本宮也就不枉做回好人。來人啊，賜淑妃娘娘白綾三丈！」

我冷聲吩咐，旋即灑脫地起身緩步朝殿門口走去。

「皇后，你此話何意？」淑妃追上前幾步。

「妹妹不是想做糊塗鬼麼？姐姐願成全你，旁的就不必再多問。」

「皇后姐姐既然跑了這一趟，不妨就施捨妹妹做個明白鬼吧！」淑妃被我挑起好奇之心，見我並非那樣迫切想向她索命，心中又燃起一絲希望。

「哎，你我畢竟姐妹一場，姐姐實不願妹妹淪為替死鬼猶不自知！」我長長歎了口氣，吩咐道：

「帶上來吧！」

此時太監裝扮的一眞被帶了上來，淑妃一臉疑惑地看著我。

「抬起頭來！」

淑妃上上下下細細打量了一番，不明所以的望向我，「皇后娘娘這是……」

「一眞啊，淑妃娘娘已認不出你來了，你就幫著喚醒娘娘的記憶吧！」

「貧僧謹遵皇后娘娘懿旨！」一眞手舉於胸前朝我一鞠躬，行了個和尙禮儀，而後迅速揭帽，扯下假辮。

淑妃滿臉驚恐盯看一眞，伸手指著他，踉蹌連退幾步，語不成聲，「你……你……」

「貧僧一眞拜見淑妃娘娘！」一眞不慌不忙地朝淑妃行禮，「淑妃娘娘，我們又見面了！」

「你……你……」淑妃看看我，又看看他，顫聲道：「一眞高僧，你不是雲遊四海去了麼？怎地這會子又在這裡？」

「貧僧實在對不住，淑妃娘娘。」

「一眞，你就把對本宮說過的話，向淑妃娘娘再述一遍吧！」我目光炯炯看著他。

一眞點點頭，朝淑妃道：「淑妃娘娘，貧僧並非甚雲遊四海的高僧，只是歸元寺裡清掃後院的僧人，初入空門而六根不淨，貧僧忍不住偷喝了幾口燒酒，被師傅抓住後罰跪在後院中，不許貧僧吃飯。貧僧從午後直跪到傍晚，對師傅又怨又恨，恰在此時來了兩位女施主，其中一位女施主還戴著面紗，貧僧記得師傅提起過那是宮中的貴人主子。」

淑妃臉上血色逐寸退去，我瞟了她一眼道：「一眞，你繼續說，那兩位女施主找你，所爲何事？」

「那位覆面紗的女施主告訴貧僧，七日後會有一列皇家儀隊上山，讓貧僧扮成遊方高僧，對那位女施主說小少爺乃文曲星下凡。女施主許下承諾，此事若成即就幫貧僧成爲寺內高僧，再不用天天掃後院受責罰，貧僧、貧僧終是沒能抵住誘惑，便答應了。七日後，貧僧扮成遊方高僧，果真碰上淑妃娘娘您，貧僧這麼一說，娘娘當時聽信，還賞賜貧僧不少貴重之物。後來、後來此事被師傅知曉，即刻飛鴿傳書稟知宮中侍衛，然後……」

「這、這、這……」淑妃倏地轉頭望著我，一字一句道：「姐姐，告訴我，那個賤人是誰？」

「妹妹想不起來了麼？你帶宏兒赴歸元寺祈福之前，宮裡還有幾個人出過宮？」我閒閒地又瞟了她一眼。

淑妃雙目一斂，收緊十指，忿忿然道：「竟然是她，這個毒婦！」

我斜眼含笑睞看她，「淑妃妹妹入宮許多年，怎就沒看明白呢？這宮裡誰不想爬高位？有兒子的后妃誰不巴望兒子當太子登大位，自己做太后？淑妃妹妹想，她亦想，只是她的心比妹妹深，比妹妹毒哩。」

「若然本宮成功，那一眞便是本宮的死穴，她不費吹灰之力就可毀了本宮的太后之路；若本宮失敗了，那弒后之人便是本宮一人，也與她無干，她照樣做她的昭儀，仍可等待下一次機會。」淑妃就是再笨，也算被我點醒過來了。

「是啊，這一箭雙鵰的毒計可牢牢套住了妹妹你啊！如今妹妹敗了，皇上親眼見你弒殺本宮，你就這樣替她除了要敵，含恨而去。妹妹，你甘心麼？」我繼續挑撥著。

「哼，皇后，你還眞把本宮當傻子哩？你無非想利用本宮來幫襯對付她罷了，雨妃毀了，本宮沒了，再擊敗了她，這後宮就眞的完全變成你的天下，太子之位自然也就是你的囊中之物。本宮才不會那般犯傻，臨死前還幫你一把，讓你從此高枕無憂！」

「淑妃妹妹果眞聰明，連這也料想到啦！」我嗤笑一聲，湊近前輕聲道：「妹妹還不知道吧？皇上剛剛下旨封二皇子爲廣平王，來月大婚後居廣平王府。二皇子就要搬遷出皇宮了，太子之位注定與他無緣，她的太后夢已然破碎。」

「這……」淑妃怔在當場。

我嘻嘻笑開，睨了她一眼，「妹妹更不知道吧？皇上方才已著翰林院擬旨封睿兒爲太子，不日將舉行冊封大典！」

「你……」淑妃雙目圓睜死盯著我，揣測我話中的眞假。

「本宮根本就不需要你幫本宮對付她，本宮業已勝券在握，今兒走這一朝，只念及咱姐妹多年，不忍看妹妹就此不明不白的去了。」我略整衣衫，不以爲意地道：「既然妹妹不領情，本宮這就去了。」

我在彩衣扶持下緩步朝門口走去，只丟下一句冷冷話語：「小碌子，你留下！奉上白綾三丈，伺候淑妃娘娘上路！」

淑妃立在原地凜然望著我離去背影，不發一語，眼中充斥死灰和漠然之色，再沒了一絲漣漪起伏。

小福子慌慌張張從殿前階下跑上前來稟道：「皇后娘娘，芳嬪主子自被幽禁之日起就吵鬧不休，鬧著求見主子！」

我停下腳步，目光如炬地瞪視他一眼，冷聲喝道：「本宮說過多少次了，本宮公務繁忙，哪得空去見她一個小小嬪妃，再說了，如今的本宮又豈是她這樣個帶罪嬪妃想見就能見的？」

「皇后娘娘恕罪！只是……芳嬪主子都兩天沒用膳了，一直大吵大鬧的，奴才們也是怕有了閃失，不得已才前來煩擾娘娘，請娘娘示下。」小福子小心地陪著笑臉。

「絕食麼？不吃就通知御膳房不用上了，免得浪費大內銀兩。」我冷哼一聲，「你現下就回去告訴她，若她乖乖的，她就還是芳嬪主子，若然鬧出個好歹來，明年的今日就能看到她的墳頭草！」

「是，是，皇后娘娘，奴才這就去辦。另外……」小福子見我神色不好，略略欲語還休。

「你有話就快說，趁本宮這時心情大好，否則等會子小心有你的板子吃！」我斜眼偷瞟一眼淑妃，她正悄然趨前兩步豎耳聆聽。

「另外，莫統領那邊傳話過來，說是陳副統領的傷口已惡化，經過這兩日的嚴刑拷打，只怕……只怕是快要撐不住了！」

淑妃倒抽了口冷氣，登時心急如焚，不自覺地近前幾步，只望小福子能多透露一些。

我睨了小福子一眼，「哼，給本宮再審，那個陳副統領萬萬不能輕饒，弒后之罪理當有得他受，也不知他哪來的膽，敢行如此冒天下之大不韙之事。給本宮重重嚴審，敢闖入皇后寢宮動武，定要把其中內情審出！撐不住了麼，那就怪他自己命賤，死了拉到亂葬崗扔了便是！」

不留半分情面的冰冷之語飄進淑妃耳中，她身形微震，眼中閃過一絲光亮，旋一路撲行而至，口中高呼：「皇后娘娘，請留步！」

「怎麼，淑妃妹妹尚有何話想說？」我轉頭問道，心下暗暗冷哼一句：「看不出來，你倒也是個多情的人兒。」

「皇后娘娘，嬪妾方才聽說陳副統領他……」淑妃戰兢兢開口道。

「怎麼啦？淑妃妹妹連白綾都心甘情願收下，眼下自身難保，這會子難道還想保他人不成？」我面上似笑非笑，炯然盯著她，直望進她眼眸深處，彷彿要將她心底祕密看透一般。

淑妃略略心虛地避開了我的目光，吶吶道：「嬪妾答應過芳嬪妹妹，要力保他們兄妹二人的性命……皇后娘娘，您我姐妹一場，就請您看在嬪妾的面上，放他們一條生路吧！」

「淑妃妹妹是眞傻還是假傻？」我湊上前去，「這宮裡頭啊，既無永遠的敵人也無永遠的朋友，更沒有甚姐妹之情，有的，只是永遠的利益！」

我察見她嘴角僵硬，續道：「淑妃妹妹今時是人走茶涼，哪還有甚臉面在？一群敢冒天下之大不韙弒殺本宮之人，本宮憑甚要給他們一條活路？你們既然一個個都弒不了本宮，合該一個個等著被本宮擒殺！只可惜了那位陳副統領……他英姿颯爽、年輕有爲，堂堂殿前侍衛副統領，本是前途無量，卻落得英年早逝的悲慘下場……」

淑妃陷入往事回憶，眼中升起了霧氣，只見她露出滿臉苦楚，緩緩跪落，「是我害苦了他，請皇后娘娘示下，如何才肯放他們一條生路，嬪妾願供娘娘差遣！」

我這才展顏，親扶她起來柔聲道：「淑妃妹妹何須說得這等可憐，其實姐姐的心思……妹妹還不知曉麼？只要妹妹願意，後宮裡頭除了姐姐還是妹妹最大，這永和宮照樣歸妹妹的天下，妹妹在永和宮中想做什麼，本宮保證無人敢來打擾！」

我不懷好意地朝她笑笑，淑妃倏地臉頰泛紅，竟散發出嬌嬌新婦的氣息來，霎時迷人心魂。

我不知她原來也可如許美麗魅人？哎，萬歲爺還眞是老了，連淑妃這樣的昨日黃花亦得人有能耐讓她枯木反春，不知萬歲爺知悉會怎樣作想哩。

不過這些都已不重要，要緊的是如今宮中形勢正按我的設想一步步實現，至於其他則早晚見分曉，本宮這一次絕不會再手下留情！

陪皇上用過夜宵，回返莫殤宮中。

沐浴後換上寬鬆素淨的衣裙，我伸了伸懶腰，吩咐道：「秋霜，去把今歲新製宮裝中較奪目的挑出來整理妥當，本宮明兒要穿！」

「是，主子！」秋霜擱放下參湯，轉身出去辦事。

「彩衣，那參湯就不用了，過來伺候本宮歇息吧！今兒個你照例陪本宮歇著吧。」

「是，主子。」彩衣早已習慣與我同榻而眠，也不驚訝，上前熟練地伺候我歇下，方才窩在我的腳邊睡下。

「彩衣啊，明兒個好生替本宮打扮打扮，有好戲上演，可得讓她們睜大眼看清楚，過了明日，不知還有幾人能再睹本宮著正宮娘娘宮裝的尊貴容顏了！」我顯擺之語中透出濃濃倦意。

「主子，奴婢們都知道您不是這樣的人，可這後宮哪容得下純善之人啊，主子善良，看看這群嬪妃，哪個不是變著法的想害主子？主子，她們都公然闖進莫殤宮來了，您不能夠再心善啦！」彩衣對前些日子之事心有餘悸，咬牙切齒道。

「嗯。」我咕嚕著，長長地歎了口氣，「這樣的日子，何時才是個頭啊……」

回應我的，只有那盞守夜燈裡燃燒的滋滋聲響和夜裡隨風搖擺如鬼魅的燈影……

五十九　真相大白

一整天我都心不在焉地陪伴皇上，直到夜幕降臨，皇上歇下了，我急奔回莫殤宮。入得東暖閣，我換上昨夜裡命秋霜備下的宮裝，細細描好眉黛，梳了精緻的富貴流雲髻，方才扶著小碌子的手臂朝正殿而去。

殿前侍衛前行開路，太監宮女們簇擁而行，頭上那支僅只皇后一人可戴的十二尾鳳凰簪在路燈下熠熠生輝，珍珠流蘇隨著走動在風中搖曳生姿。

端坐正殿當中的鸞鳳椅上，看著散跪在地的眾人，我滿意地點了點頭，吩咐道：「小碌子，可有派人去傳榮昭儀？」

「回皇后主子，已經派人去傳了，這會子應已在回來的路上。」小碌子躬身回道。

話音剛落，門外便響起了當值小太監的尖聲通傳：「榮昭儀娘娘到！」

榮昭儀滿臉堆笑走進，眼中卻無笑意。她瞧瞧地上跪著的眾人，又看看一身正式宮裝端坐在鸞鳳椅上的我，不禁微微變了臉色。

多年的宮鬥讓她敏捷察覺到危險氣息，忙斂了神色，上前恭敬行禮道：「臣妾拜見皇后娘娘！」

「嗯。」我淡然頷首，輕聲道：「榮昭儀起來坐吧！」

「謝皇后娘娘！」榮昭儀謝過恩，起身落坐旁邊的楠木椅，不敢多言。

「榮昭儀，雨妃謀害龍胎、媚惑君王，淑妃意圖弒后、爭奪太子之位，如今皆已查實，二人亦已認罪。宮裡發生這麼天大的事兒，榮昭儀事前可知一二？」我瞟了瞟榮昭儀，聲音不透半點喜怒。

榮昭儀臉色煞白，頓了一下方恭敬應答：「回皇后娘娘的話，臣妾素來深居簡出，專心侍奉皇上和皇后娘娘，督促皇兒的學業，不曾聽說其他！淑妃和雨妃犯下此等滔天大罪，嬪妾也是前兒個才從奴才們口中聽說一二，請娘娘明察！」

「嗯，昭儀妹妹素喜清靜。只是這麼大件事，牽扯到眾多宮妃，昭儀妹妹身爲二品宮妃，本宮不得不傳妹妹過來，照例問話。妹妹覺著，她二人該怎樣處置才合宜？」

「回皇后娘娘的話，這國有國法、宮有宮規，淑妃和雨妃兩位姐姐犯下滔天大罪，還請皇后娘娘奏請皇上下旨嚴懲，以儆效尤！」榮昭儀見招拆招，回答得謹慎有理，絲毫不見破綻。

看來啊，不出狠招是不行了！

「皇上授意本宮全權查處此事，命本宮不僅要嚴懲她們，還須抓出那群幕後搗鬼之人，一併加以嚴懲！」我緊盯著榮昭儀的一舉一動，板起臉說道。

榮昭儀心虛地低下頭去，避開了我迫人的目光，吶吶回道：「皇上英明，理應如此，請皇后娘娘明察秋毫！」

「好，好，理應如此！」我高聲和道。

就等著榮昭儀此話，我嘴角不由逸出一絲笑意，轉頭吩咐道：「小碌子，帶進來吧！」

一眞特地穿了當日在後院與榮昭儀相見時的那件灰袍，一進殿便緊瞅著榮昭儀不放。

立於榮昭儀背後的宮女小荷瞬時白了臉，目露驚恐，慌亂中一轉頭便對上了我若有所思的目光，倏地低下頭去。

我如常睇向榮昭儀，她正竭力控制情緒，面目痙攣，雙手緊緊擰著手中的絲帕。

一眞走上前來朝我跪了，恭敬道：「貧僧一眞拜見皇后娘娘。」

我點點頭，問道：「一眞師傅，可有結果了？」

「回皇后娘娘的話，已經有結果了，那日在後院中利誘貧僧對淑妃娘娘謊稱皇子乃文曲星下凡的，正是方才說話的這位娘娘！」

一眞的話剛說完，榮昭儀面上最後一絲血色消失殆盡。

「你可聽眞確了？」我斜睨一眼面色慘白、渾身顫慄的榮昭儀，又轉頭炯炯盯著一眞，和聲問道。

「回皇后娘娘，貧僧不敢有半句謊言，確是這位娘娘的聲音，況且當時還有娘娘背後那位丫鬟在，貧僧絕不會看錯的！」一眞回話的同時，目光盯看向立於榮昭儀背後驚恐得隨時都要暈厥的小荷。

我冷笑著，朝榮昭儀啓口道：「榮昭儀，你自己說說吧，這是怎麼回事？」

榮昭儀僵了一下，復又咬牙挺直身子，勉力穩持住心緒，平聲道：「皇后娘娘，嬪妾不認識眼前這位僧人，也聽不懂他在胡說些什麼！」

「昭儀妹妹眞的聽不懂麼？」我不再看她，轉頭朝跪在一旁的雪貴人道：「雪貴人，把你知道的都說出來吧！」

「回皇后娘娘，那日裡嬪妾到昭儀娘娘宮中，適逢午憩時候，嬪妾便沒讓守門的太監通傳。因著嬪妾時常進出昭儀娘娘的宮殿，那小太監也就放行了。嬪妾走至東暖閣外，聽到昭儀娘娘正同宮女小荷說著話，嬪妾不敢吭聲，便立於窗下。

「嬪妾就這樣趕巧聽見昭儀娘娘心急如焚地跟小荷說，皇后娘娘被幽禁，宮中大權落在淑妃娘娘掌中，恐怕淑妃娘娘已準備動手，畢竟太子故去後則二皇子爲長，淑妃娘娘當然不會眼睜睜看著太子之位旁落。小荷遂出言建議昭儀娘娘對淑妃娘娘來招掩雀捕蟬，不妨上歸元寺找個僧人對五皇子下套，若淑妃娘娘除去皇后娘娘，又拿流言事件扳倒淑妃娘娘，此來太子之位自然便是二皇子的了。

「翌日，昭儀娘娘即帶著小荷赴歸元寺，過多幾日，淑妃娘娘又帶著五皇子上歸元寺祈福，不久流言隨之傳開。」

我轉頭望向榮昭儀時，她已癱軟在楠木椅上，見我望去又嚇得渾身一顫，滑下椅子。

榮昭儀跪倒在地，顫聲道：「皇后娘娘，嬪妾冤枉啊！不是嬪妾指使他的，定然有人串通了這惡僧來陷害臣妾！」

我睇了她一眼，抬頭冷冷盯著小荷，「小荷，你說你家主子冤不冤枉？」

小荷突然被我點到名，周身一顫，嚇得疾步上前跪落回道：「皇后娘娘明察，此事乃奴婢一人私自所為，皇后娘娘要罰就罰奴婢吧，此事與我家主子無關！」

「你一人私自所為麼？」我目光一斂，厲聲道：「那你就該死！」

眾人皆被我突如其來的怒氣給嚇壞了，個個發顫。

我高聲吩咐道：「小碌子，傳杖！」

小碌子向我一躬身，轉頭朝殿外高聲道：「皇后娘娘懿旨，傳杖！」

霎時江鋒便帶著小太監抬了條凳，拿著木杖疾步走進來，跪拜道：「啓稟皇后娘娘，刑杖到！」

「宮女小荷買通歸元寺僧人，妄傳謠言意圖謀害五皇子，拖下去，給本宮著實打！」我瞟了瞟暗自咬牙的榮昭儀，重重說道：「打到她供出幕後主使之人為止！」

「奴才遵旨！」江鋒朝我躬身回過話，抬手一揮。即刻便有小太監擁將上來，拖起癱軟在地的小荷，按到暗紅色實木條凳之上，口中塞入軟木。

木杖高高舉起，重重落下，殿中除了木杖擊打小荷單薄身子的劈啪之聲外，便只餘江掌事尖細的數數聲。

眾人屏住呼吸，那木杖重擊聲直入人心，在場者無不變了臉色。如此杖打六七下，我估摸著小荷也快承受不住，及時揮揮手示意，江鋒即刻停了下來。

小荷早已皮開肉綻，衣衫破處血跡斑斑教人怵目驚心，額上汗水濡濕秀髮黏在兩鬢邊，蒼白小臉尤顯柔弱。

「小荷，你可願吐說實話了？」

小荷似未聽見般，也不看我，只滿目痛楚又可憐兮兮地望向榮昭儀。榮昭儀連張了幾次口，卻終是沒發出任何聲音，狠心轉過頭去不再看她。

「接著打！」我忿忿然道。

江鋒的數數聲和杖擊的劈啪之聲再次響起，直至小荷沒了動靜方才停下。

「啓稟皇后娘娘，宮女小荷已斷氣了！」江鋒朝我恭敬稟道。

我點點頭，朝跪在一旁滿臉憤恨又慘白的榮昭儀道：「昭儀妹妹還覺著冤枉麼？」不待她說話，我又朝她詭異一笑，轉頭道：「淑妃妹妹和雪貴人說完了，雨妃妹妹也來說說吧！」

「是，皇后娘娘。」雨妃恭敬回道：「嬪妾設計流掉了自己和蓮婕妤腹中的龍胎後，榮昭儀來到了嬪妾宮中，說嬪妾外有端木家勢力可倚，內有皇上寵愛所依，正是入主中宮的大好機會。可沒過幾日，皇上因爲一盤糕點在嬪妾們面前叨念起皇后娘娘的好，隔日榮昭儀便給嬪妾送……送來了『回春散』，讓嬪妾每日暗地添入皇上茶水之中，保准皇上再不會想念皇后娘娘，尤讓月嬪、珍嬪幾位妹妹過來合力侍奉皇上。嬪妾提起自己只是個無子嗣的嬪妃，不去想這等爭權之事，偏生榮昭儀又勸嬪妾，說是嬪妾無子嗣，皇后娘娘卻有一雙子女又深得聖心，過繼到嬪妾膝下便可母憑子貴。嬪妾一時間竟聽信了她的話，才纏著皇上過繼龍陽與嬪妾……」

「雨妃，你、你血口噴人，信口雌黃！」榮昭儀緊張地轉頭望向我，「皇后娘娘，嬪妾沒有，嬪妾冤枉啊！請皇后娘娘明察！」

「昭儀妹妹又冤枉了？」我冷笑連連，哼聲道：「那月嬪、珍嬪，換你們說說！」

「回皇后娘娘，雨妃娘娘句句屬實！」月嬪磕頭回道：「榮昭儀娘娘還悄悄對我二人道，要我二人乘隙努力懷上龍胎，說宮中向是母憑子貴的地方，唯有誕下皇子才不會被皇上遺忘！」

「你、你們……」榮昭儀陷入無盡絕望，手指眾人呵呵笑道：「你們這是盤算好了，一塊給本宮下套！」

「昭儀妹妹的意思，是本宮和雨妃、淑妃、月嬪、珍嬪、雪貴人等眾位妹妹聯合起來冤枉你嘍？」我似笑非笑看著她，冷聲問道。

「不，不是……」榮昭儀遽然驚覺自己說錯了話，連連否認道。

「不是，那就是說雨妃和淑妃她們所言句句屬實了？」我目光炯炯逼視於她。

「啓稟皇后娘娘，這是在榮昭儀娘娘宮中搜出之物！」少帆率人進來稟道，將一小包絲帕包裹之物交給小碌子呈上。

我打開絲帕，剛用指甲拈起一點猶未細看，雨妃已指著我指甲中的粉末，失聲道：「皇后娘娘，就是此物！這就是榮昭儀給妹妹送過來的回春散！」

我忽地頓住，將指中粉末抖回絲帕之中，復看了榮昭儀一眼，吩咐道：「昭儀妹妹，別說本宮冤枉你。小碌子，即刻派人去請南御醫過來查驗，看看此乃何種藥粉！」

待小碌子離去後，我又轉向少帆問道：「莫統領，此物從何處搜出？」

「回皇后娘娘，卑職奉命搜查榮華宮，起初一無所獲，後搜到書房時，有侍衛不慎打翻書櫃正中一只景德窯彩釉瓷瓶，意外發現這包藥粉。卑職覺著奇怪，這才帶了過來。」

我瞧見榮昭儀面如死灰的神情，驚道：「景德窯彩釉瓷瓶麼？那可是難得的極品，古人曾形容爲『綠如春水初生日，紅似朝霞欲上時』。本宮素只聽說，卻不想昭儀妹妹有這等稀罕物，打碎了眞是可惜啊！」

「那只景德窯彩釉瓷瓶麼？」淑妃眼中閃過一絲光亮，「嬪妾可記得那是昭儀妹妹產下二皇子時，皇上高興異常，親賜的聖品啊！」

淑妃一語戳破了其中奧祕，榮昭儀臉色越發難堪起來。

南宮陽一路小跑奔進，跪落我跟前，「啓稟皇后娘娘，微臣已細細查探過那包藥粉，確認爲宮中禁用之物——『回春散』！」

「榮昭儀，事到如今你還要喊冤麼？」我走近跪在地上的榮昭儀，冷眼俯視著她。

「不，不……」榮昭儀倏地明白自己落入了精心設計好的陷阱中，渾身一軟，癱坐在地低聲呢喃道：「嬪妾已無冤可喊！」

我緩步走回鸞鳳椅落坐，環視殿中神情各異的眾人，威嚴道：「本宮終不負皇上所託，將此事徹查清楚，本宮明兒一早便將此事原委始末詳細稟報皇上，請皇上定奪！」

翌日午後，我一臉意氣風發，由奴才們簇擁著出了養心殿。抬首望天，初冬的陽光暖洋洋照在身上，今歲冬天來得可眞晚啊！

「皇后娘娘，等會子先去哪裡？」立於一旁的小曲子恭敬問道，其後隨侍的小太監手捧著明黃綢緞聖旨。

「榮昭儀在此樁事件中可謂拔得頭籌，就先去看望她吧！」我莞爾一笑。

榮昭儀獨身一人端跪於正殿中，小曲子手拿聖旨高聲唱道：「奉天承運，皇帝詔曰：榮氏昭儀有失婦德，妖言惑眾意圖謀害龍子，有失德行，鼓動他人媚惑君王，按律當凌遲處死，然念其誕育皇子有功，特賜烏頭養顏湯十付，即日起由內務府每日定時監督服用。欽此！」

我接過聖旨，俯身挨近癱坐在地、面目無神的榮昭儀，款款將聖旨塞入她手中，輕聲道：「皇上已下旨封二皇子爲廣平王，令禮部準備二皇子大婚事宜，來月大婚，賜居廣平王府。你若是乖乖的，二皇子有生之年便是廣平王，衣食無憂地度過餘生；你若是不乖……」

我沒再說下去，但渾身一顫的她已然告訴我，她清楚自個兒該怎麼做了。

接著前往永和宮正殿，淑妃一臉喜色地跪落接旨。

小曲子高聲念道：「奉天承運，皇帝詔曰：永和宮淑妃妄爲混淆視聽，謀取太子之位，意圖弒后，國法家規難容，賜白綾三丈。欽此！」

隨著小曲子的宣旨，淑妃臉上血色漸失。待小曲子念完，她跪伏著撲上前，失聲道：「皇后姐姐，曲公公是不是弄錯了啊？這怎麼可能？皇后姐姐，您答應過嬪妾的……」

「你沒有聽錯，這道聖旨是本宮親自向皇上請的！」我退後兩步避開了她，一字一句說道，將她最後希望一併毀滅！

「你！皇后，你這個毒婦！」淑妃怒吼道，再次撲上前來，小碌子早領人將她拖住。

「說得好，淑妃妹妹！」我欺上前去，「量小非君子，無毒不丈夫，是淑妃妹妹你教會了我！」

「你！你明明說過，待收拾了榮昭儀，這永和宮便是我的天下。你怎可失言？」淑妃不甘地大吼。

「淑妃，你果真當本宮好欺麼？你一次又一次與本宮作對，本宮何嘗不也一次一次放過，你卻變本加厲想弒殺本宮，教本宮如何饒恕於你？」

聞我之言，淑妃平靜下來，自知難逃一死，也不再白費力氣。她眼中閃過一抹嘲弄之色，不屑道：「那是你自己要信，與我何干？皇后娘娘自己甘願心慈手軟，若換成他人，我不知早死了多少回，這會子只怕是墳頭草都已齊腰長了！」

我搖了搖頭，歎了口氣，緩聲道：「淑妃妹妹，你以為憑雪貴人一個小小的嬪妃，她敢三番兩次不把本宮放在眼中，令本宮難堪麼？憑甚本宮要一再容忍於她？」

「你……」淑妃吃驚地看著我，「你是說……」

我未理會她的驚訝，逕自湊到她耳畔細聲道：「你以為你與陳副統領那檔事，本宮不曉麼？」淑妃一臉目瞪口呆，我繼續道：「你輸就輸在勾搭的男人不夠強勢！你以為他憑甚在雨妃弒殺我時拚命保護於我，又刻意留下玲瓏來護衛我呢？」

我退開身去，在她漸漸明瞭的神情之中，高聲吩咐：「曲公公，還不即刻送淑妃娘娘上路！」

淑妃終於明白我話中之話，咯咯笑開了去，揮揮手道：「不用，本宮自己來！」

淑妃舉步近前，踏上太監們早已備好的小凳，雙手拉著白綾，衝我笑道：「莫言，你才是最絕情、最狠毒之人！」說罷緩緩將手中白綾繫了個死結，輕輕拉住結套將頭放入，一個用力蹬翻腳下小凳。

我一甩長袖朝殿外走去，吩咐道：「來人，送海月姑姑前去伺候淑妃娘娘！」說罷，頭也不回地步出永和宮。

華燈初上，彩衣喘吁吁迎將上來，悄悄塞了一小包物事到我手中，低聲道：「主子，南御醫說尚無十分把握啊！」

「嗯。」我頷首道：「為今亦只能死馬當活馬醫，聽天由命了！」

彩衣扶我登上鳳輦，緩緩朝儲秀宮而去。

入得儲秀宮東暖閣之時，端木雨早梳洗完畢，穿上入宮之時那套衫裙，靜坐在炕上小方桌前等著我的到來。

小曲子剛拿出聖旨，端木雨瞧見後頭太監端著的托盤，揮了揮手，輕聲道：「曲公公，不消念了，端上來吧。」

小曲子看了我一眼，我點點頭，緩步走上前坐在她對面，小曲子才轉身將端盤擱放桌上。

「其實我和姐姐都是傻瓜，明知不可，卻仍死死抓住不放！」端木雨自嘲地笑笑，又無奈道：「西寧哥哥亦是個可憐人，愛上的一個得不到，愛上了另一個，卻仍只能看不能碰！」

「妹妹看得明白也是一件好事，只望妹妹能獲重生，從頭開始！」我和聲道。

端木雨伸出青蔥玉手執酒壺將白玉杯斟滿，輕端酒杯，真誠地看著我，「莫言，如若有那樣個機會，請你好好愛西寧哥哥一回！」

我沒吭聲回應，只全神貫注看著她款款舉起酒杯，放至唇邊將杯中玉露一飲而盡，一滴清淚沿著眼角滾落而下！

過得許久，我命內務府專責監督行刑的掌事太監上前探視端木雨的鼻息，他朝我點了點頭。

我甫吩咐道：「小曲子，你帶了幾位公公前去養心殿覆旨吧！留下莫統領在跟前，本宮還想多陪雨妃妹妹一會子！」

小曲子收到我示意的目光，忙帶眾人行過禮退出。

待幾人走遠，我連忙追問少帆：「怎麼樣？都安排妥帖了麼？」

「皇后娘娘儘管放心，都安排好了，替代雨妃的屍體已在門口。」少帆拭了拭額頭，低聲回應。

我微微頷首，吩咐道：「少帆，即刻按計畫將端木雨屍首送往靜心庵。小碌子，即刻安排人將替代的屍體送到化人場化了，把骨灰送至端木家。」

眾人分頭行事而去，待一切安排妥當，我方才乘鳳輦回轉莫殤宮。

玲瓏早等候在殿中，見我歸返，忙迎將上來，「主子，深夜喚奴婢來所為何事？」

我走近案前打開抽屜，從暗格中取出寫好的信交到她手中，沉聲說道：「玲瓏，你速想辦法與西寧將軍取得聯繫，將此信親手交到將軍手上，要快！切記，切記！」

玲瓏見我神情沉肅，心知定是極重要之事，遂只默然點了點頭，將信收妥後轉身離去，身形一閃便遁入夜色。

解決了這三個眼中釘，我總算可以透口氣了，至於牽扯在內的其他嬪妃不過是些不成氣候的東西，我大張旗鼓地殺雞儆猴，想來她們也不敢輕舉妄動。

我未再親自前往，只斜臥貴妃椅上吩咐小傢子替我奔走一趟，嚴令她們恪守婦德、謹言慎行，並讓月嬪、珍嬪等人面壁思過，抄寫經文。

芳嬪自然留不得，幽禁沒兩天她便一病不起，病情一日重過一日，沒幾日就一命嗚呼。陳副統領公然弑后，皇上早於事發次日在病榻上即命人將他推出午門斬首，我之所以在淑妃面前刻意提起他，純是刺激刺激她罷了，哪裡有甚嚴刑審問一說。

事情順利解決後，便無必要再每日早早讓皇上歇息了，我找木蓮拿回剩下的蒙汗藥，親自下廚給皇上燉湯、做糕點。

六十 運籌帷幄

皇上身子在木蓮和我悉心照料之下慢慢好轉，後宮經歷這天翻地覆的變化，所幸木在朝堂之上造成太大影響。禮部那廂尤歡天喜地，忙著籌措二皇子大婚事宜。

淑妃故去之後，宏兒又成了無人照料的孩子，他平日裡受淑妃管教甚嚴，這時候一下子放鬆下來便擺脫拘束，近幾日皆與睿兒同進同出，兩兄弟簡直形影不離。

這天，宏兒與睿兒在雪地裡打雪仗，玩得不亦樂乎。我透窗望看他們玩耍，眼底滿懷柔情笑意。

年幼的蕊雅爬上窗邊的楠木椅，伸出手指著雪地裡的兩人，興奮地叫嚷：「五哥哥、六哥哥……玩，玩！」

兩人正玩至興頭上，哪會注意到趴在窗邊的蕊雅呢，過得少頃，蕊雅委屈地轉頭望向我，含淚欲滴的模樣直惹人心疼。

蕊雅撇著小嘴，告狀似的朝我哽咽道：「母后，五哥哥、六哥哥他們都不理蕊雅，也不陪蕊雅玩，母后……」

我溫柔地摸摸她的頭，轉頭朝雪地裡的兩個孩子高聲喊道：「宏兒，睿兒，快些回來！大冷的天，別凍壞了，快進屋來！」

不一會工夫，兩個孩子在嬤嬤們伺候下進屋。蕊雅扶著我的手落了地，興奮得跑上前去，口中高呼：「五哥哥、六哥哥……玩，陪蕊雅玩！」

「哼，跟屁蟲！都是你，害我們不能打雪仗了，你以為我不知道，是你向母后告的狀！」睿兒甩開蕊雅的手，逕自往炭盆旁的小軟凳走去。

蕊雅被睿兒這麼一凶，笑容僵在臉上，撇著小嘴就要哭喊出聲。我正欲上前哄她並責備睿兒，一旁的宏兒卻湊過來伸手撫了撫蕊雅的小臉，柔聲哄道：「妹妹不哭，五哥哥陪你玩！」

「真的？」蕊雅小眼晶亮。

宏兒點點頭，一言不發地拉起蕊雅的小手，朝炭盆走去。

坐在旁側的木蓮起身拉了幾個孩子圍坐炭盆邊，「瞧你們的小手，都快凍成冰了，快過來這邊好好焐焐，小心著涼。」

彩衣掀了加厚的繡簾，恭敬稟道：「主子，給小皇子、小公主們暖身子的湯燉好了。」

我微微頷首作應，「快，都跟彩衣姑姑喝熱湯去，海雅，也跟著一塊去，都去，都去！」

我笑著趕這一群孩子和嬤嬤們隨彩衣去往偏殿，自己則坐在木蓮身邊，柔聲道：「妹妹，淑妃去了後宏兒便乏人照管，雖說有嬤嬤們帶著，可始終缺個真正關懷之人。趕明兒我與皇上說說，把宏兒放在你殿裡養著吧，跟海雅也好作個伴！」

木蓮愣了一下，隨即搖頭道：「皇后姐姐的好意，嬪妾心領了，可嬪妾不能接受！」

「怎麼？」我訝然看著她，這宮中子嗣的重要性誰都知道，別人爭還爭不來呢，她倒好，反而往外推。

我細細打量她，甫笑道：「妹妹毋須驚慌，姐姐我不是試探你，乃是誠心希望宏兒能有個真正關懷疼愛他的母妃！」

「姐姐誤會了，妹妹並無此意。」木蓮輕聲應言：「這宮裡誰不曉得有子嗣在側就等同添了分保障，一旦皇兒封了王，皇上百年之後，母妃便成了太妃，不必陪葬更不必去尼姑庵裡長伴青燈。皇后姐姐這是為了臣妾好，替臣妾盤算著未來。」

我點了點頭，正要啓口，木蓮卻一把拉了我，拿澄澈目光凝看著我。

「可是姐姐啊，人的野心是難以抑制的，有了兒子便得了依靠和保證，則貪望也隨之而來，能做太妃，就更想做太后了。偏生能坐這太后之位的僅只一人，豈是人人都有能耐坐得？淑妃娘娘看不透這現實，故才葬送了一生。

「嬪妾有幸跟隨皇后姐姐身邊，看得明白尤想得清楚，嬪妾同淑妃娘娘一樣出身卑微，嬪妾絕不願走上淑妃的老路。嬪妾所求不過是一家衣食無憂，如今願望達成，嬪妾已然心滿意足，再無別的奢求。」

「話雖如此，可身處這深宮之中，誰也不知明兒會發生甚事，指不定哪天……」

「不會的，皇后姐姐，倘眞有那麼一天，妹妹自甘擋在姐姐前面。況且宏兒和睿兒、蕊雅今已形影不離，就一併養在姐姐跟前吧！如果可以，嬪妾希望海雅亦跟著養在姐姐跟前，一來姐姐本就把海雅當作自己孩子來疼，二來幾個兄弟姐妹也好多親近親近。

「姐姐千萬別多心，其實在嬪妾心裡，姐姐的公主便是妹妹的公主，姐姐的皇兒也便是妹妹的皇兒，嬪妾定然加倍疼惜他們！」

我愣愣看著木蓮，心中的震驚無法用言語形容，一直以來我都覺得她出身卑微，沒念過太多書，明白不了太深的事理，卻沒想到她……

「皇后姐姐，嬪妾、嬪妾多嘴了！」木蓮見我久久不言，淨盯著她瞧，以爲自己說錯了話，局促地欲起身謝罪。

我忙拉住她，輕拍著她的手，幽幽吐了口氣，一字一句道：「木蓮，你才是這宮裡看得最通透、行事最伶俐的女人！」

「皇后娘娘……」木蓮越發不安起來。

我回過神，笑著寬慰道：「呵呵，沒事，我誇你來著！」

「誇什麼來著？」渾厚而低沉的聲音響起，我二人回轉過頭，那身明黃之色已跨入屋中。

我和木蓮忙起身福了一福，齊聲道：「臣妾恭迎皇上！」

皇上笑呵呵扶我們入座，「皇后方才在誇蓮婕妤甚的呢？」

「自然是誇蓮妹妹賢慧伶俐了！」我睇了木蓮一眼，朝皇上歎道：「這幾年眞是多虧了蓮妹妹呢。宮中事務繁忙，睿兒、蕊雅兩個孩子又調皮，臣妾隻身簡直忙暈了頭，所幸有蓮妹妹幫襯！」

「這段時日也多虧蓮兒晝夜操勞，悉心照顧於朕，朕的身子才恢復得這麼快。」皇上頷首讚道。

「是啊，皇上，蓮妹妹這等賢慧伶俐，皇上是不是該好好賞賜妹妹呢？」我拉了他撒嬌道。

「呵呵，賞，賞！」皇上含笑凝望我，一副拿我無可奈何之狀，略略沉吟才道：「賞甚好呢？」

木蓮臉皮薄，連聲推辭，「不、不用了，侍奉皇上和皇后姐姐乃臣妾分內之事！」

我白了她一眼，轉頭朝皇上建言：「這宮中許久未有喜事降臨，前些日子一下子就去了兩位妃子，如今妃位懸虛……」

「嗯！」皇上點了點頭，「是該賞，這樣吧，朕即刻下旨，冊封蓮兒爲宸妃！」

「不……不……臣妾……」木蓮益顯不安，復連連推卻。

我推攘她一把，笑道：「蓮妹妹，還不快謝恩！」

木蓮連忙起身跪拜，「臣妾謝皇上隆恩！」

正說著話，孩子們已經喝完湯，吵嚷著回來了。

一進屋看到端坐正位的皇上，宏兒和睿兒忙趨前幾步，齊齊跪道：「兒臣拜見父皇！」

海雅亦忙跟著在後面跪了，皇上揮手示意幾人起來。

走在排尾的蕊雅瞧見皇上，雙眼發光，掙開了嬤嬤小跑上來，口中直喚：「父皇，抱，抱抱……」

皇上樂呵呵俯身摟她入懷，又伸手把一旁靦腆的海雅拉近身旁。蕊雅仔仔細細看了看他，在眾人笑聲中撇開小嘴，「哇」的一聲大哭起來。

眾人俱是一愣，我想上前接過蕊雅，皇上搖搖頭，輕拍蕊雅的背柔聲哄道：「朕的小寶貝，這是怎麼啦？怎麼好好的就哭了呢？誰欺負你了？」

「父皇！蕊雅好久都沒見到父皇了，父皇也好久都沒抱過蕊雅了，父皇是不是不喜歡蕊雅，不想要蕊雅了？」蕊雅稚聲抱怨道，粉嫩小臉上掛著淚水，一副懊惱哭相。

我萬沒料到蕊雅會如此敏感，一時間鼻頭發酸，眼中蒙升霧氣阻擋視線，遂轉過身去，偷偷用絲帕揩著眼角。

皇上瞅看我一眼，滿是心疼，伸手揩去蕊雅小臉上的淚珠，輕聲哄道：「蕊雅乖，父皇不好，父皇以後會常常來看蕊雅的，不哭了，好不好？」

蕊雅吸吸鼻子，拉了旁邊海雅的小手，「父皇抱，姐姐……」皇上笑笑，將海雅一塊摟進懷中。

看著她們姐妹情深的模樣，我再次篤信，當初讓她們時常同聚的做法是正確的。我抬眼望去，木蓮也紅了眼眶。

我笑著上前接過蕊雅，笑道：「小寶貝們，莫鬧了，別把父皇累壞了！」

皇上呵呵笑應，轉頭看見端坐在小軟凳上的宏兒和睿兒，問道：「最近可有好好聽夫子授課啊？」

「回父皇的話，夫子已講到《春秋》！」宏兒恭敬應答。

皇上點點頭，稍稍沉吟後朝我道：「睿兒五歲多了，合該有專屬太傅，不能繼續在宏兒那邊旁聽。這樣吧，待開了春，朕另外給睿兒指定太傅單獨教授於他。」

我還未開口，已聞睿兒嚷道：「父皇，兒臣還想學騎馬射箭！」

皇上一愣，隨即笑了，「朕前些日子不是已准你去殿前侍衛的練兵場跟著莫統領習武了麼？」

「哼！兒臣才不跟他們一起習武呢！」睿兒不屑地說：「那些個侍衛武藝太差，就知道胡玩，莫統領訓斥他們，他們一個個仗著家族勢力，半點不將莫統領放在眼裡。兒臣才不屑與他們爲伍呢，要學，就要跟西寧將軍學眞正的武功！」

「睿兒！」我心下大驚，料不到他會這樣直言不諱，呵斥道：「不可胡說！」

皇上卻若有所思地微微頷首，「睿兒說得對，朕的殿前侍衛都快成皇親國戚營了，平日裡不知勤練苦學，只知道吃喝玩樂，一派紈袴子弟作風。俗話說『養兵千日，用在一時』，若眞是有事臨近，烏合之眾如何護得皇宮安全？」

「皇上，您切莫動氣啊！」我輕聲勸道：「您龍體初癒，南御醫特意交代不可動氣。這殿前侍衛營確實重要，我兄長人微言輕、能耐有限，恐難勝任統領一職，皇上不妨挑選能人好生整頓，加強訓練，以便在危急之時派上用場！」

皇上聞言復又頷首，朝立於一旁的小玄子道：「小玄子，傳朕旨意：著西寧將軍整頓殿前侍衛營，凡測試不合格、不服管教、違反軍規者一律遣返，半個不留。整頓後，著莫統領嚴加管教，勤學苦練，朕每月親臨校場檢閱！」

「是，奴才遵旨！」小玄子應聲而出。

皇上這才喜笑顏開，「睿兒，這麼喜歡習武麼？嗯，這樣吧，等開春了，朕命西寧將軍做你的武藝師傅，每日兩個時辰教你習武，好不好？」

「眞的？」睿兒兩眼發亮，雀躍起身端跪道：「兒臣謝父皇恩典！」

我和木蓮相視一笑，溫柔地看著他們。

半夜裡，我直覺有雙眼睛緊盯著我，心下一驚，倏地睜眼坐起身來。

楠木椅上的挺拔身影吐出輕柔嗓音：「還是睡不安穩麼？我人才剛到，你就驚醒了。」

我輕吐了口氣，詫異於他如許溫柔的口吻，起身下床穿鞋，「這宮裡哪有甚安穩的地方？連睡覺都得睜著一隻眼，要不連怎麼死的都不自知！」

他未再吭聲，我走到桌子旁倒了水自顧自喝著，不冷不熱地問道：「今兒個怎麼得空過來？」

「我什麼時候沒空了？皇后娘娘傳喚，末將一向出現得及時。」他專注地看著我，聲音中透出絲絲溫柔。

我斜睨他一眼，皮笑肉不笑地回應：「今時不同往日，西寧將軍立下大功，皇上賞賜了美女十名，將軍沉溺溫柔鄉都忙不過來了，難得還能抽空過來看看本宮！」

話音一落，我心裡忍不住一個咯噔，倏地覺著自己這話酸過頭了，怎麼聽起來竟有些吃味之意。

我不禁紅了臉，偷偷瞟過去，卻見他正凝視著我，一副若有所思之貌。我忙清咳了一聲，正經道：「怎麼今兒個一來就怪裡怪氣的，該不是發生什麼事吧？」

他回過神，目光炯炯看向我，半晌才道：「莫言，多謝你！」

「謝我？謝我甚的？」我不明所以的反問道。

「雨兒她……她今兒午後醒來了！」

「真的？那就好，那就好！南宮陽說不敢保證萬無一失，我一直掛心著，怕出事了呢！」我聲音中透出喜悅。

「言言，你、你不恨她麼？」他遲疑道。

我搖了搖頭，「不恨！雨妹妹是個敢愛敢恨之人，其實有時候我還挺羨慕她，能這般轟轟烈烈愛一場，即便老去也能懷著美好回憶，不像我，這輩子注定了到老只能孤影相隨！只是她的方式太過激烈，實教人難以接受，希望經過這一次她能重新開始，好好生活！」

「放心吧，她定然會的！」西寧楨宇眼中閃過一絲莫名的光亮，「雨兒醒來後便失憶了，完全忘卻過往之事，端木大人已暗中命人將她送往珠南，以後她再也不會為情苦惱，可以快快樂樂生活了！」

「那就好，能夠忘記，未嘗不是一種幸福！」

「另外，端木尚書請我代為轉達，皇后娘娘寬厚仁義，日後但有用得著端木家族的地方，請娘娘儘管開口！」

我發自內心展顏而笑，知道我這一「投桃」，終於換來了我想要的「李」了，但是……我倏地抬頭看著西寧楨宇，悄聲道：「我這般做，不是為了要拉攏端木家，僅僅是因為你說，你把端木雨當作自己的親妹妹！」

西寧楨宇怔在當場，愣愣地回視於我。

「你應該知道了吧，皇上今兒午後已傳下旨意，命你整頓殿前侍衛營。」

他點了點頭，我又道：「此外……此外傳下口諭，讓睿兒開春後跟著你習武！」

「真的？」西寧楨宇雙眼晶亮。

我頷首而應，心中那絲光亮再次暗沉下去，睿兒……若有一天他知道了，該是多麼大的打擊啊，我不敢想像！

廣平王大婚後即遷居廣平王府，原在病中的榮昭儀病情越發加重，還未熬到新年就去了。

一開春，皇上便頒旨昭告天下封六皇子睿為太子，令禮部準備冊封大典，又特地指派了翰林院首席大學士許默之為太子太傅，西寧楨宇為武藝師傅。

我興奮著，也忙碌著，待睿兒正式行過拜師之禮後甫才鬆了口氣，斜臥貴妃椅上閉目養神。

腦中靈光一閃，我努力抓住閃過的那絲念頭，睜眼吩咐道：「小碌子，派人去請丞相房閣老過來，就說太子冊封大典，本宮有事請教！」

小碌子離去後，我又吩咐道：「彩衣，去把我回家省親時父親所贈的小錦盒取來。」

我取鎖匙啟開錦盒，拿出那張手稿細細思量著，復又放回盒中。爾後我抱起錦盒往外走去，轉頭對跟在背後的彩衣交代：「彩衣，我去書房，你在殿門口候著，等會房閣老過來了，將他請進書房。」

「是，主子！」

我疾步踏入書房，關上門窗，翻出與手稿相同的紙張來，隨即取了手稿擱在旁邊，拿起筆對照著仔細臨摹。

未幾，彩衣帶了房閣老進來，見過禮，我示意彩衣守在書房門口。

房丞相端坐椅上，姿態沉著，「不知皇后娘娘傳微臣前來，所為何事？」

我緩步走至房丞相跟前，「咚」的一聲跪落在地，恭敬道：「本宮誠託房閣老扶持太子！」

房丞相一驚，坐立不安中從楠木椅滑落，跪在我跟前連連磕頭，顫聲道：「皇后娘娘，您、您這不是折煞微臣麼？」

我站起身道：「這一拜，房閣老當之無愧！房閣老勤於朝政且爲官清廉，在朝中有口皆碑，太子初立，年紀尚幼，還須靠房閣老鼎力協助！」

「皇后娘娘，微臣是皇上欽點的丞相，自當忠君報國，太子是皇上欽立的儲君，臣本該盡心竭力教授朝事，不敢有絲毫違拗之心！」房丞相起身，恭敬地朝我一拱手。

「房閣老對皇上冊立六皇子睿爲太子之事，如何看呢？」我和聲問詢。

「皇后娘娘請自重！立儲乃國之大事，自古祖宗規矩有言，後宮不可干政！」他沉聲回道，語調鏗鏘有力。

我神色乍斂，「本宮是太子的母后，關心吾兒也不可麼？」

房閣老見我斂了神色，不好與我正面交鋒，只道：「皇后娘娘放心，微臣定當殫心協助太子殿下！」

「房閣老，你聽錯了。本宮之意是想請房閣老應承，無論在何等情況下都要力保太子！」早聽聞他爲人古板固執，今日一見果眞不假，既然軟的不受，便就只能來硬的了。

房丞相與賀相同爲丞相，賀相去後則左相之位懸虛，由房丞相一人獨大，朝中誰不讓他三分？我一個後宮女流卻拿出此般口氣，他幾曾受過這樣的氣？

果見他板起臉，挺直身子，沉聲應道：「皇后娘娘，請恕老臣得罪了！老臣爲官三十年，勤政廉潔，歷來不懼權勢尤敢於直諫，對聖上忠心耿耿。太子殿下賢能，微臣定當盡力輔佐，若不然，老臣自然以大順皇朝江山社稷爲重！」

「好個『不畏權勢，勤政清廉』！」我冷瞟他一眼，轉身走到書案後，抓起案上那張紙扔了過去，「哼，你自己好好看看吧！」

房丞相瞧我神色不太好，又聞我這等說，忙拾起那張稿紙細看，立時大吃一驚，低呼出聲，臉色遽變。

「房閣老還敢言辭鑿鑿說自己爲官清廉麼？」我似笑非笑看著他。

他倏地收緊手，將那張紙撕了個粉碎，一臉憤恨之狀。

我咯咯輕笑著，打開抽屜，又取了一疊紙扔向他，「撕吧，再撕！房閣老喜歡撕就接著撕吧，本宮備了許多！」

「你！」房丞相雙目圓睜，怒視於我。

「房閣老對這張紙毫不陌生吧？這可是令公子房侍郎的親手筆跡啊！我想，房閣老總不欲讓皇上知悉，你建宅院之時差一道主梁，令公子便向國庫借了三千兩銀子吧？」

「哼，老臣問心無愧，娘娘休想以此威脅老臣！」房丞相咬牙道。

「房閣老自然問心無愧，但他人會否同樣這等作想，可就不得而知哩！兒子挪用公款，做老子的豈有不知之理？此事抖將出來，房閣老一世英名必然毀於一旦！」我不冷不熱地續道：「況且據本宮所悉，房閣老曉知此事後暴跳如雷，還重重懲罰了房侍郎，只是房家就這麼根獨苗，房閣老想必也是於心不忍！房閣老，你也不想房家絕後吧？」

「你……」房丞相眉頭緊蹙，露出萬般無奈之態，陷入深深沉思。

「只待冊封大典結束，睿兒就是正式的太子，本宮純望房閣老能鼎力協助太子。在本宮看來，此一點也不爲過！」

「哎，一失足成千古恨啊！」房丞相長歎了口氣，道：「皇后娘娘，老臣只能盡自身之力協助太子，至於其他……」

「房閣老請放心，本宮不會爲難於你！」我見他鬆了口，忙拋給他一顆定心丸，「況且房閣老並非孤軍，尚有端木尙書、袁尚書、孫將軍、佘侍郎、關侍郎等諸位大臣鼎力協助，房閣老就放心吧。」

房丞相微微愣住，隨即悵然笑道：「原來如此……依此看來，此事乃大勢所趨，老臣也只能順勢而爲了！」

「本宮先謝過房閣老！」我含笑取了小錦盒放在他手上，輕聲道：「一家人不說兩家話，此物還請房閣老妥善收存。」

待房丞相離開後，彩衣問道：「主子，您眞把那東西交給房閣老了？」

我但笑不語，彩衣著急道：「主子，您眞給了他，您不怕他毀了東西就反悔麼？」

「不會的！」

「您怎就那麼肯定呢？」

「他不敢！」

「啊？爲甚呢？」

我笑盈盈睇看腦袋瓜滿是疑惑的彩衣，「因爲我給的手稿太多了，他根本分不清眞假，自然無法肯定錦盒中的那張究竟是眞是假。況如今他已然得知我除了他，還聯合了其他朝中大臣，就更加不敢再輕舉妄動啦！」

「主子英明！」彩衣一臉崇拜地看著我。

六十一　臨危不撓

又逢一年櫻花開，我立於屋前簷下掐指數算，猛然驚察到，不知不覺間我入宮已整整十三個年頭。這幾年睿兒的表現讓我甚感欣慰，學業上自不必說，武藝上有西寧將軍督導我亦不消操心，而從前些日子起，他便五更天起身和皇上一起上朝聽政。我本甚擔心，但從這幾日旁觀之中，見皇上十分滿意睿兒，我懸著的心始漸放下。

西寧楨宇轉眼三十有餘，皇上幾次賜婚皆被他婉拒，只接受了不少御賜的侍妾，但這些年過去仍未產下一男半女，這讓我倍感好奇。

眼看臨近午時還沒下朝，我不禁有些著急，派去打聽的小全子也尚未回來。楊公公去了後，我見小全子行事穩重便調他到跟前使喚著，也甚為順手，但我仍不時憶起小安子。

我常常不由地想，如果小安子在該多好啊！如今無論後宮之中抑或朝堂之上，早已成了我的天下，無人可威脅到我們，再不用為了自保而每日裡寢食難安。

可是，那個陪著我走過最艱難一段路的人，卻再也不會醒來了！

「主子，主子！不好了！」小全子伴隨著急呼聲的狂奔步伐，驟然打斷了我的思緒，小全子甚少這等驚慌。

「何事不好？」

「回主子，奴才方才打聽到，異域突然來襲，邊關告急！」小全子喘著粗氣，「皇上已下令封孫將軍為主帥，明日領兵出擊。這會子剛下了朝，皇上又和諸位大臣在軍機處議事。」

我微微頷首，吩咐道：「再去打探！」心底暗暗揣想，異域多年來臣服於我朝，此次突襲定是做了萬全準備。

焦急了一整天，直到華燈初上仍沒等來皇上和太子，卻意外等來了少帆。

「皇后娘娘，卑職是來向您辭行的！」少帆朝我一拱手，恭敬道。

「怎麼？二哥，你這是做甚呢？」我一驚。

「妹子，我已主動請纓爲孫將軍副將，明日隨軍出征！」

「不。」我搖搖頭，一把拉了他，「別去，二哥！」

他反手握住我的手，寬慰道：「妹子，別怕，我不會有事的。」

「可是……」

「我答應過父親要好好保護你的，我若不去，莫家在朝中永遠抬不起頭，有誰來保護你們母子？」

我連張幾次嘴，始終沒將心中話語說出，最後只沉重點了點頭，不是爲了我自己，而是爲了莫家。少帆說得對，殿前侍衛頂多晉到四品，且無實權。要想莫家在朝堂之上得人看重，有說話分量，唯只征戰立功才能加官進爵！

「放心吧，妹子。展副統領是我的心腹，二哥遠征在外，你有事儘管傳喚他，他定會處理好一切。」少帆又吩咐了些細瑣之事，方才離去。

朝廷忽地陷入沉悶氣氛，好在孫將軍出征，局勢便馬上穩定下來，連連收復失地。皇上一聽捷報傳到便坐不住了，朝臣們再一慫恿，他尤更意氣風發，直嚷說要趁此機會御駕親征。

我聽聞這話，急得邁出門大步直奔養心殿。這幾年他的身子越發不好，都近六旬的人了，怎不多衡量自己的身子，非得要遠行呢。

「皇上，臣妾方才聞知您要御駕親征，可有此事？」我疾步入得暖閣，喘著粗氣，顧不上行禮便趨前急道。

「皇后的消息眞靈通啊！」皇上一派神清氣爽，笑吟吟看著我。

「皇上，臣妾跟您說正經的，您還有心思取笑臣妾！」我嗔怪道：「睿兒一下朝便到臣妾宮裡了，臣妾是聽他說的。皇上，您龍體才剛調養好，怎禁得起長途跋涉呀？」

「皇后，你是在說朕老了麼？」他沉聲道。

「臣妾失言，請皇上恕罪！」我忙跪了下去，「臣妾並非這個意思，臣妾只是關心皇上龍體！」

「好啦！」皇上歎了口氣，親自扶我起來，「朕知道言言你關心，只是朕意已決，此事早在朝堂之上定下，豈能更改？皇后就不必再多勸了。」

「可……」我待要再說什麼，卻見一旁的宸妃和雪貴嬪連連朝我使眼色，我只得道：「皇上好生歇著，臣妾隨即令人爲皇上打點行裝。」

皇上這才緩和了臉色，頷首作應，在宸妃和雪貴嬪伺候下躺落床榻。

三日後，在皇上御駕親領下，西寧將軍率二十萬大軍朝邊關而去，朝中暫由房丞相及端木尚書等大臣輔佐太子監國。

豈料皇上剛抵邊關，祁朝那廂竟出兵援助異域。好在西寧楨宇所率二十萬大軍乃他親手調教的精兵，與祁朝和異域聯軍三十萬於邊關對峙，一時間難分勝負，誰也不敢輕舉妄動。

十萬火急間，太子與眾臣商議之後，急速再從各地抽調二十萬大軍趕赴邊關馳援。不出十日，局勢扭轉，我軍捷報頻傳，更有斷言，不出一月便能大獲全勝，班師回朝！

朝中登時喜氣洋洋，我總算鬆了口氣，斜臥貴妃椅上歇息。朦朧間聽得門外有人細聲說話，語透著急，貌似是……小曲子！

我一驚，立時坐起身來，朝門外道：「門外可是曲公公？快快請進！」

「皇后娘娘好耳力，正是奴才。」小曲子疾步跨入屋裡，行過禮後著急道：「皇后娘娘，太子殿下請娘娘即刻移步御書房。」

「什麼？」我心下大驚，御書房乃皇上批閱奏章之處，如今太子監國，便在御書房批閱奏章。小玄子離宮隨侍皇上，留了小曲子伺候太子跟前，若無緊要之事，皇兒定然不會派小曲子來請。我追問道：「都有誰在？」

「回皇后娘娘，房閣老在。」

我忙喚彩衣進來伺候梳洗，登上鳳輦，急急朝御書房而去。

「母后！」睿兒一見到我，忙迎前扶我落坐。

「老臣拜見皇后娘娘。」房丞相朝我拱手躬身道。

「房閣老，皇上命你輔佐太子監國，朝堂之事你和眾位大臣商議決定便可，毋須多問本宮的意思。」我朝房丞相道。

「皇后娘娘，倘非十萬火急之事，老臣萬不敢驚動皇后娘娘。此事事關重大，老臣不敢告知他人，只得冒昧請皇后娘娘前來，好拿個主意！」

我越發心驚起來，房丞相乃朝中老臣，他都拿不定主意的問題，想必是極棘手之事了。我望向神色略顯憂鬱的睿兒，「究竟發生何事？」

睿兒拿起御案上的奏摺遞到我跟前，「母后，這是方才收到的邊關五百里加急文書！」

我心中一個咯噔，難道……？

迅速接過奏摺，啓開大致瀏覽一遍，我臉色遽變，雙手發顫，心中陣陣發怵，雙唇抖個不停，半天沒法發出聲來。

「皇后娘娘，兩軍對壘向重軍心士氣，我軍雖已勝劵在握，可偏偏於這節骨眼聖上病重，您看這……」房丞相小心觀察著我的神色，躊躇道。

「還遲疑甚的？讓西寧將軍全權指揮，立刻將皇上接回宮來調養龍體！」

「萬萬不可！」睿兒反對道：「西寧將軍全面封鎖父皇病重的消息，就是怕影響軍中士氣。父皇倘於眼下回宮，對我軍乃是大大不利啊，況且父皇身子骨本就欠安，軍中缺少好藥材，再加上長途跋涉，只怕父皇身子禁不起如此折騰！」

我點了點頭，旋冷靜下來，讚許地看著睿兒，這幾年大臣們果沒少用心，睿兒確實成熟穩重許多，十來歲的臉上已全脫稚氣，僅見那份難得的沉著睿智。

「爲今之計，只能命人偷偷送去南御醫所需之藥材，醫治好萬歲爺的病，方爲上策。」我細細剖析著，兩人皆贊同地點了點頭。我沉吟少頃，又道：「那派何人前往較合適呢？」

「此正是老臣請皇后娘娘前來之因。」房丞相道：「此事事關聖上安危，老臣未敢私自作主，請皇后娘娘定奪！」

我頷首而應，這隻老狐狸啊，這種關乎全家性命之事，他斷然不會拿主意啦。經過一番思索，我終於下了決心，「誰也不派，本宮親自去！」

「母后……」

「皇后娘娘，這……」

我揮揮手拂去兩人反對之意，沉聲道：「此事一旦洩了風聲，別說軍中，只怕朝中亦會掀起風波，朝中武將精銳盡出，誰也信不得，就由本宮親自前往吧。房閣老！」

「老臣在！」

「此事誰也不許提起，你如常同幾位大臣輔佐太子監國，在驛站處放上自己的人好截取軍情文書，其餘之事本宮自會安排！」我稍稍沉吟，又道：「若果真出了事，有請房閣老和眾臣一併力保太子登基！」

「老臣謹遵皇后娘娘懿旨！」房丞相鄭重跪拜道。

「母后……」睿兒一聽我此話，不由得紅了眼眶。

「好皇兒，別怕，母后相信你！」我拉過他的手，沉聲交代道：「若父皇母后有個閃失，你千萬不能丟了皇家江山！」

「兒臣省得！」睿兒含淚重重地點頭。

「還有，房閣老乃朝中重臣，皇兒切要尊敬以待，朝堂之事須多聽房閣老教誨才是！」

「兒臣遵母后懿旨！」睿兒跪了磕頭回道。

「好了，本宮先回去了，再待下去只怕引人生疑，傳出甚的流言蜚語可就麻煩了。」

回到宮中，我半刻也沒耽擱，旋命小碌子和小全子傳木蓮和玲瓏前來，細細對她們闡述如今的形勢，又說了我即將趕赴邊關之事。
「宸妃，本宮離去後，這宮中大小事宜都靠你一人挑起，無論遇到何事切勿退縮，果斷處理。」
「皇后姐姐您多日不現，宮中他人問起，該怎麼辦呢？」
「我已命彩衣她們去準備了，今兒夜裡就走。明兒一早你就對外宣稱本宮病重，須靜心調養，不准她們前來攪擾。」
「是，娘娘！」
「妹妹，煩你幫我看看彩衣準備得何如。我擔心那丫頭粗心帶忘了東西，你心細，再詳加檢查一番，尤其是皇上的藥材，千萬不可帶少了。」
木蓮一走，玲瓏便上前跪道：「皇后娘娘，奴婢陪您去！」
「不，玲瓏，宮中有更緊要之事非你不可。我走後，太子和兩位小公主的安危就拜託你了！」我親自扶玲瓏起來，小聲交代著，「如今的殿前侍衛營大抵已是西寧將軍心腹之人，但有何事，儘管找展副統領。」
「皇后娘娘……」玲瓏略略遲疑，見我堅持之狀，明白多說無益，只沉重點了點頭，「娘娘放心，奴婢明白。」玲瓏神情莊重地回道，面對我交代後事般的話語，不禁濕了眼眶。
「你辦事，我自然放心。只是今次不同往日，現下宏兒也封了廣渁王，他和廣平王徒具頭銜而無實權，我並不特別擔心，僅怕有個閃失導致廟堂生變，端王手中握有兩萬防衛精兵啊！殿前侍衛營五千人，即便加上西寧將軍和少帆平日裡暗自培養的死士也不過八千人，要抵禦他那兩萬人，恐怕亦難免一場硬仗啊！」

我拉了玲瓏的手，「這不怕一萬，就怕萬一，若皇上和我平安歸來，自然無事，若是……朝中大臣自是不必擔心，但若端王逼宮，可就得靠你撐著了！」

玲瓏肅色端正跪落，沉聲應道：「娘娘放心，奴婢定然不辱使命！」

我諸事安排妥帖，甫才鬆了口氣，讓玲瓏扶我躺落榻上閉目養神，靜靜等待夜晚的降臨。

「主子，您先歇著，奴婢喚彩衣進來伺候。奴婢親去安排一下，找幾人護送您前往！」

「玲瓏，人多了只怕壞事，你稍稍安排，我只帶一人上路！」我闔眼吩咐道。

我換好衣衫，藉著夜幕的掩飾，混在隨房閣老出宮的婢女之中出了宮，展副統領迅速引領我登上備好的馬車。

車夫朝我恭敬道：「夫人，卑職三號，負責陪您出這趟遠門。」

我頷首作應後逕入車廂，三號一揮馬鞭，馬車便沿著官道急馳而去。一路上為了不引起注意，我們儘量走小道，投宿尋常的客棧。

到了第三天，馬車行過之地已是人煙稀少之處。

我掀起簾子，問道：「三號，還有多遠？」

「夫人，快到了。此處已近邊關，人員混雜，夫人還是少露面為好。此去那裡有兩條路，一條為官道，好走，但要明晚才能趕到，另一條為小徑，地勢險要難行，不過今晚便能趕到！」

「那麼走小徑吧。」我心急如焚回道。如今戰事未平，睿兒尚未成熟，皇上萬萬不能有事。

「是，夫人。」三號不再多言，趕車急行。

不曉過得多久，我漸感顛簸，且肚子咕咕作響，馬車卻無停下來的跡象。不對勁，這位三號雖忙於趕路，但到底是個細心之人，不可能到此時還不停下來讓我用餐歇息，難道……

我心下乍驚，打起了簾子。我還未開口說話，正急速趕著馬車的三號頭也沒回，只道：「夫人，我們有客人了！」

我聞言詫然，忙轉身掀了車後那塊布簾，果不其然，後頭不遠處跟著一輛馬車。我不再說話，緊緊抓牢扶手，任三號趕車急行。

「夫人，您得趕快收拾收拾，緊要時刻咱們只能棄車騎馬了！」

我點點頭，放落簾子，在顛簸中將藥材細細打包，斜揹在身。正想轉身間，忽地一顛，我跌倒在馬車裡，疑惑之中，馬車已經停歇下來。

我半刻也不敢停留，忙爬起身一把掀開簾子，只見兩棵被砍倒的大樹斜傾橫躺在小徑中間阻住通行，難怪……

「兩位，在下有禮了！」

我舉目望去，旁邊山石上立了兩人，其中一人長得高大魁梧，一看便非普通人，而旁邊立著的貌似隨從。

此時後頭那輛尾隨的馬車也趕將上來，停車後走下兩人，趨前幾步朝山石上那人恭敬行禮。

「在下看兩位氣度不凡，想邀請兩位到寒舍做客，不知兩位意下如何？」那人說是請，語調中卻無半點客氣。

「公子客氣，我家夫人不過為了趕見親戚才路過此地，尋常人家豈敢稱氣度不凡。著急趕路，就不到公子府上叨擾了！」三號不卑不亢地婉拒道。

「在下想請的人，還沒有請不到的理！」那人臉色一沉，從後頭馬車步下的兩人便欺上前來。

三號斂了神色，抽劍一挑使車馬分離。他盯視著那兩人，擋護我後退幾步，復轉身一把將我扶上馬背，高聲道：「夫人快走！」

「你……」

「夫人，此處交給屬下，夫人趕路要緊！」三號咬重了「趕路」二字。

我不再多言，雙腿一夾，縱馬躍過大樹，沿著小徑策馬急馳，耳邊卻傳來那男子渾厚的聲音：「夫人，咱們後會有期！」

我拚命策馬朝前奔去，背後刀劍相撞的響聲不斷。

就在我筋疲力盡、全身虛脫之時，終於瞧見軍營，沒多久工夫西寧楨宇便將我引入帥帳，看到了躺在病床之上的萬歲爺。

「皇上，您好些了麼？」我迅速將藥材交給南宮陽，上前看著兩頰發紅、嘴唇乾裂的他。

他緩緩睜開眼，眼中閃過一絲光亮，沙啞道：「言……言言……你怎麼來了？」

「皇上別動，快躺下。」我將他按回榻上，「南御醫已煎藥去了，調養幾日，皇上便會沒事！」

待到南宮陽煎了藥過來，我親自試藥，伺候皇上服下。待到藥效作用，他沉沉睡去，我方才拖著疲憊身子走出帳營，揀了僻靜之處默然而立，看著周圍的篝火和一動不動站崗的士兵發愣。

「你怎麼親自跑來了！」西寧楨宇不知何時已來到我身邊，「宮裡可一切安好？」

「宮裡一切正常。」我看著他滿臉關心之貌，沉聲道：「睿兒羽翼未豐，我不能讓他此時有事！」

西寧楨宇不再多問，轉身離去前拋下輕聲一句：「你也累壞了，快去洗沐歇著吧！」

我在皇上榻旁的小床上瞇盹著，半夜驚醒過來，起身上前查看，只見他滿頭大汗、雙目緊閉，低聲呢喃著什麼。

我忙擰了毛巾細細替他擦汗，瞧他臉頰通紅，我忙伸手探額，竟是有些發燙！需否再服一次藥呢？

我正躊躇間，他忽地抓住我的手往懷中一帶，我順勢趴倒在他身上。待要爬起，他卻摟抱我復又轉個身，將我帶進了床榻之上。

我低呼出聲，驚魂未定間卻見他雙目緊閉，完全沒有醒來的跡象，忙細聲喚道：「皇上，皇上？」

他嗯哼一聲，卻湊近在我臉上胡亂親吻著，我心下大驚，想要推開他去，卻被死死摟在懷中。

他一路沿著頸脖向下吻去，我奮力躲避卻是徒勞無功，緊貼著的小腹明顯感覺到他的勃起，我越發慌亂。不是吧，他難道是想……

掙扎中，對上了他那雙不知何時睜開而略帶怒氣的眼瞳，我輕聲道：「皇上，您的身子……」

他不答話，一個翻身將我壓在身下，伸手一扯，我身上的單衣應聲而裂，白如凝脂的肌膚暴露在外，他的眼神隨之變得深邃。

「朕想要你……」他低聲在我耳邊呢喃，一口含住我小巧的耳垂，不停吻啄。

我癱軟在錦被之間，死死擰抓住被面，我知道自己不能掙扎，越掙扎他就越是興奮。

他忙著褪去了我們身上的阻隔衣物，迫不及待地挺身而入。

我低哼一聲，這幾年我刻意躲避著他，許久未被他碰過的身子竟有些承受不住，撕裂般的痛楚不斷襲來。還好沒過多久，他便翻身躺倒在旁，再次呼呼入睡。

我緊握拳頭，周身疲軟，兩滴清淚自眼角無聲淌落。

南宮陽不愧爲名醫，皇上連續用藥三日即大大好轉，於關鍵的反攻之戰前夕現身大軍跟前，登時流言盡破，三軍氣勢高昂！

大戰前夕，用過晚膳後皇上便再未吭聲，我也不敢多說話，只靜靜陪在他身側。過得許久，他才似下定了決心般，喚道：「小玄子，去傳西寧將軍過來。」

小玄子應聲而出，我微感疑惑，這樣的夜晚該是所有人閉目養神的時候才是。

未幾，西寧楨宇進來了，「末將拜見皇上、皇后娘娘！」

皇上頷首相應，沉聲道：「西寧將軍，有件極其重要的任務，朕思前想後，只有你堪勝任！」

「請皇上下旨，末將萬死不辭！」

「朕已大好，皇后娘娘出宮也有些時日，無論是於軍中還是宮中被識破，皆易引起譁然之聲。如今大戰在即，朕命你今晚即刻啓程，送皇后回宮！」

西寧楨宇頓了一下，拱手應道：「末將領命！」

「皇上……」我沒想到這節骨眼，他思慮的竟是我的安危，「不，臣妾要陪著皇上！」

「胡鬧！」皇上一斂神色，威嚴道：「打仗是大丈夫的事，你一個女人在這兒做甚？回去，給朕坐鎮中宮，等著朕的捷報！」

我低下頭去，閉口不語。

西寧楨宇拱手道：「末將即刻回去準備！」

西寧楨宇一退出，皇上便緩了顏色，拉了我的手將我緊摟入懷，柔聲道：「言言，回去吧！明日一開戰，朕恐就分不出心來顧及你的安全，朕最不放心的便是你！」

萬般滋味湧上心頭，對他早已不抱任何奢望了，但對他如斯柔情仍不禁迷惑，難分真假！

我連夜乘馬車急行而回，只是這一次的車夫由三號換成了西寧楨宇。三號一直未歸來，坐上西寧楨宇趕的馬車，我心中隱隱有些不安。

返宮路上，西寧楨宇仍擇了那條小徑，我老提心吊膽著，急行一夜終於出了那片山巒，我不安的心才稍獲平靜。

「言言，前面有間小客棧，山中濕寒，你又一夜未眠，去用點熱食暖暖身子，寒氣入體可不好。」西寧楨宇放緩了速度。

「好。」我點點頭，他到底也一夜未闔眼了。

店小二熱情地接待我們，一入內發現早有了兩桌客人，我們選了個角落的桌子坐定。

掌櫃的滿臉堆笑上前客氣道：「兩位客官，吃點什麼？」

西寧楨宇看看門口掛的招牌，笑道：「掌櫃的，上兩碗牛肉湯，兩盤饅頭，另外再來兩碟小菜！」

「哎，哎，好哩！客官，您稍等！」掌櫃的笑著退下去。

不一會子，東西便上齊了，我從小苦過來的，也不拘泥，端了牛肉湯就是一大口，熱騰騰的牛肉湯帶著些辣味直入喉嚨，冰寒的胃立時暖和起來。

西寧楨宇看著狼吞虎嚥的我，不發一語，只拿了茶杯把玩著。

我疑惑道：「你怎麼不吃？」

「你快吃，吃完好好睡一覺。」他朝我神祕一笑，高聲道：「哪個道上的朋友，正大光明的出來不好麼？怎麼動這等幼稚的手腳？」

我聞言一驚，心中那股不安又浮湧上來，這才感覺到些微不對勁，身上漸漸無力，眼前亦漸模糊。

掌櫃的站了出來，笑道：「客官好警惕，連這也看出來了！」旁邊那兩桌客人也霍地站起。

「你、你什麼時候知道的？你怎麼不說？」我眼前越來越模糊，忍不住抱怨道。

「呵呵，一點蒙汗藥，正好讓你好好睡一覺。」西寧楨宇回道，眼睛卻緊瞅著眼前的幾人。

掌櫃的退了兩步，那三人旋拔劍衝將上來。我看著明晃晃的劍，想起上次端木雨之事，心有餘悸，用盡全力吼道：「西寧楨宇，你該死的，我現下這樣豈不連跑的力氣都沒了，等於任人宰割麼？」

「呵呵，原來你也怕死啊？」西寧楨宇呵呵笑著，一派輕鬆自在的模樣，「放心吧，他們就是衝你而來，不會動你的！」

「該是你在哪兒惹上禍的吧，我又不認識他們！」

「你還是自己想想在哪兒惹的禍才是！」

說話間雙方已動起手來，西寧楨宇的武功自然遠在他們之上，很快便占得上風，但立於一旁的客棧掌櫃卻是一副胸有成竹狀，我心中越感不安。

刀光劍影間，原本占上風的西寧楨宇卻倏地退了幾步。我不由心中大驚，「西寧……」

「你！」西寧楨宇沉靜立於原地，蹙眉怒視著幾人。

「西寧少俠，在下的蒙汗藥非僅只有喝下才見效，摸著也會沁透肌膚進入體內的。西寧少俠還是省點力氣，越是使勁就發作得越快哩！」客棧掌櫃笑吟吟地說明道。

「卑鄙！」西寧楨宇憶起方才把玩茶杯之況，忍不住低咒出聲，體力漸漸不支。

客棧掌櫃趁幾人將西寧楨宇逼開之際，緩步朝我走來，含笑道：「夫人，得罪啦！」

西寧楨宇見狀急忙衝過來，卻被三人阻擋在外。我心知再打下去，他也會如我這般，遂用盡全力吼道：「西寧大哥快走！別管我，快走！」

西寧楨宇痛苦地看了我一眼，撐住力氣破窗而去。

我最後的意識裡，只記得傳來一個耳熟的聲音冷冷道：「別追了！」

六十二　情難自禁

頭痛欲裂，我費力睜開眼，映入眼簾的是白紗掛帳，轉頭望去則見到雕工考究的紅木家具。我倏地一驚，想起昏迷前的種種，緩緩爬坐起身，低頭一看，慶幸未被束縛且衣衫仍是原先那套。

「夫人，您醒啦？」

一名身著翠綠衫裙的少女笑盈盈地端了只青花瓷碗過來，「夫人，主人交代過了，待您醒轉後，請您將這碗安神湯喝了好緩解頭疼。」

我一把推開瓷碗，下床穿鞋，「這是哪裡？」

「回夫人，這裡是盤龍山莊！」綠衣丫頭並不勉強，只把瓷碗擱放在圓桌上。

「我爲何在此？誰帶我來的？」我揉了揉額頭，追問道。
「呵呵，夫人醒了，看來精神挺好，倒是在下多慮，還命人特地備了安神湯！」
熟悉的聲音再度響起，我抬頭朝門口望去，暗暗訝道：「原來是他！」
「你……」我怒視於他，「原來是你！」
「正是在下！在下要請之人，向來無可拒絕！」他手捧一束鮮花跨進屋內，將花插入桌上瓷瓶，
「在下早對夫人說過『後會有期』，今時終又見面了！」
「你擄了我來，究竟意欲爲何？」我警戒地看著他。
「在下早就提說過想邀夫人來寒舍作客，夫人不肯賞光，在下只好命人將夫人請來了！」他滿面春風看著一臉戒備的我，「啊，忘了向夫人報上名，在下姓祁，字浩明。」
「祁莊主，如今客也作過了，妾身還要趕路，這就告辭！」我最嫌厭僞善之人，倘眞是單純邀訪，犯得著布下這等精細之局麼？
祁浩明不以爲意地笑笑，「夫人何妨再安歇一段時日呢，待西寧少俠來接夫人，在下自會恭送兩位離開。」
我不再與他多言，轉頭卻被桌上那束鮮花給吸引過去，四五片碩大花瓣中間伸出淡黃花蕊，我忍不住摘取一朵放在鼻端，迷人的清香頓時沁人心扉。
「這是難得的鳳仙百合，祁某猜夫人準是愛花之人，就順便帶了一束過來。夫人果眞有些興趣，在下總算未白費心思！」
我沒搭理回應，他也不再吭聲，含笑朝門口而去。

走至門口時，他忽然停步轉身道：「夫人好生歇著，若有任何需要，直管朝綠葉開口。」

祁浩明離開後，綠葉送來午膳，我怕再生意外而不食用。綠葉像是知曉我的心思，逕自試吃過每樣飯菜甫伺候我用膳。

一夜趕路再加上方才的驚嚇，我早已饑腸轆轆，遂不客氣，以風捲殘雲之勢將飯菜一掃而光。

午後我閒來無事，便與綠葉閒聊，望能從她口中套出有關祁浩明的來歷，不料這丫頭口風極緊，只要問到事關祁浩明之事，一律避而不答。

直至華燈初上，費了好半天心思卻一無所獲，我索性不再多言。待綠葉伺候梳洗之後，我便讓她下去，獨自待在房中。

祁浩明強行擄人的用意不明，我心中越發不安。這祁浩明行徑囂張，看來不是什麼好人，若我的身分被識破，後果不堪設想！

不覺間已值深夜，我仍不敢入睡，只靠在躺椅上閉目養神，時刻提防著有人趁夜闖進。

「咚、咚、咚……」

窗外響起敲窗聲響，我倏然一驚，快步湊近低聲問道：「誰？」

「是我！」窗外響起那再熟悉不過的男子嗓音。

我趕緊開了窗，欣喜之情溢於言表，「西寧將軍，我就知道……」

「噓！」西寧楨宇朝我做了個噤聲手勢，左右查看後才跳進屋中。

西寧楨宇細細打量著我，眼神滿透擔憂，「他可有為難你？」

「沒有！」我搖搖頭，悄聲道：「這人怪極，只在我醒來時出現過一回，也不曉得他這樣三番兩次欲強擄我來究竟有何目的！」

「怎麼，你認得他？」

「去程途中三號所對付的不速之客，正是他！」想到生死未卜的三號，我不禁微生傷感，「也不知三號後來怎樣了？」

「此人乃是祁朝皇族之中地位崇高卻從不過問政事，神龍見首不見尾的浩明王爺！」西寧楨宇吐言的同時，眉頭緊蹙。

祁朝的皇室宗親！我不由跟著緊張起來，不知對方是否已得知了我和西寧楨宇的身分，只怕……

「走吧！」西寧楨宇一把抓住我的手，熟門熟路地沿著花園迴廊避開巡邏的家丁，看來他事先探好路了。

我二人翻過院牆，落在備好的馬車上，趕緊驅車離去。

終於逃出來了！

我輕輕舒了口氣，提到嗓子眼的心甫剛放落，卻聞見後頭傳來陣陣馬蹄聲及喧鬧之聲。我嚇得回轉身去掀了簾子，赫見一群追兵奔近，不由驚道：「西寧……」

「坐好！」西寧楨宇沉聲道。

我不再言語，雙手死死扶抱住馬車立柱。

馬車飛馳在蜿蜒山路上，我甚至能看到車輪與碎石摩擦間迸出的火花，背後馬蹄聲卻越來越逼近。

「出來！」西寧楨宇朝我吼道，我小心翼翼爬到西寧楨宇身旁，他突將韁繩塞到我手中，「言言，你趕車先走！我隨後就到！」

我倏地明瞭他的想法，不，不能！三號也是這麼承諾我的，可是他卻再也沒有出現過！

如果西寧楨宇也……我心中一陣恐慌，混沌間猶如被人用針狠扎了一下，刺痛逐寸擴散開來，直至四肢百骸！

「不！」我高聲驚叫，顧不了其他，伸出手抱住了準備躍離馬車的西寧楨宇。

「該死，你！」

西寧楨宇被我這麼一抱，又掉落回馬車上，疾奔中的兩匹馬立時受了驚嚇，開始相互衝撞，在狹窄小徑上左右搖擺著。我頓失重心，朝馬車外滾落而下。

「小心！」千鈞一髮間，西寧楨宇傾身一把摟我入懷。

我耳中傳來馬兒嘶叫聲，倏地感覺到我們倆的身子不斷地下墜……

「言言，言言……」耳畔傳來由遠而近的呼喚聲，我朦朧睜開眼，眼前逐漸清晰，西寧楨宇一臉焦急地摟著我。

我倏地清醒過來，卻見他赤裸著胳膊，不禁紅了臉頰輕轉開視線，吶吶問道：「你、你沒事吧？」

「還好，所幸懸崖底下是一潭溪水，我們才逃過此劫！」西寧楨宇似未察覺我的尷尬，逕自起身道：「你先梳洗一番，我去撿拾些柴火，得先將衣物烘乾才行。」

春日深山中仍嫌寒冷，我蹲在火堆旁抱著身子取暖。

西寧楨宇將烘乾的衫袍遞了過來，「你快把濕衣換下吧，寒氣侵體就不好了。」

我頷首而應，伸手接過衣衫，躲到潭邊的大石後面換下半濕衣衫，走回篝火旁。

「拿來，我幫你烘乾！」西寧楨宇抓住我的衣衫欲拉取過去。

「不用了！」我忙伸手抓緊，推辭道：「我自己來就好！」

「讓我來吧，較快些。」

拉扯之間衣物掉落，兩人同時停止動作，皆愣愣盯視著地上，粉紅錦緞繡鳳肚兜映入彼此眼簾。

我倏地紅了臉，俯下頭去。

他也不禁紅了臉，鬆開手，轉過身乾咳兩下，「我……方才拾柴時瞧見下游貌似有我們的行裝，我去搜尋搜尋！」

我望著他踉蹌逃開的背影，不住低笑出聲，眞是個溫柔男子漢，只是……我不再多想，趁他離開之時趕緊烘烤衣物。

身上衣袍漫溢著他的味道，端木雨曾說他對我有意，眞是這樣麼？我不知，但我只能深深長歎，我這樣身分的女人是不值得被愛的，哪個後宮女子不是事事算計、步步防備的？況且，我這一輩子已注定是皇帝的女人，永遠也掙不脫這具枷鎖，如何回應得了這樣的愛？若眞是愛上了，依西寧楨宇那倔強的性子，只怕又添他一生的孽障。

西寧楨宇回來時，我已換好了衣衫，輕輕地將衣袍遞還。他接過衣袍穿上，逕去烤著帶回來的一塊馬肉。

「我已尋獲我們散落的行裝，回來之時察看了四周，上方山洞像是獵者偶爾用來棲身的地方，咱們可暫住一下。」

我點點頭，清理著包袱中的物品，將衣衫拿至溪邊清洗。溪水澄澈，我將我倆濕透的衣衫熟練地浸到清水中漂洗，洗去沾衣的雜質再捲起擰乾，放在乾淨的石頭上。

洗畢衣物後，我抬手拿袖揩擦額上的細汗，轉頭卻見西寧楨宇不知何時已站在我背後，怔愣地看著我。我朝他展顏問道：「怎麼啦？」

「沒、沒什麼。」他回過神，訥訥一笑，「那時候定然吃了不少苦吧？」

「啊！」我愣了一下，順著目光看到了那堆衣服，心下明瞭他話中所指，驚訝道：「你才曉得？」

「上次你提說之後，我便親自去查探過了。」他見我陷入兒時回憶時神情略顯落寞，忙岔開了話題，上前拿起那堆衣服，「我已經搭好架子，一塊晾去吧！」

「好啊。」我回過神，拿了石頭上剩下的兩件衣服，跟在他背後。

西寧楨宇用木材搭好了晾衣架，他捧著衣服，我一件件將衣服晾好，配合得十分有默契，彷彿許久以來便是這樣過的。

我躺在先前西寧楨宇新鋪了蓑草的石床上，中間那堆篝火正熊熊燃燒著，石洞中一片溫暖。西寧楨宇躺靠在近洞口之處，用手撥了撥篝火，抬頭對上我的眼，輕聲道：「累了一天了，好好睡吧。」

「睡不著。」我疲憊地朝他一笑，「興許正是太疲累之故，闔上眼就浮現這兩日的驚險畫面，便不敢再睡了。」

西寧楨宇沉吟有頃，拿起身邊的酒囊，走近前來遞給我，「喝上一口壓壓驚，解解乏，睡個安穩覺，明兒就好了！」

我微微頷首，伸手接過來，仰頭就是一大口。辛辣的烈酒從喉嚨一路燒到胃中，我被嗆得連連咳嗽，朝他一個瞪眼，將酒囊遞還給他。

他輕笑著接過酒囊，又躺靠回去。我閉上眼，許是酒精的作用，許是這兩天的勞累和驚嚇令我筋疲力盡，不一會工夫我便陷入沉沉睡夢中。

不知過得多久，我只覺全身發熱，呼吸亦不由變得急促。

「言言，言言，你快醒醒……」

耳邊傳來低沉而悅耳的輕呼聲，我朦朧睜開眼，腦中一片混沌，西寧楨宇近在眼前，臉龐在篝火映襯下益顯剛毅有型。

「西寧將軍……我難受，好難受！」我渾身燥熱難忍，忍不住伸手扯開自己衣衫，口中呢喃道：「熱，好熱呀……」

「別這樣，言言！」西寧楨宇猛地抓住我的手，喘著粗氣，俄頃柔聲安慰道：「聽話，你生病了，乖乖躺好。」

看著呼吸粗重、雙頰酡紅的西寧楨宇，我一個激靈，越發炙熱難抑，腦袋發燙，心中升起一股前所未有的渴望。

西寧楨宇替我輕拭去額上汗珠，「言言，你忍一下……」

我遽然抓住他的手，本能地一個起身，將側坐床邊的西寧楨宇壓在了床上。

西寧楨宇滿臉錯愕，「你……」

我腦中一片空白，只知道自己好難受，心中對他有著無限的渴望，伸手一把扯開他的衣衫，整個人撲了上去，雙手撫著他古銅色的肌膚，嘴唇貼在他頸窩中，發出一聲滿足的歎息。

西寧楨宇驚愣住，隨即轉身將我壓在身下，抓住我四處遊走的手。

他粗啞著嗓子說：「言言，你知不知道……」
「我不知道！」我固執地打斷他，整個人復又貼在他身上，從頸脖處一路輕吻而下，低聲呢喃著：「我不管……我想要……」
西寧楨宇周身一顫，咬牙切齒地咒斥一句：「該死的！」旋伸手輕擁著我，溫柔地將我平放在床上，伸手撫開我額前汗濕的秀髮，低頭吻上我光潔的額頭。
我恍惚不安的心竟在此刻出奇地平靜下來，發出滿足的呻吟，伸手輕撫他無半分贅肉的身子。
他在我臉上印下柔軟而狂熱的吻，如膜拜珍寶般細細碎吻，一路從額頭、眼瞼、臉頰而下，輕輕啄住我的唇，溫熱的舌尖潤濕了我乾裂的櫻唇，靈巧的舌尖打著圈兒輕敲貝齒，直與我糾纏不休。
接著他輕輕褪去我的外衣，長年軍旅生活造就出的厚繭手掌輕輕撫上我白皙纖細的肩胛，所碰之處觸發一陣陣顫慄。
這樣的溫柔直入心扉，這樣的珍惜引我不住濕了眼眶，小腹處湧升的渴望越發難忍，我不由自主地躬身緊貼著他的胴體。
「言言，別急……」他控制著急促的呼吸，輕聲誘哄我，魅惑的嗓音引人心癢難耐。
他額頭的汗珠直滴落我胸前，洩出他控制過分衝動的努力，顫抖之手覆上光滑錦緞，一路移至背後輕輕拉開了肚兜的繩帶。
粉紅繡鳳肚兜輕輕滑落，露現出光潔如緞的肌膚和……
西寧楨宇倒抽了口氣，微眨眼瞳，抓住餘剩理智，扳過我的頭沉聲道：「言言，你……」
他竭力抑制著滿懷情慾的聲音消失在我雙眼迷亂的光芒中，全身一僵，低聲咒道：「該死的，你居然是被……」

他一個翻身下床，伸手將我摟入懷中，朝洞口急奔而出。我胡亂扭著身子，在他胸前不斷磨蹭，渴望的呻吟粗粗淺淺地誘惑著他。

倏地一陣冰涼，刺骨的冷水引我全身一個激靈，完全清醒過來。黑暗中，我的身子緊緊貼著他的，更讓我震驚的是，身上竟不著片縷……腦中閃過一些斷斷續續的畫面，天啊！這、這、這該不會是眞的吧？這會子在他心裡，我不僅是毒婦，更是淫婦了。

我羞愧難當，伸手一推欲掙開他去，他雙臂收攏，我越加緊貼著他赤裸的胴體，浸於冰涼溪水中仍能感受到自他身上傳遞過來的溫熱。

「別亂動！」他低聲喝道，痛苦的聲音像是極力隱忍著什麼，我嚇得僵在當場，再不敢亂動。

過得許久，西寧楨宇方才將我抱回山洞，我著好衣衫，坐在篝火旁瑟瑟發抖，連打了幾個噴嚏。

西寧楨宇將披風披到我身上，又添了些木柴，用土罐倒了燒開的水遞將過來，「喝一點，暖和暖和再歇著吧，小心染上風寒！」

想起方才之事，我愈感無地自容，伸手接過開水啜飲一小口，頓覺寒氣祛走了不少，低頭捧著土罐暖手。

「言言，你所食用的盤龍山莊飯菜中應有蹊蹺。」西寧楨宇若有所思地說道。

「怎麼會？我都是讓侍奉我的丫頭綠葉用過了之後再食的。」

「那你被擄去以後，祁浩明有無爲難於你？」

我搖了搖頭，「那倒沒有，他在我醒來後僅出現過一次，只說等你來接我便恭送我們離開，我想他定然布下了天羅地網要對付你。」

「不對，不對！」西寧楨宇蹙緊了眉頭，「入夜之後我便去探過路了，莊內的防禦格外鬆懈，我去救你之時尤如入無人之境。這時候想起來，追趕我們的那批人不過就是做做樣子，若真要追趕早就趕上了，看來他們的意圖便是要逼我們滾落山崖。」

我低下頭細細回想著當時情形，呢喃道：「這個人眞是怪……」

「言言，他去看你之時，可有甚異常的舉動？」

「沒有啊！」我細細回想著那位浩明王爺說的每一句話和當時的每一個情節，實在想不出有甚值得留心之處。

對了，花！他來時手中拿著的那束淡雅清香的白花，這種事按理說應是丫頭們做的，他一個大男人親自拿來豈不奇怪麼？

「對了，他來看我時，手中拿了一束鮮花，他說叫……叫什麼鳳仙百合！」

「鳳仙百合！」西寧楨宇神情一肅，追問道：「是不是竹葉細長，花朵較大，四五花瓣中挾著淡黃花蕊，聞起來有股淡淡清香？」

我點點頭，詫異道：「你怎麼知道？」

「該死的！他定然曉得了我們的身分，只不知他此舉究竟有何用意。」西寧楨宇忿忿然道：「那鳳仙百合誠屬罕見極品，也難爲他有心了。」

「那鳳仙百合到底是何物？」我見他神情，心知這鳳仙百合必藏蹊蹺。

「鳳仙百合乃花中極品，外觀好看且香味淡雅，實屬難得。原本聞了這花香也沒甚的，只是聞過此花後三日內不可飲酒。」

「若飲了酒呢？」我對它的花啊、香氣啊的統統都不感興趣了，可偏偏西寧楨宇又不說明白，真真急煞人也。

西寧楨宇雙目含笑，斜睨我一眼，「你不是已經知道了麼？」

「啊？」我愣了愣，隨即想起我睡前曾喝了一小口西寧楨宇遞過來說是暖身的酒，結果……原來那鳳仙百合竟是……是春藥！

「真是想不到，看似清新淡雅的花兒，竟然是、是這般害人的東西！」我感歎著，終是對「春藥」二字難以啓口。

「呵呵，這有甚好奇怪，就好比越美麗的女子越似毒藥……讓人忍禁不住喝了下去，又始終無法逃離解脫。」西寧楨宇呢喃道。

「你說什麼？」我聽得不很真確，忙追問道。

「沒、沒什麼。」西寧楨宇回過神來，忙噤了聲，閃爍其詞，「夜深了，快歇息吧。」

「嗯。」我覺奇地瞅看西寧楨宇，滿腹疑惑。待要追問，西寧楨宇卻不再多言，只扶了我上床就寢，自己則守在洞口。

此一折騰，兩人都累壞了，我默然不語，沒多久便沉沉入睡。

這一覺睡得真舒服，可偏偏有人像是不想讓我睡得安穩，總是吵著我，更有人硬是往我嘴裡灌東西。啊，真是討厭，累了那麼久，好不容易睡回好覺都要來攪擾。

我忿忿然睜開眼，張口想凶人，恰趕上那舌尖渡過來的湯汁而被嗆了個正著，不住咳嗽起來。

「你醒過來就好了！」西寧楨宇抬起頭，鬆了一口氣。

原來他在用口渡湯藥給我喝，我輕搖了搖昏昏沉沉的頭，試圖讓自己清醒一點。

想要坐起卻發現渾身癱軟在床上，我吃力地問道：「我這是怎麼啦？」

「你染上風寒，都昏迷三天了，如今醒過來就好了！」

原來……難怪我嗓子這樣乾澀疼痛，全身軟綿綿的，頭暈目眩。

「來，喝點湯！」西寧楨宇忙扶我起來，端土罐遞至我唇邊。

我靠他的手臂支撐，臥躺在他懷中，就著他的手將土罐中的湯全部喝入胃中。

看著他憔悴的面容，想來這幾天爲了照顧我讓他沒怎麼休息吧，下頷也尖瘦了不少。

接下來的幾天，西寧楨宇每日外出採草藥給我調養身子，打野物溫飽肚腹。

這兩日我身子好轉許多，西寧楨宇又出去了，我百無聊賴地坐在石桌旁，轉頭瞧見西寧楨宇換下的衣袍，沉吟少頃，拿了衣袍朝外走去。

將衣服浸泡溪水中，揀了衣領袖口處用力搓洗著，抬頭看看這青山綠水，想想西寧楨宇這些日子的悉心照料，我心中一片安閒。多少年沒過過這般愜意的日子了呢？

別人都言我是大順皇朝集尊貴和濃寵於一身的女人，可是我的辛酸痛苦誰人知道？我說我睡覺都得睜著一隻眼，否則不知甚時一覺睡過去就再醒不過來了，又有幾人相信？

西寧楨宇，這個天下皆知的名將，皇朝眾多名門閨秀的如意郎君，今刻卻像個鄉野村夫每日打獵砍柴，傳將出去不知有多少小姐的心要破碎一地哩。我想著想著，不由得「嗤嗤」輕笑出聲。

背後忽地響起簌簌聲響，我轉身一看，頓時僵在原地，雙腳發軟，心中陣陣發怵。

「言言，別動！」剛回來的西寧楨宇站在小坡上高聲制止拔腿欲跑的我，同時匆匆卸下身上物品急速朝我而來。

我雙目圓睜，緊盯著石頭上那條青色小蛇，牠正昂首與我對視。

「言言，你千萬別動！我馬上就來。」西寧楨宇拿著劍，幾個縱步便下了小坡，踩著溪邊石頭輕輕移近。

我倒吸了口冷氣，渾身哆嗦，就在西寧楨宇接近之時，那條小蛇猛地縱身竄起朝我撲來。

「啊！」我尖叫一聲，連退幾步，不想一腳踩空，一個趔趄便落入冷涼溪水中。

西寧楨宇擲劍刺中那條小蛇後，見我落水，慌忙衝到溪邊將我救上來。他拿起猶掛著小蛇的劍，抱著渾身濕透的我回到山洞。

我在山洞深處替換衣衫，他則忙著生火煮食。換好衣衫後，我坐在篝火前瑟瑟發抖。

他取了火上的罐子將湯輕輕倒入土罐中，遞上前來，「剛熬好的湯，暖暖身子，祛祛寒氣。」

我點點頭，接過來一骨碌全喝下去，身子登時暖和許多。

細細回味方才的湯，已無前幾日野雞、野兔湯的土味，肉塊細膩滑嫩且入口即化，看來西寧楨宇燉湯的功夫提升了不少啊。

西寧楨宇笑盈盈盯看我一口氣喝完整罐湯，問道：「好喝麼？」

「好喝！」我用手帕揩了揩嘴，意猶未盡。

他接了土罐過去，心疼地凝看落水後形容憔悴的我，「多歇會兒吧，我守著你！」

「西寧將軍，那個……有蛇，我怕……」我目露驚恐，欲語還休的話聲微帶輕顫，卻又怕他取笑於我。

「別怕！」西寧楨宇詭異地笑道：「牠再不會嚇你了。」

「為何呢？」

「因為你已把牠給吃下去了！」

「什麼？西寧將軍，你這玩笑開得……」我猛然想起那湯中白嫩的肉，顫聲道：「你、你不會是說剛才……」

我祈盼的眼神在他緩緩點頭動作中漸漸灰暗，胃裡不斷翻騰，終是沒忍住，急跑出去嘔個不停。

西寧楨宇忙端來乾淨的水，我接過漱了口，轉身將碗塞進滿臉歉意的西寧楨宇手中，一言不發地走開。

「那個，言言……」西寧楨宇小心翼翼地湊近。

「西寧楨宇，你、你怎可捉弄我？」我氣呼呼爬上床，不想理他。

「我並未捉弄你啊，蛇肉可是很補的！」西寧楨宇一本正經地回道。

「既然那麼補，你自己怎地不喝？」

「哪有這回事！我是想等你喝過，再接著喝的。」西寧楨宇委屈地看向我，將鍋裡餘剩之湯全倒入我用過的土罐，仰頭一咕嚕喝了個罐底朝天。

我不禁羞赧，畢竟他一片好心卻引來我莫名的怒氣，又看著他竟然拿我用過還未清洗的土罐喝湯，我越發紅了臉頰。這舉止彷彿就像變相的親吻，難道他真的對我……不，不，怎麼可能？

這些年來，他教授睿兒習武，對我們母子關愛有加，就如親人一般，但對我絕無半點輕薄之意，更無任何踰矩之處，當然，昨兒晚上是緣於那催情花生效。

也許是因當初我放過了端木雨之故吧？他對端木晴的愛，誠然是這世間最純眞的愛情了，不求回報又無可動搖，所以就算端木晴早早便去了，她也是這宮裡頭最幸福的女子。如果能得這樣深情之人愛一天，終老也算有了美好的回憶，人生也便有了意義。如若能和這樣的人一起平凡度日，那該……

我即刻甩開這樣個念頭，此生我已注定是宮中的女人，連出宮機會都是屈指可數，這幾日的生活堪算我百無聊賴生命中最華麗之點綴，誠是別的后妃求之不得的幸福了，豈可奢求更多？

朦朧陷入深眠，沒想到這一睡我竟臥床不起，多次驚嚇加上寒氣侵體，我徹徹底底病倒了。

西寧楨宇越加悉心地照顧著我，每日採藥打獵，我的病卻一天天加重，他的神情也一天比一天嚴肅起來。

「言言、言言，該喝藥了。」耳邊傳來略帶幾分自責的呼喚聲，他一直覺著是自己沒照顧好我。

我虛弱地睜開眼，又開始一陣猛咳，接著襲來眩暈感，胸口疼痛難忍，四肢無力，彷彿隨時都可能一口氣上不去。

待到喘過氣來，我張開嘴就著他的手將碗中湯藥灌進肚裡，孱弱地躺在他臂彎喘著粗氣。

「西寧將軍，你別忙了，風寒不是大病，我歇息幾日就會好了！」

看著他著急的神情和滿臉的鬍渣，我心中一片酸澀，猶有一絲欣喜。畢竟他這等擔憂之狀，不是因爲其他，僅僅是因爲我一人！我怔怔看著他，暗暗記下這一幕收藏起來，留待往後孤寂歲月慢慢回憶。

西寧楨宇眉頭緊蹙，略略沉吟，果斷地將我移放回床上，「不行，不能再這樣拖下去了。言言，這山中寒氣太重，你身子虛，寒氣入體袪之不去，須得馬上找大夫才行。我去收拾收拾，我們即刻啓程，趕往最近的集市。」

所幸前幾日，西寧楨宇在溪畔發現一群野馬，他費盡心力終於馴服了那匹頭馬，取名「追風」。有了「追風」，我們得以順利上路。

西寧楨宇根據我們滚落山崖的地方，大致推測出方位，沿著小溪一路順流而下。由於我身子的緣故，我們走得很慢，一路上草藥湯汁沒有停過，我的身子卻絲毫不見起色。

大約過了四五天，終於穿出群山看到官道，我們對望一眼，皆露喜色。西寧楨宇明顯鬆了口氣。迎面而來一名商人打扮的男子，西寧楨宇忙上前拱手問道：「兄臺，我們是趕路人，不愼迷了路，敢問兄臺，到最近的集市怎麼走？」

那男子上下打量西寧楨宇，見他模樣不像壞人，這才一指背後的小路，「你沿著這條路直走，趕得快些的話，天黑之前便可抵到集賢鎭了。」

「謝謝兄臺！」西寧楨宇謝過那人，甫上前牽了馬，朝我柔聲道：「言言，你再忍忍，天黑之前就可找到大夫了。」

我頷首相應，軟軟趴在馬鞍上。西寧楨宇不再猶豫，逕自躍上馬，摟我靠在他肩窩處，拉過披風輕輕遮住我，策馬疾馳前行。

趕到集市時日頭尚高，西寧楨宇抱我入了集賢鎭內最好的客棧悅來老店，高聲道：「掌櫃的，要間上房！」

「好嘞！」掌櫃停下手中撥弄的算盤，抬頭回道。目光觸到西寧楨宇懷中的我時，掌櫃小心翼翼道：「客官，尊夫人這是……」

「掌櫃的，要間上房，即刻派人去幫我請鎮內最好的大夫過來！」西寧楨宇扔出了一錠銀子。

掌櫃的伸手接過銀子，一掂量，即刻露出滿面喜色，連連點頭哈腰，「好嘞，客官，您這邊請，這邊請！」說著轉頭高叫，「小二，小二！」

「來啦！」牽馬入後院的店小二一路小跑進來，恭敬道：「掌櫃的，有何吩咐？」

「快，幫這位大爺去將朱大夫請來！」掌櫃的邊帶我們上樓，邊吩咐道。

「是，是，馬上就去！」店小二應著，轉身一溜煙奔出。

西寧楨宇輕手將我放在床榻，擰了熱毛巾替我擦拭額頭。過沒多久，朱大夫便來了，細細替我診完脈，還未說話，西寧楨宇便搶著問道：「大夫，她怎樣了？」

朱大夫攬了攬花白的鬍鬚，沉聲道：「這位大爺，尊夫人這是受了風寒，又長期處在濕冷地方遭寒氣入體所致，你不必太過擔心，我這邊開個方子，夫人只需按時服用，悉心調養一段時日便可痊癒。」

西寧楨宇聞言鬆了口氣，朝我微微一笑，連聲道：「謝謝大夫，謝謝大夫！」

西寧楨宇餵我吃過熱粥，又餵我喝下湯藥，甫柔聲道：「好了，這下行了，你好好睡上一覺，明天就沒事了。」

我搖搖頭，語帶擔憂地道：「西寧將軍，你怎麼選這鎮上最好的客棧啊？落崖之時我們丟失財物，而今剩餘的盤纏不多，如此幾日便要捉襟見肘啊。」

「我怕再生出什麼意外來，住在這顯眼之處是最安全的。」西寧楨宇趨前替我蓋好被，輕聲道：「沒事，有我呢，你好好歇息吧。」

「那……你睡哪兒啊？」我遲疑著。

「別怕，我就守在你跟前！」這些天餐風露宿又擔驚受怕，我早已如驚弓之鳥，一點點的陌生都引我恐懼不安，西寧楨宇滿臉心疼地看著我，「我已跟掌櫃的多要了一床被子，我就睡在房中，你有事只管叫我！」

我點點頭，不再說話，不一會便沉沉入睡。

經過幾日的悉心調養，我的身子明顯好轉，已經可以下床活動。

店小二敲了敲門，站在門外高聲道：「西寧大爺，小的給二位送晚飯來了。」

西寧楨宇起身開門，店小二端進飯菜擺在屋中方桌上。

西寧楨宇扶我入座，準備用晚膳，卻發現店小二還立於原地，「小二哥，還有甚事麼？」

「沒、沒甚事！」店小二平時也沒少拿西寧楨宇給的好處，這會子遲疑了一下，轉身朝門外走去，走至門口才又道：「西寧大爺，掌櫃的要小的帶話給西寧大爺，說是該結一下這兩日的帳了！」

西寧楨宇沉默半瞬，甫啓口道：「不是三日才結一次帳的麼？怎麼，難道掌櫃的怕在下付不起？」

「不是的，掌櫃的不是這個意思，西寧大爺您別誤會、別誤會！」店小二頓了頓，甫又道：「只是西寧大爺最近爲夫人治病已花了不少，掌櫃的是、是有些擔心……」

「回去告訴你們掌櫃的，叫他只管放心，我不會少他一個子兒！老規矩，明日午後結帳！」

「謝謝西寧大爺，謝謝西寧大爺，小的這就去！」店小二哈腰行禮，高興著離去。

「西寧將軍，那個……」

「言言，這些事你甭管，只管安心養病就好！」西寧楨宇一副不願再提的樣子，只往我碗裡挾著菜，哄我儘量多吃。

吃過晚膳不一會，西寧楨宇到後院中煎好湯藥端進來。我剛服了湯藥，便有人敲門，我奇怪地看了西寧楨宇一眼。

門外響起了一個陌生女子的聲音：「西寧大爺，老身準備好熱水過來了！」

西寧楨宇擱下藥碗，上前開了門，便見一位五十來歲的老婦人走入屋裡，朝我們點頭示意，又轉身吩咐道：「還不快抬進來。」

話音甫落，便見兩個家丁模樣的人抬進一只木桶放到屏風背後，不一會子，又用小桶拎了幾桶熱水進來。

我當即明白，原來他……想不到他連這也考慮到了，許久未沐浴我身上已是奇癢難忍，因著出門在外再加上身子虛弱，我不敢胡亂沐浴，只在每日早晨洗漱之時用毛巾擦擦身子，想不到他……

我朝他投去感激的眼神，他朝我柔柔一笑，「我出去一趟便回來！」

西寧楨宇走後，家丁們備好熱水亦即離去。那婦人上前朝我微微一笑，「夫人，老身是這掌櫃的內人，西寧大爺說夫人玉體尚很虛弱，請老身過來伺候夫人沐浴。夫人，熱水準備好了，請吧！」

「多謝夫人！」我柔聲謝道。

「西寧夫人不必客氣，若不嫌棄，喚聲周媽便可。」那老婦人扶我入了屏風之後，輕輕幫我寬衣，羡慕道：「夫人好福氣，嫁了西寧大爺這樣細心體貼的男人，老身活了大半輩子，還沒見過像西寧大爺這般疼妻子的好男子呢！」

我但笑不語，西寧楨宇一直沒解釋我們之間的關係，不知是出於安全的顧慮，抑或潛藏某種莫名的私心，但他不說，我也不去捅破那層紙，任由這股曖昧氣氛蔓延著，直侵心靈深處。

我在老婦人協助下褪去衣衫，鬆開隨意盤在耳後的秀髮。

周媽瞪直了眼，歎道：「老身一看夫人言行舉止，便知夫人乃大戶人家出身。夫人有此美貌，難怪西寧大爺萬分疼愛夫人！」

「周媽，你這話太誇大了些。」我口裡謙虛著，心底卻異常欣悅。入宮多年，和那些妹妹們比起來，我早已是昨日黃花，如今聽人讚美，心中倒挺受用，但願我真如她說的那般年輕美貌吧！

我在周媽打量的眼神中，毫未露出半點羞澀之意，也許後宮女輩早就被窺看得沒了感覺。我扶著周媽，踏著小梯浸入桶中，享受久逢的沐浴。

又過得兩日，我身子骨恢復得差不多了，西寧楨宇決定明兒一早便上路。

當日用過晚膳後，我躺臥在床上午憩，養足精神以待明日一早上路。

「言言，言言……」耳邊傳來西寧楨宇試探的輕喚聲，我沒有動，閉目假寐。

西寧楨宇見我沒有動，轉身從包袱中取出寶劍，躡手躡腳朝門口走去。

我睜開眼含笑看著他的背影，輕聲問道：「你這一次準備怎麼辦？是去當舖當了你的寶劍呢，還是去打家劫舍呢？」

西寧楨宇身形一震，回過頭來指責道：「你竟然裝睡！你怎麼知道的？」

「上次回來後，我便發現你從不離身的那串青田墨玉雕佛手鍊沒了！」我低下頭去，「西寧兄長，那是晴姐姐留給你的唯一東西呀！」

「人死不能復生，有沒有那串手鍊，晴兒都會永遠在我心裡。」西寧楨宇愣生生扯出個笑容，「何況這是爲了救你，我相信晴兒她是不會怪我的！」

我默默地從脖子上取下飾物，塞進他手裡，「咱們要趕路，有用之物暫且留著吧，你先把這個拿去當了！」

「不！這怎麼可以！」西寧楨宇震驚地看著手中純金打造的長命鎖，他自然知道這是當初我親手爲潯陽戴上的，潯陽去了後，便成我從不離身之物。

「你都能爲了我捨去手鍊，我怎就不行？」我一把抓住他遞過來的手，「宮中還有更重要之人等著我們回去保護，我們必須儘快上路！」

他凝神睇看我一眼，沉吟片刻，始大步走了出去。

次日一早，我們便就啓程，直到天黑之後方才趕到下一個小鎮，找了間客棧歇宿。

半夜裡，西寧楨宇上前將我喚醒。

「怎麼啦？」我渾身一驚，急忙坐起身來。

「今兒一天都有人跟蹤我們，這會子就歇在隔壁房裡。」西寧楨宇低聲道。

「怎麼會？難道那個王爺又要……他怎麼會發現我們的行蹤呢？」

「我細想過了，合該是我們所當掉的那兩件東西一看就非普通之物，他順藤摸瓜，找到我們也不足爲奇。」

「那現下我們該當如何？」

「眼下景況我不想再與他起衝突，拖得越久對你越是不利，我只想將你平安送返宮中。我已經打點好了，我們要悄悄上路！」

我點點頭，不再猶豫，忙下床整理衣衫、收拾行李。收拾妥當，西寧楨宇摟我入懷，輕踩窗臺，藉著窗口大樹的遮掩，毫無聲息地落了地，逕直往後門而去。追風早已候在那兒，西寧楨宇立刻策馬奔離。

追風疾馳在小路上，兩側樹木殘影形同鬼魅著實駭人，我心裡不住突突直跳，卻又不敢擾亂西寧楨宇心緒，只得屏氣凝神，窩在他懷中聽著他有力的心跳聲。

倏地，追風被橫在路中的繩索絆了一下，嘶聲高叫著停住，我身子一斜，便從馬上直往下掉，西寧楨宇慌忙伸手將我一摟，在地上滾了幾圈方才穩住身子，一張巨網遽時從天而降。

西寧楨宇神色乍斂，將我緊攬，一個箭步上前拔出藏在馬鞍裡側的寶劍，舉劍於空中揮出優美的弧度，巨網應刃而散落地面。

一群黑衣人舉著火把從林中衝出，持劍將我們團團圍住。

西寧楨宇臉色稍沉，高聲道：「不知尊駕究為何方神聖，還請現身一見！」

「西寧少俠，在下誠心邀請二位到寒舍作客，卻不想二位愣是不給面子，逼得在下只得一再命人來請！」旁的小坡上那抹熟悉身影不是「他」又待是誰？

「咱們就別再兜圈子，打開天窗說亮話吧，浩明王爺！」西寧楨宇厭倦了祁浩明這樣裝腔作勢，索性將話挑明。

「哈哈，西寧將軍果名不虛傳，這麼快便看出本王的身分了！」祁浩明哈哈笑著，卻突然朝我問道：「皇后娘娘，本王送的鳳仙百合，不知你還滿意麼？」

「你！」我爲之氣結，「浩明王爺使這等見不得光的手段，究竟意欲爲何？可是爲祁朝戰敗之事而來麼？」

「哼，祁朝是勝是敗，與本王何干？」祁浩明展現出滿不在乎的樣子，隨即又不懷好意道：「本王純是閒來無事，聽說大順朝的莊懿皇后國色天香、才智過人，這才想動心一會，不料天下聞名的西寧將軍卻壞了本王的雅興！哼！那就甭怪本王不客氣啦！」

「浩明王爺好雅興！對一介弱女子使這等下三濫的手段，充甚英雄好漢！」西寧楨宇不屑地哼了一聲。

「哈哈，本王原只好奇莊懿皇后究是如外界傳聞那般端莊秀麗，還是像寵妃似的風情萬種，更好奇大順朝皇帝對他所寵愛的皇后捨命救他卻半路失貞，究竟有何感想？不想，西寧將軍卻愣是不給本王此機會，本王轉念一想，尤更好奇大順朝皇帝對自己最寵愛的皇后和最信任的將軍交媾之事會否發狂，索性推了你們一把，給你們創造這等好機會。不知二位有無令本王失望啊？看皇后娘娘這身子骨，該不會是縱慾過度吧……」

「下流！」西寧楨宇怒斥一聲，舉劍便朝四周砍去。西寧楨宇武功了得，此刻又怒氣沸騰，更顯勇猛無比，一下子便放倒了上十人，餘下的人只將我們團團圍住而不敢再隨意上前。

「再勇猛的敵人也有他的死穴，西寧將軍的死穴自然就是他懷中的美人兒了！」祁浩明凜然說道。

眾人得了指令再次揮劍上前，卻不與西寧楨宇正面衝突，只招招攻向我。西寧楨宇爲了保護我，不免微露狼狽之狀。

我二人被圍在當中，我轉到何方，何方的刀劍便朝我攻來，待西寧楨宇轉過身來，他們又退了下去，另外一方再次朝我攻來。西寧楨宇忍不住低咒出聲：「卑鄙！」

火光下一把明晃晃的劍直直地朝我刺來，西寧楨宇想擁我躲開已是閃避不及，遂將我用力一摟，自己將背迎了上去。我窩在他懷中，眼睜睜看著那把劍從他背上掠過，衣袍隨之開了口，刺目的猩紅迅速暈染開來！

「不！」我雙目含淚，嘶聲高呼，用力把他往外推去，「別管我了，你快走！」

「胡說甚的！」西寧楨宇倏地收緊手臂，背上衣袍紅了一大片，「要走一起走！」

「這地方管制不嚴，說不定早全歸了他的勢力。他敢如此明目張膽行事，自然有備而來，你帶著我，如何走得了？」我搖了搖頭，「你回去！告訴皇上，莫言絕不會讓大順皇朝蒙羞！」

「好！精彩，真精彩！」祁浩明輕拍著手，狡黠地對我輕薄道：「皇后娘娘這樣深明大義，本王實在好奇究竟是你的意志力強，還是本王的手段強。皇后娘娘豔寵六宮，無忝美名，本王被皇后娘娘如此一撩，實在有些迫不及待哪……」

「今兒個，誰也別想走！」祁浩明臉色忽變，冷聲喝道：「來人呀！放箭！男的格殺勿論，女的留活口！」

他背後迅速衝出一群手持弓箭之人，圍著我們的那群人立時退散開去。

一男子疾步奔上小坡，湊在祁浩明耳邊低語幾句。只見祁浩明神色乍斂，略略沉吟，半晌才迸出一個字：「撤！」

我不曉發生何事讓祁浩明做了這樁決定，但我知西寧楨宇的傷必須趕快止血，忙扶了他坐在地上，

「西寧將軍，你放鬆、放鬆，別使力！」

背後響起陣陣凌亂腳步聲，又一群人迅速跑上來將我們團團圍住，部分人馬則朝祁浩明撤離的方向追去。

「別追了！保護夫人要緊！」低沉渾厚的聲音傳來。

我精神一振，原來是、是……

「末將救援來遲，請夫人恕罪！」

「少帆，別多說了。快、快，快看看！西寧將軍受傷了！」我聲音抖顫，朝跪在跟前的莫少帆語無倫次地胡喊，忽地精神一鬆，軟軟癱倒下去。

第十章 願得一心人

「雨兒說得對，愛便是愛了！我這般隱忍又能如何？傷害的不僅僅是我自己，更有你！」

心裡猜知，可聽別人口說是一回事，親耳聽他吐露又是另外一回事，我原以為這段情永遠只能存於曖昧不清的氛圍，只能隱忍在心的，不想他卻在此刻赤裸裸地道出。

他用力地朝我點了點頭，側坐床榻輕輕攬我入懷，彷若捧著一件稀世珍寶。

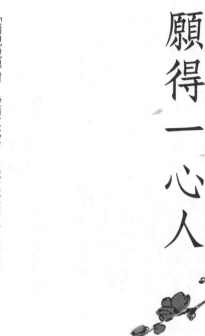

六十三　與君決絕

我緩緩睜開眼，映入眼簾的是熟悉的床榻，空氣中瀰漫著櫻花芳香。我神色一喜，轉過頭，滿眼所見全是再熟悉不過的物事和人兒！

「皇后姐姐，您總算醒了！」木蓮欣喜地看著我，側坐床榻拉過我的手。

我頷首而應，轉頭望向那道明黃身影，這一次他未如往常般急急湊近來抓著我的手，溫柔凝看於我，而是負手在屋中踱著步伐，聽到木蓮欣喜的呼喚方才走近床前。

我心中咯噔了一下，強作歡顏，朝他輕聲道：「皇上……」

「嗯，醒來就好，醒來就好！」那溫柔聲音如常，眼底卻透著絲絲冰涼，只朝楊御醫道：「楊御醫，你再細細診脈！」

「皇上！」木蓮直愣愣望著他，滿臉心疼，雙目含淚，「皇后姐姐剛剛醒來，您就不要……」

皇上痛苦地闔上眼，轉過頭去，冷然道：「別說了，朕也不想，只是此事宜早不宜晚！」

我甫驚覺有我所不知之事正發生著，我慌得抓了木蓮的手，急道：「妹妹，究竟發生甚事了？」

「甚事？」皇上微抿嘴唇，緩了口氣才道：「皇后自個兒不是最清楚麼？」

「主子，楊御醫診出主子懷有一個多月的身孕了！」跪在一旁的彩衣垂下頭哽咽道，後低聲抽泣。

「眞的？」我全然不知所措，這些年我總小心翼翼著，不想就那麼一次，居然……等等！不對！對於我的龍胎，床前幾人並未表現出欣喜，反而……難道……

「皇上！您是在懷疑臣妾的清白麼？」我心口倏地疼得喘不過氣。

「言言，不是朕不信你，而是……」皇上滿目痛楚，「楊御醫，你再仔細診清楚，皇后的身孕究竟多少天了？」

「皇上息怒！」正替我診著脈的楊御醫停下動作，轉頭朝皇上磕頭道：「微臣能力有限，只能診出皇后娘娘懷有一月餘的身孕，統共幾日卻是無論如何也診斷不出的，微臣不敢確定！」

我聞言，暗暗痛道：「啊，他果真……」旋啓口追問：「南御醫呢？他定能診斷出時日！」

「姐姐，大軍得勝班師回朝，南夫人卻重病不治，撒手而去。南御醫悲痛之下臥床不起，已有些時日了！」木蓮揩著淚，輕聲道。

「看來是老天不待見本宮這般好過，要懲罰於本宮了！」我微歎口氣，自嘲地笑道：「皇上既然懷疑臣妾的清白，就請皇上下旨廢黜臣妾吧！」

「言言，朕並無這個意思！」皇上焦急地看著我，爲難道：「只是……此事事關皇室血脈，朕不得不萬分謹愼！楊御醫又診出你曾被人下過春藥，朕知道你是身不由己，朕不怪你……」

「皇上！臣妾是您的妻子，西寧將軍是您的臣子！西寧將軍對您忠心耿耿，爲了救臣妾尤拚盡全力幾欲喪命，難道皇上懷疑臣妾與西寧將軍的清白麼？」我神色一斂，雙目圓睜怒視於他。

「朕若信不過你們，也不會派西寧楨宇護送你回來！只是……」他氣急敗壞道：「只是你被盤龍山莊莊主擄去一整天，還被下了春藥啊……」

「皇上大可派人將盤龍莊主抓來審問便知！」

「皇后以爲朕沒有麼，小小一個山莊竟敢強擄了朕的皇后，朕早派大軍將山莊夷爲平地，只是那盤龍莊主已逃之夭夭。」他忿忿道。

「皇上既然信不過臣妾，臣妾無話可說！」我轉過頭去，心知此時絕不能表現出半絲軟弱，否則依他的多疑性情，定會以為我心虛。

「你！」皇上伸手指著我，氣得連連喘了幾口大氣，來回踱著步子。

「皇上息怒！皇上，臣妾也相信皇后姐姐……」木蓮見我的倔脾氣又發作，怕因而惹惱了皇上，忙跪在跟前勸道。

「你住嘴！」皇上一股腦將氣撒在木蓮頭上，轉而指向楊御醫，「你，再給朕好生診脈，這次務必診得確切！」

「皇上！西寧將軍求見！」小玄子進來稟報。

皇上微頓一下，吩咐道：「彩衣，還不快去給皇后備些膳食，好生侍奉著，你家主子若有個好歹，朕唯你是問！」又道：「宸妃，好好照顧皇后！」

他吩咐完，看都沒看我一眼，轉身便即離去。

「還不快端上來！」皇上朝門口磨蹭的木蓮冷聲道。

木蓮萬般無奈將湯藥端將上來，擱放榻前小几上，滿目痛楚看著我。我疑惑地看看那碗湯藥，又看看房中的二人。

「皇上，請您收回成命！皇后姐姐斷然不會做出有辱皇室之事！」木蓮「咚」的跪落他跟前，嚶嚶哭泣不止。

皇上未瞧她一眼，只神色凝重盯視著我，「言言，朕思前想後，實不能拿皇室血脈當兒戲。朕也不逼你，你若喝下這碗湯藥，就還是朕的皇后，朕便當甚事也沒發生過；你若不願喝，朕即刻昭告天下，皇后娘娘暴病而亡，暗中派西寧楨宇送你入深山隱居，朕百年之後依然傳位於太子睿！」

「皇上……」木蓮輕聲喚道，暗示地瞟了我一眼。

我心下冷哼一句：「卑鄙！到這種時候還要試探我！西寧楨宇這會子只怕早已出了皇城……」

「肅郎，既然您已替臣妾擇好了路，臣妾還有甚好說呢？」我莞爾一笑。

「姐姐……」

木蓮看見神情淡然的我眼中透出了一股深深痛楚和絕望，剛止住的眼淚又滾落而下。

他背過身去，不發一語。我緩緩端起几上的瓷碗，雙眼直瞪著他，只想把他深深印入腦海，旋仰頭將碗中湯藥一飲而盡！

不想我心裡竟出奇平靜，彷若已知這時刻遲早會到來，眼裡心中早沒了淚，更沒了痛！

青花瓷碗哐啷一聲掉落在地，應聲而碎。

他頭也沒回，舉步朝門外走去，「宸妃，好好照顧皇后，朕晚點再過來！」

鮮血自雙腿間汩汩流出，伴隨著一塊塊血肉模糊之物滾落而下，我知道我內心的矛盾終得迎刃而解，那還未成形的孩子也一併失去……肅郎，我們終於再也沒有挽回的餘地了！

木蓮找來宮裡最富經驗的穩婆替我清理過身子，我躺在床上一動不動，雙眼木然盯著床頂，沒皺一下眉，亦沒喊一聲疼。

「姐姐，您想哭就哭出來吧！」木蓮側坐榻前，紅著眼眶。

我搖搖頭，沒有說話，甚至連眼珠也沒轉半瞬。

「我知道姐姐寧死也絕不會讓那盤龍莊主碰姐姐一下的，我更相信姐姐和西寧將軍之間是清清白白的！姐姐定是拚盡所能趕返！」木蓮用力地握住我的手。

「妹妹，你……」我轉過眼珠望向她。

「因爲睿兒還只是太子，儘管大局已定，可中間變數太多，姐姐是定然放不下心的。而西寧將軍打小便教授睿兒武藝，這麼多年來，西寧將軍侍妾雖多卻並無子嗣，早就把睿兒當作自己孩兒般疼愛，你們定不會做出危害睿兒地位之事啊！」

「妹妹，你、你……」我詫然看著木蓮。

木蓮朝我點了點頭，低聲道：「是的，姐姐，自雨妃和淑妃之事後妹妹便隱有察覺，後來也感應到您和他之間若有似無的情愫，但妹妹深曉您和他兩人間無半點踰矩之處，是眞正的發乎情止乎禮！」

「你……」我慘然一笑，「妹妹果眞不簡單，枉我自以爲天衣無縫，不想還是被你窺出，妹妹定然覺著姐姐是那等淫蕩無恥之人了！」

「不，不！姐姐，妹妹從不曾這麼作想，甚至、甚至還有些羨慕姐姐！他是個難得的好男子，能這般心甘情願守著姐姐，誠乃姐姐的福分！這次皇上回來，聽說姐姐和他未歸，心急如焚，即刻便派人四處查找。妹妹私心裡實盼他們找不著姐姐，奢望他帶姐姐遠走高飛，隱居山野！」木蓮淡淡朝我一笑，「這麼多年來，妹妹何嘗不看得明白，與其在宮裡這吃人之地待著，還不若和心愛之人在鄉野間做對尋常夫妻，不消過著這種看似錦衣玉食實則寢食難安的日子！尊貴麼？今兒皇妃，明兒冷宮，富貴生死一線之差，半點由不得自己！」

「妹妹這般作想，倒不知是妹妹的福氣還是悲哀哩！」我長長歎了口氣，「這都是命！咱們注定此輩子走不出這紅牆青瓦了。妹妹看得明白，或能過得輕鬆些，可看得明白了也就不能夠瞞騙自己，更添孤寂……」

「妹妹本是奴才命，能過到這分上早該知足，只是……苦了姐姐。姐姐時時且處處替皇上著想，孰料他卻一次又一次傷害姐姐，連腹中未成形的胎兒也不放過！」木蓮不由忿忿。

我輕輕搖了搖頭，呢喃道：「妹妹啊，姐姐想過了，這都是報應！當初我不該起那報復之心，對豔貴嬪腹中胎兒痛下殺手，以致豔貴嬪產下畸形死胎，精神失常跳湖而亡。」

「不，不是的！姐姐莫胡思亂想，那是豔貴嬪福氣不夠，不該強求產下龍胎，這都是上天降責的結果，與姐姐無關！」木蓮連連搖著頭。

「妹妹，別人不知，我們還不曉麼？你就別自欺欺人了，那是我親手造下的孽！」我深深吸了口氣，「我入宮十幾年來，對付敵人心狠手辣，無所不用其極。但我總覺得她們死有餘辜，皆怪她們要來陷害於我，伎倆不如人反而被我所害，唯獨豔貴嬪那胎兒……命，這是我的命！」

「姐姐胡說！」木蓮揩去眼淚，滿臉忿忿，道出了近幾日一連串的變遷。

「事到如今，姐姐還要這般隱忍！姐姐一回來，皇上便讓楊御醫替姐姐診脈，楊御醫當場診出姐姐身懷有孕。皇上大喜，直說是老天恩賜，居然讓姐姐在相隔近十年後再次懷孕，值此大戰之時懷上的龍胎，將來必成沙場猛將。

「可當楊御醫又診出姐姐有被下過春藥的跡象後，皇上便生猶豫，連連催促楊御醫確診姐姐的懷孕之日。姐姐也目睹皇上那日舉止了，恰好西寧將軍求見，二人談了什麼不得而知，但第二天皇上卻突然下旨拜西寧將軍爲鎮國大將軍，派駐邊關！

「西寧將軍一走，皇上旋命嬪妾端來宮人煎好的湯藥。嬪妾萬沒料到，皇上他、他逼姐姐服下湯藥之時，竟還說出那樣的話來試探姐姐與西寧將軍！

「姐姐，婢妾一直知道君心莫測，卻是初次眞實意識到：『最是無情帝王家，最是無奈小女子！』姐姐貴爲皇朝第一尊貴的女人，終還是敵不過聖意難測！」

「妹妹……」我眼中熱淚淌落。

「姐姐，您安心調養身子，讓彩衣好生照顧著，妹妹得空會過來看您的！」木蓮面色一肅，展顯出堅決無比的眼神，「姐姐，因著您才有了妹妹的今日，不僅爲妃，更得了太子、龍陽、海雅的敬戴，妹妹從未好好報答姐姐的恩情，這一次就讓妹妹幫襯一把！」

我聞言心下一驚，忙拉住了她，「妹妹，切不可做傻事！」

「姐姐，放心吧！」木蓮撫拍我的手，「太子、龍陽他們喚您母后，喚我爲母妃。姐姐說過，您的孩兒也便是妹妹的孩兒，我定然不會害他們！」

聽到她這款保證，我才微微鬆了口氣，軟軟地放開手。原本就虛弱的身子加上流產，我變得越發羸弱，說了這會子話已是疲憊不堪。

木蓮溫柔地將我的手放入薄被中，替我蓋實被子。

我陷入半夢半醒狀態，耳畔聽見木蓮輕聲呢喃道：「過完年睿兒也快十一了，雖嫌年幼了點，但應足以把持朝政……」

朦朧間，我乍覺著被人緊握的手上有熱呼呼水珠滴落。我驀地睜開眼，吃力轉過頭卻見那本已遠去之人正趴在我身旁，臉埋於我手中低聲抽泣著。

「西寧楨宇，你、你怎麼……」我猛吃一驚，睡意全消。

「言言，抱歉！」西寧楨宇哽咽道：「我答應過要好好保護你們母子的，竟又失言了！」

我輕輕揩去他眼角淚水，「男兒有淚不輕彈，爲我這樣的女人哪裡值得！況且，那孩兒本是他自己的，他都敢親手虐殺自己的孩兒了，你又何苦這般？」

「我難過，不是因爲他，僅僅是爲著你！」西寧楨宇一把拉了我的手，「言言，你知道麼，我現下有多後悔？早在墜崖之時，我就該帶著你遠走高飛，隱姓埋名再不問世事！」

「你！」我萬分詫異地看著他，未料到竟會從一向穩重內斂的他口中聞聽到這話。

「雨兒說得對，愛便是愛了！我這般隱忍又能如何？傷害的不僅僅是我自己，更有你！」

「西寧楨宇，你、你眞的……你說的是眞的麼？」

心裡猜知，可聽別人口說是一回事，親耳聽他吐露又是另外一回事，我原以爲這段情永遠只能存於曖昧不清的氛圍，只能隱忍在心的，不想他卻在此刻赤裸裸地道出。

他用力地朝我點了點頭，側坐床榻輕輕攬我入懷，彷若捧著一件稀世珍寶。

「我承認，一開始，我僅想利用你爲晴兒報仇，後來又因著睿兒而不得不協助於你，我始終覺著你是個爲了攀龍附鳳不擇手段、心狠手辣的女人。可漸漸的，我在你身上瞧見尋常女子身上所無的精明睿智和寬厚善良，對你萌生了一股莫名的渴望，隔三差五總想到你，哪怕就是看一眼，也能平復我內心的波濤洶湧。

「偏偏你是皇上的女人、是宮妃，同晴兒一樣，是我一輩子都不可能觸及的渴望！我已經害慘了晴兒，不能再害你，所以我只能逃避，只能對你冷淡，甚至惡語相向。可看著你眼中的落寞，我心中疼痛無比，又不得不隱忍著！言言，你就像一塊磁石，無論出現在哪兒都深深吸引著我的目光，讓我忍不住想靠近，即使明知只是飛蛾撲火，永遠不會有結果！

「別人都欣羨西寧將軍府中侍妾美眷無數，都說本將軍無情，玩厭了便安排嫁人，可這麼多年過去未有一人誕下一男半女，你從來就沒好奇過麼？

「此番回來，我就知皇上定然不會輕信我二人，碰巧你又懷了身孕，我又急又恨，想盡辦法要保護你。我在御書房中與皇上密商兩個時辰，將我們離開營地後直至獲救期間的事細細稟了皇上，一再保證你未有不貞之舉，龍胎定是皇家血脈，並自願請命駐守邊關，永不回皇朝！

「豈料他竟這般心狠，到底信不過你，我前腳一走，他便逼迫你飲下湯藥！我一接到信，隨即馬不停蹄悄悄奔返。可回來了又能如何？我西寧楨宇說是大順朝第一勇猛的大將軍，卻屢次保護不了自己心愛的女人！我活著……」

「不，不！」我早已淚流滿面，伸手捂住他的嘴，「不是這樣的，要怪都怪我！若不是我，你這些年也不會過得這般痛苦，只怕早已是兒女成群，幸福美滿了……」

我輕輕推開他去，「我又何嘗不想與你隱居山林，做一對尋常夫妻，只是……這都是命！我的命，和晴姐姐一般苦，注定一輩子要在這深宮之中苦苦掙扎，孤寂終老！你走吧，走吧！西寧楨宇，你走得遠遠的，忘了晴姐姐，也忘了我，展開新的生活！」

「不！」西寧楨宇一把抓住我的手，「不管你願不願，這輩子我都不會放手了，我會好好守著你和睿兒。你要的東西，我會一樣不少的放在你面前！」

「你這是何苦，是何苦啊！明明知道不可能，何苦偏偏這般執著呢？」我失聲低泣起來。

「別趕我走，言言，只要能看著你、守在你身邊，我就心滿意足了！」西寧楨宇又將我摟入懷中，輕聲道：「讓我最後好好抱你一次，我保證以後再不會踰矩，只遠遠守著你！」

「主子，主子！」彩衣慌慌張張奔入，低聲喚道。

我二人迅速分開來。我揩了揩眼淚，急問：「怎麼了？」

「不好了，主子！」彩衣小步趨前，「皇上朝這邊來了。西寧將軍，主子平安無事，你也看到了，你快走吧！奴婢會好好照顧主子的，將軍請放心。」

西寧楨宇起身朝我點點頭，沉聲道：「保重！」旋鑽進內室，從窗戶一閃而出，湮沒在無邊夜色。

聽見門口漸近的腳步聲，彩衣忙苦苦勸道：「主子，您好生歇著吧。您這樣不吃不喝，弄壞了身子可怎生是好？」

停在門口的腳步聲久久未有動靜，半晌後朝外遠去。

次日，皇上命小玄子送來許多補品，囑我好好調養身子。

在彩衣和木蓮連番勸說下，我不再執拗，悉心調養著身子。因著這次小產不過一個多月的身孕，我並沒吃太多苦，身子也恢復得極快，不幾日便能夠下床走動了。

這日裡，我剛起身，彩衣一臉喜氣地伺候我梳洗完畢，笑道：「主子，莫老爺和夫人他們一早便過來了，在偏殿候了有好一會兒呢。」

「什麼？你是說？」我有些不敢置信。

「是的，皇上大清早就下旨讓莫將軍將老爺和夫人接進宮來，主子還未起身，奴婢便領了他們候在偏殿裡。」彩衣笑著朝我點了點頭。

「那，你怎麼不早點告訴我，快、快去請進來！」我急忙吩咐道，對著鏡子細細顧盼，見臉色微顯蒼白，忙挑了點胭脂在頰上抹勻，甫滿意地看著紅潤不少的面容。

我才剛打理好，款款挪身至貴妃椅落坐，把腳伸到軟凳上，彩衣便打起簾子引他們進來。

我忙攔了正要行禮的幾人，「快免禮吧，父親，快帶了娘她們過來坐著，此處又無外人！」

父親抬頭觀望滿臉含笑的我，見我頷首，才笑吟吟領了幾人上前入座。秋霜隨後奉上新沏的茶，退了下去。

幾人看著斜臥貴妃椅上的我，不免微生激動。

娘眼眶泛紅，趨前移坐我身側，拉了我的手，「言言，你總算回來了，可真嚇壞我們哪！」

除了少數幾人，他人並不曉我祕密出宮之事，娘這樣說，定然知悉此事了，不用懷疑，告訴他們此事的只有一人。

我轉頭嗔道：「二哥，你怎麼可以……」

「別怪少帆！」娘打斷我的話，「是我們見他得勝歸來，立了頭功，被皇上欽點爲御前右營右威衛將軍卻毫無喜色。追問之下，他才道出你祕密出宮爲皇上送藥未歸之事。」

「好啦！女兒都平安歸來了，你又提那些個做甚呢？應該高興才是！」父親聲音略略抖顫，洩出幾分激動。

「是啊，妹妹，皇后娘娘如今身子正需調養，你就莫提那些不開心的事情呀。」二娘上前扶娘回座，低聲勸道。

我朝二哥看去，少帆明顯黑了不少，精神卻也比以往抖擻。然戰場之事我多少聽聞，不由怔怔地看著他，道：「多危險，以後別去了！你若有個好歹，教爹娘他們怎麼辦？」

少帆微微紅了臉，偏過頭去才沉聲道：「我若不去，誰在朝堂之上替你們母子撐腰？」

「二哥，莫家就靠你了，太子往後亦須靠你輔佐，你可千萬要保重！」我沉吟片刻，又道：「你也老大不小，合該成家了，二哥有沒有中意的女子啊？」

我抬頭朝父親道：「父親，二哥的婚事您可有主張了？」

父親緩緩搖了搖頭，「兒孫自有兒孫福，爲父老啦，也不想去操心這些事，你們兄妹倆商量著辦就成了！」

「二哥意下爲何呀？」

「如今朝堂之上，雖說上有丞相，可根基勢力尙屬端木家族。聽說端木尙書中年所得的么女年已十六，因著端木尙書疼得緊，至今未許人家。二哥我若能娶得此女，也算是幫襯妹子一把。」

「二哥。」我搖了搖頭，「人家好好的姑娘，二哥若非眞心實意想娶她，就不必爲了我和睿兒勉強爲之，免得既害了二哥又耽誤人家姑娘的終身。」

少帆瞧我出言反對，不禁著急起來，紅了臉頰，「其實，我與那端木姑娘曾有過一面之緣……」

我見二哥這般神情才恍然大悟，好個二哥，自己喜歡上端木家閨女，怕端木大人不許，竟推託說是爲了助我。

「純粹有過一面之緣麼？」我躊躇好半天，甫又啓口道：「一面之緣合該沒甚印象，二哥如今封了將軍，也算得上是英雄才俊，本宮索性就替莫家作回主，悉心來為二哥選房好親事！」

「不用，不用！娘娘，微臣與雪兒情投意合，只是、只是怕端木尚書反對，這才出此下策，請娘娘成全！」少帆一聽我欲親自替他選親，不免急得跪在我跟前，沉聲稟道。

「娘娘……」二娘見狀，同樣著急起來，父親和娘也直直盯瞧著我。

「哦……」我拖著娓娓長音，狡黠一笑，「原來那姑娘叫端木雪啊？光聽閨名就知是個冰雪聰明的女子！」

二哥一聽，又見我戲謔神情，明瞭我不過在戲弄他，臉立時紅透到脖子，嗔怪道：「妹子！哪有人這般戲弄哥哥的？」

「想不到在沙場力敵千軍的二哥，竟是這等純情男子啊！」我咯咯輕笑出聲，心中放鬆不少，許久不曾這樣開心了，「放心吧，此事本宮會替你安排妥帖的！」

「謝皇后娘娘成全！」少帆欣喜不已。

在座的眾人亦不由得鬆了口氣，父親看著一家樂融融，眼中閃現晶瑩的淚花。

調養身子這一個多月裡，我不言不語，只笑著任由彩衣安排，時常陷入沉思，回憶著生命中罕有的美好時光。

這期間，木蓮來得甚少，每次都是來去匆匆，皇上來得更少，統共來了兩次，我們之間已無多餘的話可講，僅淡淡問候幾句。我向他表明了少帆的心意，他頷首作應，未多說什麼便即離開。

沒過幾日，皇上便下旨封了端木家小姐端木雪為晴雪郡主，指婚給莫家新晉的御前右營右威衛將軍莫少帆，賜居右威衛將軍府，半年後完婚。

御前右營右威衛將軍本是軍銜，並無府邸，皇上特旨破例賜了府邸，少帆自是欣喜非凡，特意進宮答謝我。

端木雪晉了郡主，自然時常入宮來拜見我。他們二人若是碰上了，我便假意不知，每每給兩人單獨相處的機會，只望他們能培養好感情，婚後幸福美滿。

我的身子一天天好轉，心中對皇上的隔閡卻是越埋越深，甚至對他植生了深深的恨意！這麼多年來仍然得不到他的信任，我不知究竟是我做得不夠好，抑或是君王的心是永遠也揣測不到的。

雖然我早已對他完全死心，甚至嫌惡，但如今的我卻是懷著深深恨意，甚至無法在他面前掩飾住自己這股眞實情緒。

對他的恨意，以及對西寧楨宇的思念和掙不脫這座黃金牢籠的苦悶，困擾著我。宮中如今有木蓮打點一切，我自是毋須煩惱，對皇上我能避則避、能躲則躲，好在這半月來他都未再出現過，省去了我不少煩惱。

「皇后娘娘，南御醫求見！」小碌子通傳道。

「快請！」我心中一喜，先前聽說南夫人故去令他重病不起，我派人打探消息，卻是打探不出其他，眞想不到他竟自己現身了。

話音甫落，南宮陽已打了簾子入內，神情悲戚地撲倒在地，「微臣拜見皇后娘娘！娘娘救命啊！」

「啊？南御醫快快請起，有話慢慢說！」我忙命小碌子將他扶起，落坐旁邊的椅子。

「南御醫，救命一事打何說起？」我忙追問道。

「皇后娘娘，微臣內人身子骨向來不好，娘娘是知道的，所幸這些年有娘娘福澤，恩賜了不少稀罕物調養著，身子才有了起色。不料內人卻悄悄背著微臣懷上身孕，待微臣知曉之時已三月有餘，想要流產已是不能。微臣隨皇上出征得勝返來，大喜之日內人卻不慎摔了一跤，腹中胎兒早產，微臣費盡全力終是救不了她，留下弱女奄奄一息，急需千年雪參續命。微臣遍尋皇城，花了千金也只尋得兩支，眼看著雪參一天天減少，微臣實在無能爲力，這才厚著臉皮來求皇后娘娘……」南宮陽說著說著，不禁老淚縱橫，頻拿衣袖拭淚。

我瞅了瞅南宮陽，不由羨慕起他的夫人，能得丈夫數十年如一日的對待，堪稱此生無憾！

「南御醫，你我之間談什麼求呢？你早該來了！本宮這兒恰有半支千年雪參，你暫先拿去救救急，本宮即刻命人在藥膳房中再找。」

「彩衣，即刻去將櫃子裡那半支雪參取來！」我吩咐道：「小碌子，速去內務府傳本宮旨意，本宮調養身子，需大量千年雪參，命他們趕緊將庫房中所有千年雪參都送到本宮宮裡來。另外，命採辦處派人前往天白雪山尋採千年雪參！」

「謝皇后娘娘救命之恩！」南宮陽朝我拱手謝道。

「南御醫這是哪裡話？本宮承南御醫之情是數也數不清的。」我歎了口氣道：「只望南御醫的愛女能平安無事！」

「謝娘娘吉言，有娘娘的福澤，微臣想小女定能夠平安無事！」

「皇后娘娘，不好了！」小全子慌慌張張跑來，「皇上方才在御書房暈倒了！」

「什麼？」我心下大驚，「請御醫了沒？」

「這會子楊御醫正在趕去的路上！」

我和南宮陽對望一眼，他匆匆起身道：「皇后娘娘，微臣即刻趕往御書房！」

我點點頭，吩咐道：「小全子，快點備轎，送本宮前往御書房。另外，派人攔下楊御醫，請他到偏殿候著，本宮晚些時候再召見他。」

正急著出門，彩衣已取了雪參進來。我看了南宮陽一眼，吩咐道：「彩衣，即刻派人去南御醫府中，將南御醫剛出生的千金和奶娘接到宮裡，好生伺候著！」

南宮陽朝我投來感激的眼神，不再多言，逕出了門直奔御書房而去。

「怎麼樣？」南宮陽一收回手，我便著急地問道。

南宮陽朝我輕輕揮手，我會意地轉身步出御書房。

南宮陽跟著出來，朝我拱手道：「皇后娘娘，皇上這是縱慾過度，中氣不足的緣故方才出現了短暫昏厥！」

「你是說……」我腦中倏地閃過一絲光亮，「南御醫，你先別聲張，快去開了方子，讓皇上用過湯藥好好歇著，調養生息！」

南宮陽朝我點了點頭，「娘娘放心，微臣這就去辦。微臣受皇后娘娘之命，自然會守在皇上跟前，半步不離！」

我滿意地頷首，神色一斂，沉聲道：「小碌子！快隨本宮來！」

入得莫殤宮，一路往左，朝煙雪殿而去，轉過迴廊便是煙雪殿正門。小碌子手一揮，立時有人上前捂了守在門口那小太監的嘴。

我舉步而入，在林中便隱約瞧見守在偏殿門口的梅香，我朝小碌子遞眼色示意，他旋帶了人悄悄繞到背後，一把捂住梅香的嘴。

我幾步上前，看著梅香眼中的驚恐，揮揮手讓他們安靜地將她帶下去，殿中驀地傳來宸妃的呵斥聲和柳條揮起的呼呼聲。

我略一沉思，退至角落輕輕推開最末那扇未關實的小窗，朝殿中望去。只見殿中央一全身幾近赤裸的少女雙手被縛，吊於殿中房梁下，雙腳被叉開綑綁在一根圓木之上，整個人呈大字形。

一對玉峰高高挺立，隨著她的喘氣聲不住跳動起伏，白嫩如脂的玉臂和長腿在破碎不堪的褻褲映襯下越發誘人，私處在少女不停扭動之餘若隱若現，直如一幅引人血脈賁張的活春宮，讓我亦不禁面紅耳赤、心跳加速。

但此刻殿中跪在旁邊那一群與被綁少女同樣只著褻褲的少女們卻無心思去想這些，因爲那細柳枝鞭撻聲呼呼入耳，只怕一不小心就要抽到自己皮肉。

宸妃不停揮著手中柳條，赤身美人兒的雪白玉膚立時便多了一道道紅印，有說不出的妖豔，卻越發令人怵目驚心！

「娘娘……不要……」

「不要？」宸妃背著我的身子微微抽搐，又狠狠地揮舞幾下，方覺解恨。她憤然道：「本宮從雜役房中將你們挑選出來，費心調教，自然是要你們替本宮辦事！你們就該乖乖聽話，可你倒好，居然敢違抗本宮的旨意，私自對皇上下春藥，你是活膩了還是怎的？」

「娘娘讓奴婢們仿春宮圖想辦法勾引皇上，不就是為了榨乾皇上，不讓別宮的主子得寵麼？」那少女嚶嚶哭泣著，委屈道：「皇上年老體衰，哪裡還能夜夜春宵，奴婢、奴婢也是沒有辦法，才引誘皇上服下了神仙丸！」

「還敢狡辯！」宸妃忿忿然道：「本宮一再交代，不准用春藥，你把本宮的話當耳邊風麼？」

宸妃說著，又是一頓狠抽，駭得跪著的那幾個赤裸妙齡少女渾身發顫。

宸妃打夠了，轉身走到圓桌旁瞧看錦盒裡剩下的幾顆神仙丸，拿了一顆在手中把玩著，忽而神色一斂，「既然你這麼中意這東西，本宮就賜你一顆！」

宸妃轉身趨前，一把捏住那少女的口，將那丸子塞將進去。少女又急又惱，終敵不過宸妃的力氣，把神仙丸吞落下去。

直到此時，我終於明白宸妃那日所言「睿兒雖年幼，卻足以把持朝政」的涵義，原來她竟是打著這款主意。

我推門而入，宸妃萬沒料到我會出現在此，立時大吃一驚，迎上前來，「姐姐，您……」我舉手示意她噤聲，轉身關好門，逕自上前。

那服藥的少女此時已然藥性發作，口裡咿咿呀呀發出陣陣惹人臉紅心跳的嬌喘聲，低聲呢喃道：「嗯……要……娘娘，奴婢……想要……」

我斜睨了宸妃一眼，輕笑道：「妹妹，恐怕還得借你殿中的太監小喜子一用，替這位妹妹降降火了！」

「姐姐！」宸妃嚇得雙腳一軟，「咚」的一聲跪落，滿臉驚恐地顫聲道：「您……您知道了？」

我笑著上前扶她起來，「姐姐我並無責怪妹妹之意，長夜漫漫，妹妹實在犯不著守著那個糟老頭子，自個兒能尋些樂趣，也未嘗不是好事啊！」

宸妃俯首而出，我轉頭朝地上跪著的幾人道：「都起來吧，這宮裡又不缺跪的人，宸妃娘娘找你們來，是爲了好好伺候皇上，可不是找你們來跪的。快將她解下，丟到毯上！」

那少女滿臉潮紅，蜷縮在波斯地毯上，雙目含春，扭動著身子擺出各種撩人姿勢。

我不屑地睇看她一眼，冷聲道：「你再忍忍吧，等會子就找人來給你降火！」

不一會工夫，宸妃便帶著小喜子進來了。小喜子一見屋中幾個幾近赤裸的少女，兩眼發直，看到躺在地上正發春的少女尤更雙目放光。

我輕咳了一聲，小喜子方才回過神來，忙跪拜道：「奴才拜見皇后娘娘，娘娘千歲千歲千千歲！」

我未理會他，拿了宸妃放在桌上的柳條，逕自上前舉手揮向殿中捲著懸掛在空的卷軸，聲響卷展，映入眼簾的赫然是一幅幅春宮圖。

殿中少女對這些春宮圖早已見慣不驚，只滿臉疑惑看著我，不明白我究竟意欲何爲。

「妹妹，你應當不會計較你的人碰了別的女人吧？」我朝宸妃淺笑道。

「呵呵，這些人的身個個都是他破的，姐姐既已看穿妹妹的意圖，自然知道我斷不會送些不懂風情之人到他跟前。」

「好，既然如此，妹妹就用這活春宮來調教她們該如何伺候男人吧。」

我瞟了一眼地上被春潮激得雙頰緋紅的少女，冷聲道：「記住，男人不行，是你們的功力不夠，要服這神仙丸得要你們自己服，要嫵媚到凡是公的見了你都能一柱擎天，方才算是出師！」

幾個少女忙跪下，齊聲道：「皇后娘娘教訓得是！」

我拉了宸妃一同往門口走去，輕聲道：「妹妹有心了！只是此事事關重大，這幾人可靠得住？」

「放心吧，姐姐，妹妹省得！」宸妃斜睨那幾人一眼，「借她們幾個膽，她們也不敢造反！」

「既如此，我便不多說，接下來就靠妹妹你了，我得趕往御書房去。我會把那邊的事處理妥當的，妹妹毋須擔心。」

我沿著廊道走到方才佇立的窗前，舉目望去。

小喜子早是迫不及待地趴將上去，一面恣意淫笑，一面伸手在少女光潔如緞的肌膚來回撫摸，遇到緊要部位尤帶技巧著力擠壓，那少女氣喘吁吁，隨著他的撫摸擺出撩人姿態。

我闔上窗扉，命小碌子留下幾人協助梅香在門口好生守著，自己則登軟轎直奔御書房。

六十四　春色無邊

「南御醫，皇上龍體怎麼樣了？」我替熟睡中的皇上理了理被子，轉身朝南宮陽問道。

南宮陽邊朝我示意著，邊道：「娘娘放心，皇上龍體並無大礙，只是勞累過度，好好調養一些時日便可痊癒。」

我點點頭，同南宮陽一起朝外殿走去，「有勞南御醫了。」

我示意小碌子和小曲子守在偏房門口，自己則請了南宮陽進得屋內，低聲問道：「南御醫，皇上究竟如何？」

南宮陽蹙緊眉頭，輕歎道：「娘娘，請恕微臣直言，皇上今已五十過半，身子骨比不得從前，還是節制些爲好，若皇上從現下起悉心調養，猶能再拖上三五年，若是……若是依舊如此，恐只餘一兩年的光景了。娘娘，太子那邊，您還是早行打算的好！」

我頷首而應，態度謙和道：「南御醫，相信你合該診出皇上被人下了藥了，方才我已過去宸妃那兒一趟。宸妃正在徹查此事，這宮中經歷不少浩劫，本宮不希望此事再被搬上檯面，實有辱皇室尊嚴。」

「娘娘不說，微臣亦然明白。」南宮陽點了點頭，「娘娘等會子是要去見楊御醫吧？」

「嗯，他和本宮之間，可有些帳要好好算算了。」我冷聲道。

「娘娘，微臣與楊御醫乃是同僚，在此先替他給娘娘求個情了，若娘娘覺他還饒得過，就請娘娘饒他一次。」

「哦？難得南御醫有開口替別人求情的時候呀。」我對向來穩重寡淡的南宮陽突然開口求情，不禁感到詫異。

「微臣不在，內人保胎之事乃由楊御醫幫襯照管，所以……」

「難得南御醫開了口，那本宮亦不能不給你這個面子。」

「娘娘，楊御醫也非頑冥不化之人，只要娘娘從旁提點，相信楊御醫亦識時務。」南宮陽頓了一頓，又道：「唔，關於娘娘流產之事……其實春藥已解後是診斷不出有被下藥之跡象的，而娘娘身子骨異常虛弱，也是因著藥毒未清而寒氣入體所致……」

「本宮明白了，多謝南御醫。」我心領神會地點點頭，大步朝外走去。

「微臣叩見皇后娘娘！」楊御醫不卑不亢地朝我恭敬行禮。

我微微頷首，含笑應道：「免禮，楊御醫請坐。」

楊御醫謝過恩，甫才坐下。他頓了頓，朝我拱手道：「不知皇后娘娘傳微臣來所為何事？」

「本宮身子不好，特請楊御醫過來診脈。」我和聲應道。

「這……皇后娘娘，微臣接到旨意，須即刻趕往御書房替皇上診脈，娘娘……」

「哼，憑楊御醫這點醫術，還不夠資格替皇上診脈！」我冷哼一聲，「皇上那邊，楊御醫就不消操心了。」

「娘娘……」楊御醫見我這副神情，不免慌張起來。

「楊御醫五歲入宮，十二歲拜在華御醫門下，二十一歲出師，從醫官到太醫，再升至御醫也有二十餘載了，難道不曉得春藥已解後便診不出跡象麼？楊御醫難道不知若非春藥殘毒未解，本宮又怎會寒氣入體而致虛弱異常呢？」

「這……娘娘……」楊御醫語不成句，額上冷汗直冒。

「楊御醫，瞞得一時，能瞞得了一世麼？你這御醫快做到頭啦！」我用赤金鑲紅寶石的護甲輕敲小几，發出篤篤聲響，不冷不熱道：「當然，楊御醫亦可保持緘默，只是……本宮可不保證楊御醫往後所請之脈不出什麼岔子！」

「娘娘饒命！」楊御醫嚇得全身一軟，從椅上滑落，跪倒在地連連磕頭求饒，「微臣該死，微臣對不起娘娘，微臣……」

護甲上不知何時沾上個小污點，我取了絲帕細細擦除，輕輕吹了口氣後，冷笑道：「楊御醫，本宮從來不缺人磕頭求饒，你還是快說些本宮想聽的話，否則本宮的耐性有限……」

「是，是，皇后娘娘。」楊御醫拉了衣袖輕拭額頭冷汗，顫聲道：「娘娘，不是微臣不懂這些，而是、而是……聖意難違啊！」

「什麼？」我周身一顫，呆若木雞，好半晌才冷聲道：「楊御醫，你說的什麼？你可想清楚了再說，仔細著禍從口出！」

「那……不是，不是！」楊御醫倏地驚覺自己失了口，但處在他的位置上，誰也得罪不起，遂又連連磕頭道：「是微臣糊塗，微臣能力有限，請娘娘責罰！」

我深吸了口氣，緊握拳頭，光潔的橢圓指甲嵌入手心，連心的刺痛喚回了我的理智。

「楊御醫，你可是虧欠本宮一個龍裔啊！你說，而今該當如何是好？」許久，我才輕吐細語，彷若剛才楊御醫並未說出那話一般。

「嗯……這個……」楊御醫拿捏不定我的意思，但見我未加追問那樁，遂也聰明地沒再提起，只拱手道：「微臣這就替娘娘開上兩付方子，願娘娘早日懷上龍胎！」

「楊御醫這法子是好，但楊御醫應該也知，萬歲爺的龍體……」我瞟了他一眼，語調不冷不熱。

「這個……」楊御醫重重透了口氣，狀似下定了決心般，沉聲道：「微臣家有祖傳的虎骨酒，可助娘娘一臂之力，只是、只是此酒傷身，不可長期飲用。」

「嗯……」我略略沉吟，才道：「真的有用麼？」

「回娘娘，微臣萬不敢欺騙娘娘！」

「既如此，你就送幾罈進來，順便把藥方也一併呈上吧！」我冷聲吩咐道。

「嗯……」楊御醫待要再說什麼，抬頭卻迎上我冰冷眼神，急忙低下頭連聲答應：「微臣遵旨！」

我這才喜笑顏開，親自上前扶了楊御醫起身，「楊御醫放心，只要你好生替本宮辦事，本宮絕不會虧待！」

待虎骨酒送來時，我正和宸妃在她殿裡聊著此事，小碌子上來稟道：「主子，楊御醫送娘娘的禮快送到了，這會子已至宮門口。」

「呵呵，我正與宸妃聊說這樁呢，不必送到本宮那兒了，喚他們直接送到宸妃娘娘這裡來便是。」

未幾，酒便送到。揮退眾人後，宸妃取了酒杯舀盛兩杯，遞與我一杯，自己端了一杯嗅聞著。

這虎骨酒酒色明黃澄亮，細細一聞更覺酒香醇厚。

宸妃輕笑道：「看起來是好東西，就不知是否眞如楊御醫所言那般見效。」

我抿唇一笑，朝她努努嘴，「好與不好，妹妹在殿裡悄悄一試，不就得知了麼？」

宸妃聞言愣住，隨即明瞭我所指何事，臉頰微酡地嗔怪道：「姐姐怎好這般取笑嬪妾，姐姐若有興致，妹妹喚他出來伺候伺候姐姐可好？」

「哎喲，我的好妹妹！」我連連擺手笑道：「姐姐可比不得你，早就人老珠黃了，哪還惦記著那檔事？妹妹留著自個兒慢慢享用吧。」

「姐姐該不是嫌棄吧？要不趕明兒也悄悄去淨身房挑上兩個？」宸妃凝神片刻，甫又道：「也難怪，姐姐有情投意合之人，自然得要爲他守身。只是苦了姐姐許多年來竟還與他清清白白，這份情意實乃羨煞旁人！」

「妹妹當眞以爲我與他情投意合麼？」我搖搖頭，自嘲道：「不過是我們母子身處這深宮之中，聖意難測，朝堂上若再無可依靠之人，就眞眞只能任人宰割了。」

「原來……我就說姐姐如斯性烈之人，怎會無緣故與人糾纏不清的呢！」宸妃顯出恍然大悟之狀，隨即忿忿然道：「姐姐放心吧，就快熬出頭了！倘虎骨酒眞如楊御醫所言那等見效，嬪妾自會吩咐下去，讓她們輪流加以伺候，保准他欲罷不能。」

我點點頭，爾後起身朝宸妃笑道：「這些東西妹妹先收下吧，不夠的話我再想辦法。姐姐就先告辭回去，不打擾妹妹試用了，呵呵！」

宸妃羞紅雙頰，不依地嗔怪著，眼角卻流露一片春色。

「娘娘，這宸妃可眞眞不是個善主兒啊！」剛入暖閣，彩衣便趨前伺候我更衣，悄聲訴道。

「她從來就不是個善主兒，她的心可深著呢！」我換了身簡便的衫裙，往貴妃椅上斜臥，「但如今大局初定，她也折騰不出什麼來啦，況且她向我表明忠心之時已然喝下了絕育的湯藥。寂寞深宮，倒也怪難爲她的，只要她不鬧出岔子，本宮就睜隻眼閉隻眼，湊合著過吧！」

「虧得主子心善，這些年給了她名位，更讓她掌握大權，她才敢這般肆無忌憚，居然在宮裡面豢養男寵。」

「呵呵，她養倒好，本宮還怕她不養呢！」我嗤笑一聲，「養了那樣個寶貝，她哪還有心思在睿兒他們身上轉？本宮便不消擔心她會做出甚危害睿兒之事。你可莫忘了，那王皇后和淑妃就是活生生的例子，這宮裡頭本就需要相互挾持著過下去的，我給宸妃她想要的東西，等同保自己平安。」

「主子……奴婢只怕您會養虎爲患……」彩衣語帶擔憂。

「好啦，別擔心我了，還是擔心擔心你自己吧！」我歎了口氣道：「彩衣，你跟著我也十幾年啦，我是把你留得不能再留了，前兒個殿前侍衛營管統領託少帆跟我提親，我已經應允！」

「主子！」彩衣羞紅了臉頰，跪在跟前連聲道：「奴婢不嫁，奴婢要留在宮裡伺候您一輩子！」

「胡說！」我立時拉她起來，「你與管統領情投意合，我早就知曉啦。彩衣，你跟著我許多年，合該知道入宮的女子，要麼做了皇上的女人一輩子老死深宮，要麼做了宮女，待到年紀老大出去也嫁不到什麼好人家。你如今二十有餘，管統領雖出身低微，但他快四十的人還未娶過親，你嫁過去便是正房，再說他前途無量，跟著他怎麼也比跟著我一輩子窩在深宮裡頭來得強，嫁吧！」

「奴婢……」

「少帆與晴雪郡主婚期已定，眼下濃情密意好不教人羨慕，他與管統領交情深厚，自然也希望管統領能早日娶妻。如今萬事俱備，只待管夫人你點頭下嫁啦！」

「主子，您取笑奴婢，奴婢不依……」彩衣嬌羞不已，連連嗔怪。

「太子殿下到！」門外響起小全子的通傳聲。

我瞅向彩衣，低低輕笑出聲，「全趕上今兒個了，說完你的，也該說說本宮的寶貝睿兒！」

珠簾響動，太子一身明黃錦袍，英姿颯爽地走進來，朝我行禮道：「兒臣給母后請安！」

「好，好，快起來！」我和顏應道，心中一片溫暖，拉了他坐在身旁，「剛下朝吧？」

「嗯。」他點點頭，拿了彩衣奉上的糕點就往嘴裡放，連連讚道：「母后這兒的糕點最可口！」

「累壞了吧？」我心疼地看著他，小小年紀就要在皇上不能上朝時代理政事。

「有母后親製糕點品嘗，兒臣不覺得累！」

我目光越趨溫柔，笑道：「母后老啦，哪兒還做得糕點、照顧得了你？趕明兒給你討房媳婦來照顧你好了！」

睿兒笑道：「但憑父皇、母后作主！」

我款款搖頭，拉過他，用絲帕悉心替他揩著嘴角，「睿兒，可有中意之人？」

睿兒不以爲意地搖了搖頭，笑應：「西寧師傅常說，男兒當以志業爲重，天下百姓安危皆繫於兒臣身上，兒臣不敢有半點分心。母后是要與孩兒談說大婚之事吧，兒臣但憑父皇、母后作主便好！」

「苦了你了，睿兒！」我輕歎一聲，「生在皇家有皇家的好，可生在皇家有皇家的無奈。睿兒，你的婚事終是脫不開大局衡慮，但母后還是希望我的睿兒能幸福。」

我沉吟有頃，又道：「這樣吧，母后先給你選定幾名側妃，至於太子妃人選就由你自己擇定吧，可於側妃之中擢升，亦可另外迎娶，你就自個兒作主吧！」

睿兒斷未料到我會如此作想，雙眼一亮，「眞的麼？母后！」

我頷首笑道：「眞的。待過幾年我的睿兒長大了，明白何謂『鍾情』之時，儘管挑一個自己喜歡的便行！」

「謝謝，謝謝母后！」

近些年協助我處理後宮瑣事而歷練不少的宸妃，行事能力是越來越強了。不過個把月的光景，皇上已很少離開養心殿，也越發不理朝政，到後來更以調養生息爲由而命太子監國，揀要事向他稟報。

我立於養心殿暖閣門外，本想探望他的病，順道與他商量一下睿兒娶妃之事，卻聞見殿內一片嬉笑之聲。

守在門口的小曲子見我駕到，待要迎上。我朝小曲子一擺手，他忙低下頭去，只作未見。

我緩步跨進，立於垂簾外伸手輕推簾子從縫隙中望將過去，被眼前一幕活色生香景象怔在當場。

暖閣裡爐火燒得旺盛，皇上赤身躺在厚厚的手織羊毛地毯上，一個未著寸縷的寵妾正坐在龍體之上扭動身軀，胸前飽滿的玉峰隨之抖顫不止。

另有一名裸身寵妾側坐在旁，高高舉起手中玉壺，微一傾斜，玉壺中的佳釀汩汩流進口中，她復低下頭去，將酒水悉數渡入他口內。

不消多想，我即知那便是虎骨酒。果然，那姬妾的動作忽地變得劇烈，口中逸出誘人的浪吟，引發一陣顫慄，半晌過去方聽得滿足的歎息聲。

「皇上，您眞是太厲害了，臣妾……」低言軟語之聲傳來，甜得幾乎快膩出蜜汁。

看來宸妃把她們調教得極好，我輕輕放落簾子，轉身悄步退出門外。

在臺階上巧遇宸妃，我一把拉了她往外走去，「妹妹，皇上正忙著呢，妹妹隨我過去吧，替睿兒選上幾位合適的側妃。」

開了春，少帆正式迎娶端木雪，我這邊也順利將彩衣嫁出。隨又張羅了睿兒的婚事，這一年裡相繼娶了房丞相的嫡孫女，端木尙書的嫡孫女以及孫將軍的嫡孫女入宮，但始終未立太子妃。

皇上身子骨越來越差了，熬到入冬已然完全被掏空，臥床不起。我和宸妃輪流侍奉跟前，皇上的情況卻日漸衰敗，近年關時竟是終日昏睡不醒。

「幾位夫人，這是今秋新進的秋香鐵觀音，大家嘗嘗味道如何？」我含笑著端起新沏之茶，招呼幾位朝中重臣的夫人們一同品嘗。

端木夫人年紀五十出頭，卻保養得宜，珠圓玉潤之中別有一番韻味。她優雅地端起青花瓷杯，呷了一小口，笑道：「入口滑潤，唇齒留香，眞眞是好茶！託娘娘之福，妾身們方能品上這等好茶！」

「呵呵，還請端木夫人不嫌本宮時常傳你們過來陪敘閒話才是哩，幾罐子茶，何足掛齒！」我滿臉堆笑道。

這些年爲保睿兒地位穩固，我也沒少跟她們聯絡或給些好處，正所謂男人有男人的法，女人有女人的招。眼前這群半老徐娘雖無那些狐狸精會迷惑男人的心，卻個個都是正房夫人，眞正能在朝臣大官跟前說得上話的人兒。

「娘娘這是哪裡話？娘娘不嫌妾身們叨擾便是妾身們的福分了。」袁夫人笑道，眾人忙跟著稱是。

「對了，本宮成日待在宮中也挺悶的，皇城裡最近可有甚新鮮事麼？」我一副興致勃勃之貌同她們討些坊間傳聞。

「要說新鮮事？還得數端王爺納妾那樁啦。」房夫人繡帕輕掩著，笑開了去。

「是啊。」余夫人接口道：「這端王爺都五十的人了，卻偏偏非要納天香樓紅牌春花姑娘做妾室，端王妃氣得和他大鬧一場，重病臥床不起，可端王爺仍將那春花娶進了門！」

「呀？」我詫異道：「本宮只聞說端王妃微恙，還派人送了些補品過去，不想卻是因此而起。」

「端王爺也眞是……人老心不老，都已年逾半百的人了，還是那樣風流……」房夫人一臉幸災樂禍之狀。

我心下冷笑一聲，端王忙些什麼我豈會不知，他鬧這麼大，不過是想轉移旁人注意力，引我放鬆警惕罷了。不過他未免也太小瞧我，當年他鬥不過皇上，今又憑甚跟我鬥？僅憑他手中兩萬人馬麼？

我心中思緒萬千，面上卻不動聲色地同眾人說笑著。

小全子忽地打簾子慌張奔入，湊近我跟前耳語道：「主子，不好了，皇上剛剛嘔血昏過去了！」

我渾身一凜，轉頭朝眾人道：「本宮有要緊事急須處理，就不留各位夫人了，都散了吧！」

眾人聞言，忙起身向我告退。

我高聲吩咐道：「彩衣，去給每位夫人各取罐新茶，小碌子，替本宮送送各位夫人。」說完也不待眾人離開，逕自攜了小全子的手而去，登上軟轎直奔養心殿。

「南御醫，皇上怎麼樣？」我瞧見正從暖閣中出來的南宮陽，忙趨前問道。

南宮陽恭敬回話：「皇上適才醒轉，精神十足。」說罷又把我引去一旁，悄聲道：「娘娘，依微臣看，萬歲爺情況不甚樂觀，只怕是……是迴光返照！」

我頷首而應，旋神色一肅，大步走近立於殿門口的管統領，低聲吩咐：「管統領，如今形勢凝重，你即刻挑了心腹之人守著養心殿，皇上病重亟需安靜調養，沒有本宮的旨意，不准任何人出入。」

「是，娘娘，卑職即刻去辦！」

這管統領是少帆一手提拔的人才，出身低微而為人忠厚老實，練就了一身好本領。後來中意上我跟前的彩衣，我如嫁妹子般將彩衣嫁給了他，又處處提攜於他，管統領早已對我忠心不貳。

「皇后娘娘，皇上傳娘娘您進去！」小曲子上前恭敬道。這兩年太子監國，皇上便讓小玄子去侍奉東宮，養心殿這邊全由小曲子侍奉。

「曲公公，皇上跟前的奴才們可靠麼？」我邊往裡走，邊問道。

「娘娘儘管放心，都是奴才精挑細選過了的。」

我點點頭，吩咐道：「去給宸妃娘娘傳話，近日裡在皇上跟前侍奉的那幾個姬妾有媚惑君王之嫌，讓她速速派人拿下。另外，也讓她密切注意各宮動向，但有異常者，即刻拿下！」

「是，娘娘，奴才這就去辦。」

六十五　改朝換代

我舉步走入暖閣之中，冬日光線並不充足，暖閣中的窗戶又關得極嚴實，裡頭一片昏暗，空氣中瀰漫著濃濃藥味。

我走上前去，側坐床榻之上，輕聲喚道：「皇上！」

皇上睜開眼，目光炯炯看著我，朝守在跟前的奴才們揮了揮手，示意他們退下。宮女、太監們行過禮，方才退出。

「言言，你終於肯來看朕了麼？」他伸手抓住我的手，骨瘦如柴的手指微透冰涼。

「皇上這是哪裡話，臣妾不是時常過來看皇上的麼？」我輕輕反握住他的手。

「是麼？自從那件事後，我們之間就已是咫尺天涯了。」他長歎了一聲，「言言，你恨朕麼？」

躺在床榻的他身形消瘦不堪，眼窩深陷，顴骨高高隆起，我心中一酸，別過頭去不忍再看，輕輕搖了搖頭。

「眞的麼？」他抓著我的手忽然添勁，眼中閃過一絲光亮，隨又黯了下去，低聲道：「怎麼可能？你多愛孩子啊，就連宏兒、海雅都得到你眞切關愛，朕親手虐殺了我們的孩兒，你怎會不恨朕呢？」

淚如斷線珍珠般垂落而下，眼前的他登時變得模糊，我深吸了下鼻子，沉聲道：「恨！是的，恨，我恨你！」

他倏地鬆開了手，呢喃道：「我就知道……這些年，你對朕是越來越冷淡了，尤其是那天……朕親自逼你喝下那碗滑胎藥之後，你連看朕的眼神都帶著深深涼意，臉上也不復見從前那樣由衷的笑容。」

「你教我如何不恨你？」我忍不住失聲痛哭，似要把多年來糾結的怨氣一股腦發洩而出，「這些年來，我一心一意侍奉著你，把你當自己丈夫尊敬愛戴，可你呢？你一次又一次傷害我，甚至懷疑我謀害龍胎而將我幽禁，更甚者，我冒死前去送藥，幾經生死方才歸來，你卻親手虐殺了自己的孩兒！」

「言言，朕……」他眼中滿懷痛楚，別開了眼神，沉聲道：「當初冤枉你謀害龍胎一事是朕的不是，可為了維護皇室血脈的純正，朕不得不痛下殺手，朕的心實比你還痛！」

「冤枉麼？呵呵，一點也不。」我大笑道：「說起來，臣妾還得感謝皇上懷疑臣妾謀害龍胎呢，您若不多疑，則豔貴嬪不至於生下個畸形死胎。可老天到底是公平的，您同樣親手殺死了臣妾腹中的胎兒？您痛麼？難得您也知道痛！臣妾冒死前去給您送藥，您卻強要了臣妾。回程中臣妾被擄，為保清白抵抗春藥藥性而在冰冷溪水中足足浸泡一個時辰，九死一生返歸宮中，換來的竟是一碗打胎藥！」

「你是該恨朕的，可朕這一輩子最寵愛的女人就是你，把所有濃寵都給予你一人，甚至力排眾議立了睿兒爲太子。」

「是啊，皇上，臣妾有時候都不知道是該謝您還是該恨您！」我哭倒在床邊，任由眼淚放肆滾落，「皇上給了臣妾天堂般的榮寵，卻也給了臣妾地獄般的傷痛！」

「言言，朕……對不起！」他喘著粗氣，咬牙切齒道：「你是朕最寵愛的女人，可你卻跟西寧楨宇孤男寡女一起待了整整一個多月，朕的心如萬蟻同噬，寢食難安！」

「所以你明知道我腹中所懷胎兒是你的，仍痛下決心虐殺？所以你派西寧楨宇鎭守邊關，永不回朝？所以你每日臨幸不同的寵妾，也不願多見臣妾一面？」

「你知道麼？朕恨不得殺了你們！可你是朕這一生唯一愛過的女人，朕容不得你卻又離不開你，哪怕只是遠遠地看著你，朕也安心。西寧楨宇是朕一手培養的愛將，唯一能讓朕罷手的方法就是讓他離朕遠遠的，永遠也別出現在朕的面前！」皇上漲紅了臉頰，嘶聲吼道。

「愛麼？皇上的愛是博愛，臣妾承受不起！不過，臣妾也要感謝皇上，若非皇上如許狠毒，臣妾與西寧將軍今日又怎會衝破世俗觀念，郎情妾意呢？」

「什麼！」他盛怒地轉過頭，「你果眞與西寧……」

「孩子沒了的那晚他便回來過了，怎麼說臣妾都還要謝謝皇上才是！」

「姦夫淫婦！朕、朕殺了你！」他滿臉憤怒，目露凶光，掙扎著要爬起。

我慌忙退開兩步，冷冷道：「皇上還是省點力氣爲好，省得臣妾的話沒說完，皇上便一命嗚呼了，那豈非死不瞑目？」

「你，毒婦！」他怒罵一聲，隨即軟軟躺落被褥之中，有氣無力道：「你還有何話要說？」

我心知他已控制住內心激盪，長長舒了口氣後湊上前去，緩聲道：「皇上，過完年，臣妾入宮就滿十五年了，皇上難道不想聽聽臣妾的祕密麼？」

「祕密？」他明顯一愣。

「是啊，這宮裡頭誰沒懷揣著祕密呢？臣妾也有好多的祕密，想與皇上分享！」我朝他莞爾一笑，那笑意卻未達眼中。

他彷若看著陌生人一般看著我，悶不吭聲。我猜，此時此刻他心中定是疼痛不已，悔恨萬分！

「皇上，您知道麼？臣妾原本也是善良無比，可這吃人的後宮一次又一次以血般事實告訴臣妾，若不把別人往死裡踩，下一個死的人便是自己！」

「看來，皇后是想訴給朕聽皇后的一番豐功偉績了？」

我倏地失去訴說的興致，搖了搖頭道：「一路走來血淚斑斑，臣妾早已疲憊不堪。倘有選擇，臣妾寧願隱居深山，做個平凡之人，過著與世無爭的日子！」

「皇后不是有祕密要吐說麼？怎地不想說了，還是不知從何說起？」他靠在軟枕間，嘲弄地瞅了我一眼，「要不要朕先幫你開個頭，你想先說麗貴妃之死，還是先說王皇后之死呢？」

「你……」我不由驚出一聲冷汗，「你知道……」

「你執意要赴東宮，朕豈有不懷疑之理？」皇上面無表情地說道：「只是那個賤婦，居然連朕的太子也要勾引，確是該死！朕只不知，你爲何也要置她於死地？僅僅是爲了得寵晉位麼，朕不信！」

「呵呵，皇上不是神通廣大麼，怎麼連這也查不出？」

「總該不會是為了潯陽之死吧？朕可不信潯陽真是麗貴妃所害，她不會那樣明目張膽引火上身。」

「正是為了潯陽之事！」我忿忿然道：「不錯，潯陽是臣妾親手捂死的！可那個毒婦，她早已對潯陽下了毒手，我的心肝寶貝潯陽最多也活不過七天，臣妾眞是叫天天不應又叫地地不靈，萬般無奈之下，才不得不……」

我泣不成聲，十指緊握，「臣妾恨不能親手將她碎屍萬段！」

「哎，往事已去矣，不說也罷，不說也罷！」皇上搖了搖頭，「朕相信你的善良，朕寧願相信你若是個平凡婦人，定然連螞蟻都捨不得踩死一隻！可偏偏你入了宮，進了這吃人的地方……」

半晌，他才又道：「你走吧，朕不想再見到你，待朕百年之後，你就好好扶持太子成就大業！去給朕傳宸妃來，所幸朕還有宸妃！」

「宸妃麼？」我冷哼一聲，不甘願讓他在我面前總擺出胸有成足、高高在上的模樣，「看來在皇上心目中宸妃便是那最善良之人，就是這宮中連螞蟻也捨不得踩死一隻的女人。可是，皇上，她眞的就如您說的那般善良無辜麼？」

「至少，她的手上沒沾滿鮮血！」他別過頭去，不再看我。

「哈哈……」空曠暖閣之中，我淒涼的笑聲直顫人心扉，是在為他悲哀，更在為我自己悲哀。

「你笑什麼？」他微慍看著我。

「皇上可識得虎骨酒？」我收起笑容，神色乍斂，突問出這句。

「你也知道這虎骨酒？」他倏地一驚，「你、你是說……」

「那虎骨酒強身壯陽，皇上服用之後不是精力驟增，一夜能御七女麼？」我湊上前去，一字一句道：「皇上，那些侍奉跟前的美女寵姬，可都是宸妃娘娘和她宮裡的小喜子眞人活春宮調教出來的哪，皇上是不是覺著格外風情萬種，欲罷不能啊？」

「小喜子？」

「宸妃娘娘青春美貌，皇上都大把年紀啦，怎麼滿足得了正值盛年的妹妹呢？」我看著他臉上血色逐寸消去，又一字一句說道：「皇上力不從心之事，宸妃妹妹自然只能找別人代勞了，那虎骨酒的妙處相信皇上和宸妃妹妹皆是心知肚明啊。」

「噗……」一口鮮血自他口中噴出，隨即接著一陣劇烈咳嗽。

「皇上，您可要保重龍體啊！」我看著精神委靡、骨瘦如柴的他，微微紅了眼眶，甚至覺得自己原是這般殘忍，連一個病入膏肓之人也不放過。

「朕的好皇后，朕的好妃子啊！」他愴然淚下，躲開我拿絲絹準備替他擦拭的手，一把奪了絲絹過去，優雅地揩拭嘴角鮮血。

我愣愣看著他，他稍稍挪身後冷靜了下來，漠然凝視於我。

「好，好，好……朕來時便是孤家寡人，去時亦然！朕成全你們！」說罷高聲朝門口道：「許默之，進來！」

候在門口的小曲子忙傳進久候在偏殿的許大學士，許大學士見過禮，垂手立於一旁。

「默之，擬遺詔！」皇上深吸了口氣，雙目緊盯著我，「即刻詔回西寧將軍，封靖康王；晉端木尙書爲御史大夫，晉許大學士爲太子太保，與房丞相一併輔佐新皇！冊封莊懿皇后爲皇太后，冊封宸妃爲定宸太妃，改莫殤宮爲長樂宮，賜居長樂宮！」

「皇上，您……」我震驚萬分，愣在當場。原以為他知悉後會想盡辦法虐殺於我們，本想在他呼天不應之時嘲弄他，痛快加以報復，不想他卻……原來，我一直都不是贏的那一個！

「呵呵，朕這輩子算是走到尾了，皇后的一輩子還長路漫漫，睿兒的人生才剛開始。」他拚盡最後力氣，高喊道：「朕只想知道……想知道……」

皇上的聲音戛然而止，許默之抬頭一望，擬詔之筆垂落宣紙上，黝黑墨汁暈染開一大片。

「皇上！皇上……」

許默之匍匐在地，悲切哭喊聲聲入耳，我卻覺著是那般飄渺遙遠。

兩眼木然看著仰躺在床上一動不動的他，我伸出顫抖的手，舉步往床榻邁去，全身軟軟地倒落下去，最後僅存的意識裡只聞耳邊傳來轟鳴的鐘聲……

這個年關在國喪之中慘然度過，宮中一片死寂，到處只見雪白幃幔，就連宮外民間也無節慶景象，然有股暗潮悄悄奔湧。

我靠臥貴妃椅上，小全子立於一旁伺候著，春桃用美人槌替我捶腿解乏，少帆正向我彙報皇城內的動向。

我瞇著眼，有氣無力地問道：「少帆，這幾日辛苦你了，待靖康王回朝就算是塵埃落定。派出去的八百里加急文書這會子已送到邊關了吧？」

少帆細細數算，恭敬回道：「娘娘放心，文書已送出五日，想來早已送抵，靖康王這會子定然在回程路上。」

我點點頭，長歎了口氣，「十幾年就這麼過去了，到了這最後的時刻可得抓緊工夫，定不能功虧一簣。二哥，我這心裡頭七上八下的，皇上一去我便以守喪為由將城中兩位王爺軟禁宮中，只是那端王一直居在皇城外，手握兩萬大軍，本宮實在不放心啊！」

「娘娘，您就放心吧！」少帆面色沉著道：「那兩萬人之中，微臣早安插了不少親信，端王爺若真動起手來，跟著他的恐也不足一萬五千人。這宮中殿前侍衛五千人，再加上微臣的三千死士，御前右威衛營五千人，足以對付他手裡那批人馬。」

「端王隱忍多年，就盼著能抓住機會，這樣個大好時機，他應該不會放過。明著兩萬，暗地裡多少就不得而知了，咱們還是小心為上。」

「娘娘毋須太過擔憂，即便端王真格動起手逼宮，他的人想從城外打進來也得費些時日，再加上宮牆為屏，咱們只須堅持住十日八日，待靖康王回朝，他還不成了甕中之鱉。娘娘放心吧，端王不是傻子，不會輕易放棄手中榮華富貴的！」

我頷首而應，再要說話，守在門口的小令子高聲通傳道：「端王爺到！」

我忙朝少帆遞眼色示意。

少帆沉聲道：「娘娘不必擔心，我在屋中隱了五人，在莫殤宮周圍埋伏了五百名死士，端王就算有通天的本領，也動不得您半分！」

我點點頭，少帆旋從窗中一閃，幾個縱身便隱入樹林。

因著國喪期間，端王爺一身官服外套了件孝服，威風凜凜走將進來，朝我行禮道：「微臣叩見皇后娘娘！」

我忙上前虛扶一把，請他起身上座。

他一雙眼睛滴溜溜地在我身上打轉，臉上毫無半點悲切神色。我銀牙暗咬，微微低下頭去，「王爺找本宮，有何事呢？」

端王朝旁的奴才一揮手，命令道：「都下去，本王與皇后娘娘有要事商談！」

小全子望了我一眼，我微微頷首，小全子忙領眾人行過禮退出門外。

端王見我默令眾人退下，滿是得意之色，一臉色迷迷盯著我，「皇后娘娘眞是魅力不減當年啊，就連身著素服也是這般迷人，別有一番風韻……」

我料他過來準沒好事，不想他卻是爲這般，想來以前忌憚著皇上在，如今是有恃無恐了。我退了開去，冷冷道：「端王爺請自重！」

「皇后娘娘何必一副正經模樣，西寧將軍回來時你不也是摟摟抱抱，一副好不親熱的模樣麼？想來西寧將軍早成爲你的裙下之臣，娘娘應也不會介意多一個入幕之賓吧？」

「你！」我想不到端王竟這般厚顏無恥，本想怒斥於他，隨後又歎了口氣，淡然道：「本宮聽不懂端王爺在說些什麼，若端王爺今兒個來找本宮便就是談這個的話，請恕本宮還有別的事忙，就不留端王爺了。」

「皇后娘娘好威風啊！」端王惱羞成怒，「就不知你還能威風幾日。如今皇上駕崩，西寧楨宇遠在邊關，城內只剩莫將軍手中五千兵馬，外加殿前侍衛那群不成氣候的皇親國戚五千，本王手中可有精兵兩萬。皇后娘娘，你還是識相點爲好！」

「識相如何？不識相又如何？」

「識相的乖乖過來把本王伺候舒服了，說不定本王一時心軟便讓太子登基，本王做個輔政王倒也算快活；不識相的話，本王即刻讓你們母子成爲階下囚！到時候，本王想怎麼蹂躪你便怎麼蹂躪於你！」端王一臉意氣風發，彷若這會子已然掌握大局。

「端王爺就不怕西寧將軍領軍回朝麼？」

「哼，只要本王殺了太子，屆時西寧楨宇又能奈本王何？難道他想叛亂不成？」

「呵呵，是麼？端王爺，你太小瞧本宮了，你當初爭不過皇上，如今就更加鬥不過本宮了，你以爲這皇城之中你想做甚就能做甚麼？」

「哈哈！」端王不怒反笑，欺上前來，「莫言，事到如今你還想虛張聲勢，本王的三百死士已祕密圍了莫殤宮，本王如今就在這莫殤宮中與你來個雲雨之歡，本王倒要看看你能奈本王何？」

端王一臉淫笑舉步上前，輕佻地伸手過來就要勾我的下頷。我不動聲色地快退兩步，抬手之間一片刀光劍影以迅雷不及掩耳之勢圍將上來，端王只覺眼前一花，脖子上立時多了幾柄長劍。

端王一愣，抬頭怒視於我，厲聲喝道：「皇后，你想殺本王麼？」

「端王爺多慮了。」我笑盈盈看著他微微發白的臉，「本宮不過想提醒端王爺，魔高一尺可道高一丈，端王爺想得到的，本宮自然也想得到，本宮既能如此泰然處之，自然就是有所準備了。」

「皇后娘娘，叛賊已悉數制伏！」門外庭前響起莫少帆渾厚的聲音。

我緩步走至窗前，推開窗。

莫少帆朝我一拱手，恭敬道：「啓稟皇后娘娘，祕密潛入皇宮意圖包圍莫殤宮的叛賊共三百，大多已就地正法，剩下這些活口，請皇后娘娘示下。」

少帆語罷，側身指了指背後被殿前侍衛押解著跪在院中的一群黑衣人。

我轉過頭去，朝端王微微一笑，「請端王爺到窗前，辨認一下可識得那些賊人！」

殿中侍衛劍架在端王脖子上，示意他走至窗前。

我看著眼中閃過一絲疼痛的端王，柔聲問道：「端王爺，你可認識這些人麼？」

端王冷哼一聲，訕笑道：「皇后娘娘可真愛說笑話，本王乃堂堂大順皇朝的王爺，怎會認識這些個蒙面賊人呢？」

「好。」我點點頭，轉頭朝窗外冷冷吐出三個字，「殺無赦！」

莫少帆立於庭中一舉手，殿前侍衛手起刀落，那群黑衣人悶哼一聲便軟軟倒下，立時院中雪地上便濺開了朵朵紅花。

端王痛心地閉上眼，身形一個趔趄，我看在眼中卻作不知，和聲說道：「端王爺年紀大了，可得仔細著才是，刀劍無眼，一不小心撞在劍刃上，可就……」

「多謝皇后娘娘關心！」端王咬牙切齒應道，隨即回過神來，指了指脖子上的利劍，「皇后娘娘，你這是什麼意思？」

「本宮聽說最近皇城外並不寧靜，加之本宮許久未見端王妃和世子了，因此想接他們進來陪本宮住上一段時日。不知端王爺意下如何啊？」

我炯炯盯著他，詢問口氣不容置疑，也不待他開口便轉頭吩咐道：「少帆，即刻派人接端王妃和世子入宮，爾後再送端王爺去養心殿祭奠皇上！」

「是，末將遵旨！」

端王忿忿然瞪視我，我欺上前去輕聲道：「端王爺是皇上嫡親的兄弟，可太子卻是皇上嫡親的骨肉啊，本宮也不想爲難端王爺，端王爺應該知道怎麼做了吧？只要端王爺安分守己，本宮保證端王妃和世子平安無事，況端王爺向是先皇最親的兄弟，端王府的爵位亦當由世子傳承下去，延續榮華，端王爺請好好想想……」

待少帆帶端王下去後，我軟軟倚臥貴妃椅，長舒了口氣，只餘下無盡疲憊感。我在心中暗語道：「西寧楨宇，我就快撐不住了，你幾時才會回來……」

所幸西寧楨宇三日後趕回，大軍駐於城外，大局已定。

端王立時主動上書並交出兵權，歸府安享晚年。

皇上按祖制，安葬於靈山。下葬前一天，我下旨命宸妃送那群豔姬陪葬好伺候皇上，懿旨一出，宮中人人自危。

我又傳喚眾人到莫殤宮中，有生養的嬪妃們自是封了太妃，獨居一處，無生養的嬪妃們願居宮中的一併住在寧壽宮，願長伴青燈的一併送往皇家寺院出家爲尼。

朝中眾臣對我此舉感激涕零，畢竟自古爲了鞏固皇權，誰家沒送女兒入宮？按例未有生養或地位低下的嬪妃一律都得殉葬，我下旨讓她們留在宮中養老，亦算是仁至義盡了。

百日之後，太子睿登基繼位，改國號「皇睿」，尊母莊懿皇后爲皇太后。因新帝年幼，由皇太后垂簾聽政，靖康王、房丞相和端木御史輔政，共理朝政！

六十六　相思甘苦

我立於廊下，看著滿園櫻花盛開的美景，十五年了，我終於熬到了這一天，可是爲甚感覺不到分毫快樂，甚至覺得心裡空落落的呢？

我終是命許默之改了皇上遺詔，將永和宮改爲長樂宮，賜與定宸太妃居住。一來我可眼不見爲淨，二來我可就近監控著，以免她鬧出破格之事。

定宸太妃深居簡出，興致不減，終日與奴才們飲酒作樂倒也過得自在。我落寞地一笑，能夠這般自欺欺人迷醉度日又何嘗不是件幸事？

而我呢？我怎麼辦，究竟哪裡才是我的歸宿，什麼才是我想要的生活？

西寧楨宇自是全力輔政，閒暇之時也時常來宮中閒敘，有時新皇在跟前，有時不在，但無論人前人後，西寧楨宇終是守住了他當初對我的承諾，再無半點踰矩之處。

皇睿元年就在這樣平淡的日子中過去，皇睿二年一開年，皇上便欽點了翰林院首席大學士許默之的嫡孫女許嫣然爲后。

我坐在櫻花樹下悠然品嘗春茶，看著皇上喜洋洋向我報說此事，我甫驚覺，我入宮整整十五個年頭，而我的睿兒也已十三了。

十三了，是該大婚了，嫣然這孩子早幾年便入宮給睿兒做伴讀，兩人也算是青梅竹馬，如今郎情妾意，我自然極力贊成。當初我不爲睿兒立太子妃，不就是盼想他自己選個中意的女子爲后麼？

封后典禮後隔日一早，皇上便帶了新后來向我請安，嫣然出落得聰慧典雅，我相信她會爲皇兒扮演好賢內助的角色。

我親自上前扶她起來，給了見面禮，無論外貌、家世抑或內在秉性，我對許默之調教出來的孫女誠然十分滿意。

皇上終於大婚，也算是成年，待過上兩年還政於皇上，我與靖康王便可真正清閒下來。

到入夏之時我卻病了，這病來勢凶猛，南宮陽診脈說是那年流落野外之時寒氣入體，加之去年先皇駕崩操勞過度，落下了病根。往後每年季節更替總會引發咳嗽體虛的毛病，若要根除此病，需尋得燕山紅玉，長期佩戴方可漸漸痊癒。

皇上和靖康王著急萬分，即刻派出勇士尋找燕山紅玉。皇上更下令張貼黃榜懸賞燕山紅玉，天下百姓無不稱讚新皇至孝。

午膳後服用完湯藥我便朦朧睡去，睡得極不安穩，總做些自己也不記得的夢，睜開眼時秋霜正立於床前。

見我醒轉，秋霜忙上前扶我起身，「太后娘娘，您終於醒來了。定宸太妃過來探望，在偏殿候了有好一陣了呢。」

「還不快喚人去請！」

定宸太妃進來時，我坐在梳妝鏡前，春桃正替我梳著頭。

從鏡中看到她走進，我忙笑道：「妹妹快過來坐，今兒個怎地得空來姐姐這邊？」

春桃熟練地替我綰了個簡單的髮髻，定宸太妃趨前示意奴才們退下，在錦盒中挑了兩朵素色小花替我簪在髮髻上，略略怕羞道：「姐姐就別取笑妹妹了，昨兒個不慎喝多，今兒個睡過了頭，一醒來便聽說姐姐玉體微恙，妹妹巴巴的就趕來了，姐姐莫怪罪才是！」

我拉了她的手，走至炕上同坐，柔聲道：「都怪奴才們小題大作，驚擾妹妹。太醫都說了，我這是老毛病，妹妹不必擔心。」

「聽說皇上已下令張貼黃榜懸賞燕山紅玉，姐姐這病治癒自是有望，姐姐可得安心調養才是。」定宸太妃寬慰著我，「皇上眞是孝順，妹妹從小看著長大，就知道他定會成爲明君！」

「妹妹啊，皇上是哀家的好皇兒，也是妹妹的好皇兒，皇上定會像孝順哀家般孝順妹妹的，你就放心吧！」我輕拍她的手，柔聲道。

「姐姐別誤會啊，妹妹沒有別的意思。妹妹眞眞是好命，遇到姐姐這樣善心之人，才有了妹妹的今日。」定宸太妃話鋒一轉，又道：「姐姐，聽說靖康王也派了府中勇士前去尋找燕山紅玉，若不是皇上和朝臣們力勸，只怕這會子靖康王就親自前去尋玉哩。」

「妹妹哪裡聽來的這些啊？今朝堂之上哪裡離得了王爺，不過也就這麼一說罷了。」我淡淡應道，眼神卻不由趨柔，心中逸出絲絲甜意。

西寧楨宇對我的情誼，這一輩子我是無法得以回報的，這麼多年了他仍然未娶妻，先皇賜的美妾、新皇賜的美人他照單全收，膝下卻無一男半女，且府中姬妾但有要離開嫁人的，他一律贈送豐厚妝奩，堪爲皇城一大奇聞。

眾人不知，我心中卻是明白，甜蜜、心疼和苦澀並存著，心中五味雜陳。若有來生……若有來生，我想生在最尋常人家，以自己最美麗樣貌讓他先遇到我，兩人過著平淡而幸福的生活。

定宸太妃望了我一眼，滿臉欣羨道：「一生能得一知己足矣，姐姐這一輩子能有這樣一個深情男子愛著，眞是羨煞妹妹！」

「羨慕麼？」我淡然一笑，「這種咫尺天涯的苦，誰人知曉？有時候哀家才眞羨慕妹妹，能拋開一切及時行樂又何嘗不是件快事？」

「姐姐那是飽漢不知餓漢饑，妹妹生來便是奴才命，爲溫飽受盡屈辱，幸得姐姐提攜方才成了宮中嬪妃，日夜想著的便是如何討得皇上的歡心，如今皇上去了，只能幽居深宮，過著行屍走肉般的日子。活了二十幾個年頭，竟不知愛爲何物？沒有人愛過，也沒有愛過人……」

「妹妹……」我看著一臉淒涼的定宸太妃，不知該如何寬慰。

「太后娘娘，靖康王求見！」門外響起小全子的通傳聲。

那熟悉而挺拔的身影跨進，逕直走上前來，完全未理會定宸太妃，只把我上上下下打量了一番，關心道：「微臣見過太后娘娘！太后娘娘，您今兒個身子可好些了？」

我朝他淡淡一笑，眉目之間傳達的情誼我二人心知肚明。我微微低下頭去，輕聲道：「多謝靖康王爺關心，哀家今兒個覺著好多了！」

定宸太妃看看西寧楨宇，又看看我，眼中閃過了一絲詭異光芒。她起身笑道：「太后娘娘，嬪妾來了也有些時候，這就不打擾太后娘娘歇息了！」

定宸太妃走到屋中朝西寧楨宇福了一福，走至門口時又回首望了我二人，方才轉身出去。

靖康王爺不以爲意，逕自朝我寬慰道：「太后娘娘，皇上與微臣已盡力尋找那燕山紅玉，娘娘只管悉心養病，相信不日便會有好消息傳來！」

「哎，何必爲了哀家這點小毛病興師動眾、勞民傷財的呢？」我微歎了口氣，道：「有南御醫竭力調養，不日便、便會……」咳嗽再次發作，我忙取了絲帕輕捂著嘴。

西寧楨宇見狀著急萬分，趕緊端了桌上的水遞到我跟前，轉頭高喊：「秋霜，春桃，快些進來伺候太后娘娘！」

珠簾響動，卻不見有人上前。咳嗽平復之後，我抬頭望去，立於屋中的那身明黃，不是皇上卻又是誰？

「皇兒，你何時過來的？」我朝他微微一笑，招手示意他上前。

「兒臣處理完政事便趕過來探望母后，原來有人比朕還掛心母后的身子，看來倒是兒臣多餘了，兒臣告退！」皇上沉下臉，神色凝重又帶挑釁地看著西寧楨宇，語罷轉身拂袖而去。

「皇兒……皇兒……」我急急起身想要追上去，不料腳下一軟斜斜栽倒。

西寧楨宇疾步過來扶我起身，將我扶躺到貴妃椅上，迅速縮回手去，低聲勸道：「別追了，皇上長大了，由他去吧！」

我這才聞出不尋常的氣息，抬頭盯著西寧楨宇，著急問道：「怎麼回事？你和皇上這是怎麼啦？」

「沒、沒什麼！」西寧楨宇躲避著我的眼神，寬慰道：「不過是朝堂之上有些爭議，過了就沒事，你安心養病，莫擔憂。」

「西寧楨宇，你別瞞我，究竟怎麼回事？」我固執地追問，「你知道的，只要我想知道，即便你不說，我也有辦法得知的。」

「哎……你還是那般執拗！」西寧楨宇歎了口氣，頓了頓才道：「今兒早上得報，邊關有一股土匪擾民，疑是祁人所爲。皇上義憤填膺，力主調兵遣將大舉進攻祁朝，微臣極力反對。如今大局初定，百姓安居樂業，切不可隨意再燃戰火，因此微臣主張派人剿滅擾民土匪即可。雙方僵持不下，皇上甚爲不滿，提前退朝了！」

「靖康王爺，皇上乃少年天子難免氣傲，你可得要悉心引導才是啊，關係天下民生，切不可讓他由著性子胡來！」

「太后放心，微臣自當盡心竭力！」

朝中幾位重臣輔政，我名義上說是垂簾聽政，實則鮮少出現，眼下爲了戰事，我不得不帶病前往光明殿。

「皇太后駕到！」小玄子詫然看見扶靠小硃子胳膊蹣跚而至的我，忙高聲通傳道。

朝上眾人俱是一驚，皇上從龍椅上三步併作兩步迎前，親自扶我落坐珠簾之後的鳳椅，關切道：「母后，您怎麼過來了，您的身子……」

「不打緊的！皇上，快回坐龍椅吧！」我推開他的手，「聽說你們爲邊關戰事爭論幾日無果，哀家過來聽聽是怎麼回事。」

「哼！靖康王！」皇上低低冷哼一聲，轉身歸坐龍椅。

「關於祁朝土匪擾民一事今日再議，眾位愛卿有何高見？」皇上沉聲道。

「啓奏皇上。」西寧楨宇朝皇上恭敬一拱手。

「遲將軍，你有何高見？」皇上看也不看西寧楨宇，逕自打斷了他的話。

人群中走出一青年，一看服飾便知是武將。

小曲子低聲道：「太后娘娘，這是御前左營左威衛遲霖與遲將軍。」

「啓奏皇上，靖康王曾擊退祁軍，先皇尤一舉破了祁朝和異域的聯盟，如今祁朝賊心不死，待又來犯。依末將之見，皇上應即刻調兵遣將開赴邊關，剿滅祁朝賊人。」

皇上面露喜色，連連頷首。

「皇上，臣反對遲將軍之言。邊關小股土匪擾民，應即刻剿滅以保百姓安居樂業，怎可因土匪乃祁朝人士便大舉進犯，重開戰事！」西寧楨宇態度恭謹，話語卻是堅定有力。

「啓奏皇上，微臣以爲靖康王言之有理！」端木大夫附和道。

「祁朝素來雄心勃勃，對我朝富足之地窺伺已久，幾次三番犯境擾我百姓生活，是可忍，孰不可忍。末將願主動請纓，請皇上即刻下旨，末將定能剿滅賊人、打敗祁朝，剷除皇上心腹大患！」孫將軍態度堅決，義憤塡膺道。

「皇上……」

房丞相待要再言，皇上卻起手打斷眾人的話，「眾愛卿的這些話，朕都已經聽過了。」堂下眾人忙端正立定，躬身行禮道：「皇上英明，請皇上定奪！」

皇上微微轉頭瞟了我一眼。

我輕聲道：「皇兒，此事關係重大，容後再議吧。」

皇上點點頭，朝小玄子遞眼色示意。

小玄子高聲道：「皇上有旨，此事改日再議！眾卿家有事啓奏，無事退朝！」

「母后，您小心著點。」皇上親自扶我靠坐貴妃椅上，奴才們忙拿了引枕給我墊著。

我含笑朝他道：「皇兒昨兒個甩手而去，哀家還以爲皇兒生氣不理哀家了呢！原來卻是爲了此事與靖康王鬧意見啦？」

「母后！兒臣那不是……哎呀，兒臣都快急死了，母后您還在這兒取笑兒臣！」皇上拉著我的手，急道：「母后，您來評評理，您說這是不是靖康王的不是？」

「呵呵，聽皇兒之言，那你是主戰，靖康王是主和嘍？」我盈盈笑應。睿兒畢竟還是孩子，雖有著超年齡的成熟和穩重，但在我面前難免也有孩子性的時候。

「祁朝幾次三番侵擾我朝，朕想狠狠打擊一次，讓祁朝再無半點侵犯之心，好使邊關百姓安居樂業。」

「皇兒一心爲國爲民，哀家甚是欣慰。」我點點頭，沉聲道：「可是皇兒有沒想過上一次你父王已擊垮了祁朝和異域的聯盟，又因何不乘勝追擊打垮兩國，反要接受兩國和約而退兵呢？」

「這……」皇上蹙起眉望著我。

我溫柔地輕拍他的手，「皇兒初繼大統，雄心萬丈又憂國憂民，哀家能夠體會。可皇兒想過沒有？這兩年天下太平，百姓安居樂業，皇兒若然爲了一點爭端便重啓戰事，釀成血流成河、生靈塗炭局面，苦的是誰？還是黎民百姓！」

「母后，兒臣……」皇上眼中閃過瞭然的光芒。

「皇兒若眞想造福天下百姓，就該乘隙興修水利，鼓勵農商且減免賦稅，讓黎民百姓皆能過上富足安康的生活，天下百姓定會稱讚皇兒是明君！」我笑道：「靖康王是將臣，心直口快，說話並不討喜，可皇上要明白靖康王的一片苦心才是。」

「母后所言甚是，是兒臣處事不周。」皇上起身朝我恭敬行禮道。

「皇兒能明白靖康王的一片苦心，哀家亦甚欣慰！」我連連頷首，示意他趕快起身。

秋霜恰端了剛煎好的湯藥入內，皇上伸手接過，親自侍奉湯藥。他笨拙地用小勺舀起湯藥，輕輕吹吹，認眞地試過才送到我跟前，柔聲道：「母后，該用藥了。」

看著如此用心的睿兒，我心中溫暖無限，我的孩兒果已長大，懂得孝順我了，也漸漸不需要我的庇護了。

「太后娘娘，靖康王求見！」

「快請進來！」不待我答話，皇上已搶先道。

西寧楨宇進來時，看到已奉完湯藥端坐在旁的皇上，微愣一下，隨即上前見禮，「臣給太后娘娘，給皇上請安！」

「靖康王免禮，快快上座！」皇上滿臉含笑道：「朕年輕氣盛，行事鹵莽，所幸有靖康王從旁提點才避免兩國戰事重開，百姓生靈塗炭。今後朝政之事，還請靖康王多多提點！」

西寧楨宇聞言，立時跪在跟前，「皇上恕罪，是微臣心直口快，頂撞了皇上。皇上寬宏大量，不與微臣計較，乃是微臣的福分，謝皇上不罪之恩！」

「好啦，你們兩個！」我微笑道：「皇上憂國憂民，虛心受教，一心為黎民百姓著想，是為明君；靖康王不畏權勢，敢於直諫，是為忠臣。我大順皇朝有這樣的皇帝和大臣，是為大順百姓之福啊！」

看著兩人相視而笑，冰釋前嫌，我心中卻無半點輕鬆，有的只是一陣陣莫名的不安。

天氣日漸炎熱，雨季一過我的身子也慢慢康復好轉，加上南宮陽悉心調養，近幾日已可外出活動。

我斜臥貴妃椅上午憩，朦朧醒來時見身邊空無一人，這才想起午憩前已打發她們下去了。

獨自起身，開了窗才驚覺日頭已然沉落，只餘漫天晚霞給皇城灑上一層霞光，徐徐晚風吹來，透著絲絲涼意。

我轉頭喚道：「來人啊！伺候哀家去園子裡轉轉！」

未聞回音，卻有腳步聲靠近，那人躬身抬著胳膊立於我背後。我轉身將手放在那胳膊上，眼角轉過之處，卻見那人衣著……

我定睛一看不由愣住，忙倒退兩步，輕聲道：「靖康王，你怎麼跟哀家開這般玩笑？怎麼過來了也沒人通稟？」

「太后息怒，臣來時太后正歇著，是臣不讓她們吵醒太后娘娘的。」西寧楨宇見我認出了他，忙起身朝我行禮道。

我呵呵笑著，虛扶了西寧楨宇起身，「靖康王毋須這般客氣。哀家正欲去院中轉轉，不知靖康王可有興致一同前往？」

「能有幸陪太后娘娘逛園子，是微臣的福分！」

西寧楨宇忙喚了宮女們進來伺候，我扶了小全子的胳膊出門，沿著迴廊一路朝莫殤亭而去。奴才們早已打點好一切，大病初癒的我走了這會子又爬上這百餘臺階，未免氣喘吁吁。

西寧楨宇忙讓小全子和秋霜引我落坐大紅金繡絲墊，他才坐在旁座。待奴才們奉上瓜果糕點，我揮了揮手，示意眾人退下。

「靖康王，皇上一天天大了，不知這朝政之事如何？」

「太后娘娘儘管放心，皇上天資過人，加之這些年許太傅悉心教導，房閣老、端木大夫輔佐，皇上處理朝政早已駕輕就熟。經過上回太后娘娘從旁指點之後，皇上越加發奮，請娘娘不必擔心。」

我頷首而應，西寧楨宇並非浮誇之人，他說的話我自然相信，只是……

「靖康王爺啊，咱們一天天都老啦，這天下是年輕人的天下啦！」

「是啊，想當年皇上還是個孩子，成日裡吵著讓微臣教他練功，轉眼間已成堂堂一國之君，咱們也都是老骨頭了。依微臣所見，咱們該放手讓年輕人去施展才華才是！」

「呵呵……」我不由得會心笑道：「靖康王真是跟哀家想到一塊去了，哀家進宮整整十五個年頭，這些年已然疲憊不堪，早就想放手好好享享清福呢。」

「難得太后與微臣心靈相通，微臣正想奏請皇上，待明年開春就准微臣辭去輔政大臣一職。」

我頷首相應，「難得靖康王對權勢這般看得開。經過上回匪患一事後，本宮同在想，皇兒今已長大，他是皇上，再不是當初窩在哀家懷裡撒嬌的睿兒了。所謂伴君如伴虎，如今的皇上意氣風發，正想施展遠大抱負，咱們這些個守舊的老骨頭要是再攔著，只怕啊，就要討人嫌嘍！」

「微臣正是如此作想，故欲辭去官職並交出軍權，做個清清閒閒的靖康王，在家蒔花養魚，得空啊，再進宮來跟太后娘娘對弈敘話！」

「對弈？」我一樂，「好啊！小全子，擺棋！哀家今兒個就來會會這天下第一的戰場名將！」

「太后娘娘，您這不是激微臣麼？」西寧楨宇呵呵笑著，看我的眼神始終是那麼溫柔而深情。

他執黑，我執白，你來我往聚精會神地下著棋。不一會工夫，棋桌上已擺了滿滿一盤棋，我手心不由得膩出汗來，一時不察竟走錯一步，原本唾手可得的勝棋就要付諸東流。

西寧楨宇凝神半晌，舉手落棋。我面上一喜，他終是沒看出我失手，只消再下一著，他就回天乏術了，我抬頭朝他盈盈一笑，舉手便要放子。

「太后娘娘，你贏了！」

抬起頭來，恰捕抓住他眼中光芒，我一愣，收手將棋子扔將回去，「不玩了，靖康王爺明明看見了這步棋，卻存心讓我，沒意思！」

「呵呵，太后娘娘多慮了。」靖康王揮手示意小全子將棋盤撤下，替我倒了杯清茶，「勝敗乃兵家常事，微臣陪太后娘娘下棋，只願娘娘能開心，能換得娘娘盈盈一笑，輸贏又有何妨？」

「開心？」我反覆呢喃著西寧楨宇的話，陷入深深沉思。

是啊，如今的我貴爲當朝太后，垂簾聽政，凌駕一切之上，權傾天下，我本該開心，可是爲甚我的心總覺得空落落的？爲甚我沒感受到一絲一毫的幸福，有的只是無奈和倦怠呢？究竟，什麼才是我眞正想要的呢？

「靖康王身爲當朝唯一的異姓王，權勢熏天，擁有數不盡的奇珍異寶和妙齡美女，靖康王又開心麼？」我淡然一笑，反問道。

「開心？」西寧楨宇無奈地一笑，長歎了口氣，「這些年我活著的意義就是輔佐睿兒，如今睿兒承繼大統，日漸不再需要我了，我渾不知自己立於朝中尙有何用。王府內珍寶無數，美女如雲，可哪一人不是爲了討好本王，獲得寵愛奢望誕下王兒，繼承本王的一切。」

「西寧……」我上前拉了他的手，語重心長道：「王爺終究需要家人和妻兒的，總不能一人孤獨終老吧？王爺轉眼即至不惑之年，總該有人繼承爵位才是。」

「呵呵，那些女人又怎配替我西寧楨宇產子？馮婆婆替我把著關，除非我願意，任何人也不准有孕，我只要我鍾愛之人替我生兒育女。」西寧楨宇凝神看著我，「如果這一輩子注定命中無子無女，我西寧楨宇也認了！」

「西寧楨宇，你這又是何苦？你明明知道……」

「我明明知道我倆只是有緣無分，我明明知道這是我們之間的交易，一場遊戲而已，但我還是沒辦法控制我心中眞情！權勢、珍寶、美女……只引我越發空虛寂寞。」

西寧楨宇顫巍巍伸出手輕觸我的臉頰，眼中滿是柔情，喃喃自語道：「言言，我想要的只有你！」

時間在這一刻停止，曾經多麼羨慕晴姐姐擁有西寧楨宇的深情，如今這份深情近在眼前，唾手可得，偏偏……

「這場遊戲一旦開始，便沒了回頭路……」我轉過身去淡淡言道，珠淚淌落而下，心中之痛無法用言語形容，一陣陣激蕩開來，直延伸至四肢百骸。

「你撒謊！」西寧楨宇一把扳過我的身子，「你爲甚從來不肯面對、不願承認？你若眞如你說的那般無情，爲何你要落淚？」

「承認又能如何，不承認又能如何？」我低下頭去，嚶嚶抽泣起來，「你以爲先皇眞存那等好心，把你召回要封你做異姓王麼？」

「你、你是說……」西寧楨宇怔在當場。

「他這般做自然不是怕你造反，畢竟睿兒也是哀家的皇兒，哀家再狠毒也不會支持你而反睿兒。」

我幽幽歎了口氣，淒涼道：「他這般將你我捧得高高的，不過是爲了讓我二人完全暴露於文武百官之前，看得見卻觸不著彼此，彷若咫尺天涯，每日承受相思之苦。」

「哈哈……天下最痛苦之事，莫過於明明彼此相愛，卻又不能在一起。君王就是君王，天下最歹毒的計謀莫過於此！」西寧楨宇聽懂我的話，不禁愴然悲戚起來。

「若我二人眞眞有了私情，別說皇上，天下百姓皆容不下的……」我淚流滿面，痛心萬分，一字一句道：「西寧楨宇，死心吧！我們，沒有未來！」

我們相擁痛哭，卻是無奈到極點，最後還是西寧楨宇強撐著身子，輕輕替我拭去淚水，「言言，別傷心了。若我這輩子守在邊關，便眞是天涯海角，連死也見不上一面，今時至少還能偶爾見上一面以解相思之苦，也算是幸福了。」

「眞的麼？」我抬眼看見他眼中的眞情和篤定，呢喃道：「西寧楨宇，我莫言……何德何能得你如許深情。」

「言言，你知道麼？晴兒自小和我青梅竹馬，我眼中除了她誰也容不下。你在我眼中原不過是個表面溫柔優雅，實則機關算盡又心狠手辣的女人。我那時根本對你不屑一顧，甚至蔑視於你，可漸漸的，我在你身上瞧見尋常女子罕有的睿智，你識時務、知進退，計謀過人卻又寬厚善良，我同也察見你在這吃人後宮裡經歷過的無數痛苦和掙扎，心頭湧上的是難言的敬佩，還有……心疼！

「待我明白之時，乍然心慌不已，也曾試圖把你從心中趕走，卻是徒勞無功，越抗拒就陷得越深，越是不見到你便越掛念……

「晴兒是我不可磨滅的過去，我心中始終有她的存在，可你是我此刻眞心實意愛著的女人，先皇至死也不給我碰你的機會，可他卻忍心接連傷害你。既然他不讓我挨近你，那我就遠遠守著你、默默地愛著你，他若在天有靈，我定要讓他後悔當初那般殘忍待你！」

「西寧……」我心中升起一股暖流，看他的眼神也不由得添了幾分柔和。

「言言，兩情若在久長時，又豈在朝朝暮暮！」西寧楨宇伸手輕輕替我揩去頰上淚珠，柔聲道：「莫傷心，莫難過，我的心時時刻刻都守在你身邊，你永遠也不會孤獨寂寞！」他抬眼觀望天色，輕咳兩聲才道：「言言，時候不早了，夜露濕重，你大病初癒，還是早點歇著爲好。」

我破涕而笑，朝他微微點頭。

待我整好儀容，西寧楨宇才起身走至亭口，朝候在亭下的小全子說道：「天色已晚，伺候太后娘娘回宮！」

我扶了小全子的手臂，沿著白玉臺階緩步而下，身子骨猶顯虛弱，加之方才悲切哭泣，頭有些發暈，走到一半時竟不愼被衫裙絆住，一個趔趄，整個人便朝前倒去。

「啊！」我嚇得驚呼出聲。

「太后娘娘！」眾人一聲驚呼。

伺候在旁的小全子本能地伸手一抓，千鈞一髮間抓住了我袖口的繡飾。

乍鬆了口氣，卻聽得「嘶」的一聲，繡線碎裂聲讓眾人甫放落的心再次提吊上來，眼睜睜看著我就要倒下。

西寧楨宇身形一閃，在眾人驚呼聲中閃到我跟前穩穩接住，眾人才舒了口氣，急忙圍將上來。

「太后，您沒事吧？」西寧楨宇關懷地看著我。

我驚魂未定地瞧看眾人，吶吶說不出話來，迷茫看著周圍滿臉驚恐又問長問短的奴才們。

「都退開些，讓太后娘娘喘幾口氣！」西寧楨宇忙推開眾人，輕聲對我道：「太后娘娘深吸兩口氣，定定神。」

我閉眼深吸了兩口氣，穩持住心緒，甫道：「勞靖康王費心，哀家沒事了。」

「太后娘娘玉體虛弱，往後請多加小心，切莫自行外出為好。臣會經常前來探望，陪太后娘娘外出散步。」

「有勞靖康王，孝順母后是朕的職責，往後母后若要外出，由朕相伴便可，不敢勞駕靖康王！」

我循聲望去，那身明黃之色映入眼簾，正疾步踏上臺階朝我們行近。

「微臣叩見皇上！」

西寧楨宇忙扶我起身，準備喚奴才們上來，皇上卻已大步行至跟前，從西寧楨宇懷中扶了我過來，同小全子一起扶我緩步走下臺階。

走了幾步，皇上又轉頭道：「靖康王，煩勞你即刻派人請南宮陽過母后宮中。」

我扶著兩人下了臺階，卻在轉角處瞟見一道熟悉身影閃進林中，待我細細看去時又沒了影兒。

我自嘲地笑笑，看來眞是暈糊塗了，她這會子只怕正盡情玩樂著，哪有空來這偏僻之地啊，定是我眼花看錯了。

「南御醫，太后她怎麼樣？」皇上見南宮陽診脈畢，忙問道。

西寧楨宇同在旁一臉著急，等著南宮陽回話。

「回皇上，太后娘娘大病初癒，今雖受了驚嚇，幸並無大礙，微臣開兩帖安神湯，太后娘娘悉心調養幾日便可見好。」

眾人聽南宮陽如此一說，方才放心，西寧楨宇鬆了口氣，朝我微微一笑。

待小碌子隨南宮陽取藥去後，皇上轉身冷冷瞟了瞟宮中奴才，沉聲道：「你們是怎麼伺候太后娘娘的？一群庸才，陪太后娘娘逛園子也讓太后娘娘險些摔了，爾等該當何罪？」

一屋子奴才嚇得連連磕頭，口中高呼：「皇上息怒……皇上饒命！」

「皇兒，你就別爲難他們了，是……」我開口委婉勸道。

「母后，您別爲他們求情。」皇上截斷了我的話，「依朕看，就是平日裡母后太善心了，這些個奴才便越發不知輕重，連伺候主子的本分都忘了！」

「皇上饒命，皇上饒命啊！」

「看看你們這一群奴才，連太后娘娘的安危都顧不到，朕留你們何用？」皇上陰沉著臉，厲聲道：「來人，給朕拖下去重打！」

「皇上饒命啊，不是奴才們不用心，而是太后娘娘不讓奴才們伺候跟前……」跪在角落裡的小桂子見皇上動怒，情急之下顫聲吐出。

皇上臉色明顯沉下，眼中閃過一絲精光，「究竟怎麼回事？」

「回萬歲爺，太后娘娘想去園子裡呼吸些新鮮空氣，趕巧靖康王來了，就由奴才伺候著在莫殤亭中下棋閒聊，遣了他們遠遠候著。」小全子忙磕頭回道：「是奴才伺候太后娘娘不力，請皇上責罰！」

「不給你們賞些教訓，朕看你們是不會長記性的！」說罷高聲朝立於門口的小玄子道：「小玄子，傳朕旨意，太后娘娘宮中所有奴才罰俸一月，小全子伺候太后娘娘不力，責二十大板！」

「奴才遵旨！」

「謝皇上恩典！」奴才們磕頭謝恩。

「母后，您好生養病，兒臣晚些時候再來看您！」皇上朝我溫言道，睨了靖康王一眼，轉身離去。

「太后娘娘，您好生養病，微臣告退！」

西寧楨宇朝我拱了拱手，亦即轉身而去。

「哎喲，哎喲……」小全子躺在床上痛呼著，小碌子在旁邊細細地替他擦藥。

「衛公公怎就忍心讓奴才們把你打成這樣啊？」小碌子心疼道。

「衛公公是有特意交代，可小曲子同來跟奴才透過口風，說這事萬歲爺記在心上了，所以他們也不敢不上心。倘被萬歲爺發現，別說奴才這條命，就連他們也會性命不保。」

「小全子，苦了你啦。」我坐在旁邊心疼道：「你好生躺著，哀家會命南御醫幫你好生調養的。」

「太后娘娘恩典，奴才一點都不痛，眞的！」小全子聽我如此一說，忙寬慰我道，疼得裂牙切齒也不再呼痛。

「太后娘娘，您說皇上爲何執意要罰奴才們呢？」小碌子低聲問道。

「皇上這是殺雞儆猴哪！」我笑笑，「皇上明著打你們、罰你們，暗地卻是在警告哀家啊！」

「啊？」小碌子驚道：「難道皇上是在懷疑娘娘和……和靖康王麼？」

「也難怪，皇上看見娘娘在靖康王懷中，自然會……」小全子搖搖頭道：「可外人不知，奴才們卻是清楚的，太后娘娘和靖康王之間完全清清白白。先皇去了後，太后娘娘獨居莫殤宮中，皇上又成日裡忙於政事，能陪娘娘說句話的也就只有靖康王了。」

「小全子，別說了，你好好養病吧！」我慘然一笑，「往後靖康王可能不會常常進宮了，哀家還得靠你們陪著打發日子呢，你可要快些好起來。」

二人一聽，不由得紅了眼眶，心疼地看著我。

我別過頭去，淡淡吩咐道：「小碌子，如今宮中之事自有皇后打理，哀家說了也不算。你去哀家的庫房裡取些銀子出來，把奴才們被罰扣的那份銀子都補上吧。」

六十七　烈焰焚身

自那件事後，西寧楨宇很少於晝間進宮，只每待夜深人靜時方悄悄前來探望，與我說上一會子話才離去。

唯之後不久，宮中竟莫名鬧了一次盜賊，我細問之，皇兒說已經抓住盜賊，要我別擔心。宮中戒備因此變得森嚴，連同殿前侍衛營中也出現了許多新面孔。

管統領略有忌諱，西寧楨宇亦不敢時常趁夜入宮，我們越發將那份感情深埋心底，彼此格外珍惜相見的日子。

皇上依舊常來探望我，然而我們母子之間不知何時生了隔閡，話語之間皆透露著陌生，不若往常親暱。

倒是定宸太妃來我宮裡勤了許多。我含笑盯看坐在旁邊吃著冰鎮荔枝，一身素淨衣衫的定宸太妃，笑道：「妹妹近日清減了不少啊。」

「姐姐這不是取笑妹妹麼？」定宸太妃微微笑應，「那些個花天酒地、情呀愛的皆是虛幻之物，唯姐姐和我才是眞確實存的，這一輩子咱姐妹倆是注定要在宮中孤獨終老啦。」

我淡淡微笑，沒有答腔。

「妹妹聽說時常來宮中陪姐姐下棋敘話的靖康王近日不怎走動，這才巴巴的趕來陪著姐姐。」定宸太妃湊上前來，看著我道：「哎，男人都是這般喜新厭舊的。先皇對姐姐恩寵無比，最後卻親手逼殺了姐姐的龍胎，與姐姐幾乎形同陌路；靖康王當初對姐姐一往情深，今卻連看都不來看姐姐，指不定是被皇上前兒個賜的那些美人勾了魂去哩。」

我瞟了瞟定宸太妃，瞧她滿臉眞誠模樣，語氣中卻隱隱透著一絲幸災樂禍。待我仔細聽辨之時，她又關懷地說道：「姐姐切莫傷心，還是妹妹來與您爲伴吧！」

我暗暗自責，看來自己最近精神太過緊繃，弄得草木皆兵，竟連木蓮都懷疑起來。

「太后娘娘，水月宮那邊傳來消息，說是皇后娘娘病了，貌似、貌似是中毒……」小碌子急匆匆入內稟道。

「什麼？」我大吃一驚，站起身來，「小碌子，備轎！」

與定宸太妃相攜趕抵水月宮時，皇上早已候在跟前，南宮陽正替皇后施針。我默然走上前，皇上回望著我，我淡定地朝他伸出手去。

皇上眼中透出暖意，將手疊放我手上，我緊握他的手予他無聲支持。

定宸太妃在旁愣看著我們，走上前輕聲道：「皇后她……」

皇上轉頭睇看她一眼，做了個噤聲的手勢，又默默轉過頭去望著躺在床上的皇后。定宸太妃臉上閃過一絲受傷的表情，我忙伸手抓住她，朝她頷首示意，她勉強一笑，沒再多言。

待南宮陽施針畢，拿衣袖拭著額上的汗，皇上甫才急問：「南御醫，皇后她怎麼樣了？」

「回萬歲爺，皇后娘娘體內之毒已清除，悉心調養一些時日便可無事。」南宮陽恭敬回完話，退下開藥方去了。

我走近床榻，輕輕替皇后擦去額上薄汗。

皇后忽睜開眼，虛弱地喚了聲：「母后……」

「別動，快躺好！」我伸手撫了撫她的臉龐，「你現下覺得如何？」

「謝母后關心，臣妾好多了。」

「閉上眼，好好歇息。」我朝她和顏一笑，悄聲囑咐。

「木槿，你是皇后娘娘的貼身丫鬟，你說，這是怎麼回事？皇后娘娘今兒個都用了些什麼？好好的怎會中毒呢？」皇上臉色陰沉，話語中透出懾人的威嚴。

伺候跟前的奴才們嚇得「咚」的一聲全跪落在地。

某個著翠綠衣衫一看打扮就知是掌事宮女的，恭敬回道：「回萬歲爺，今兒午時宮內幾位主子都過來與皇后娘娘閒話家常，因著園子裡的金菊開了，娘娘與各位小主一道前去賞菊，返回後略感倦乏，便命小廚房上了些藥膳。皇后娘娘與幾位小主一同享用，幾位小主方才各自散歸。皇后主子困乏極了，奴婢伺候主子早早歇下，不料主子剛躺落就覺著肚疼，奴婢不敢大意，忙派人稟報皇上，急急請了御醫過來。」

「其他幾位主子可有中毒跡象？」立於皇上身側的定宸太妃突然開口問道。

「回稟太妃娘娘，奴婢已派人去幾位主子的殿裡探過了，幾位主子皆平安無事。」木槿恭敬回道。

定宸太妃聞言，啓道：「皇上，有人膽敢在宮中危害皇后的性命，此乃弒后之實，萬不可輕饒。當務之急是須即刻將小廚房的奴才們拿下，既是吃食問題，她們便成首要懷疑對象。」

「母妃所言甚是。」皇上沉吟少頃，吩咐道：「衛公公，即刻將皇后宮中小廚房的奴才們拿下！」

我眉頭輕蹙，對皇后道：「皇后，你好生調養，哀家明兒再來看你。」爾後起身走至皇上面前，細聲道：「皇兒別急，皇后今已安然無事，此事須從長計議，細細查證。哀家就先回去了，皇上切莫操勞過度。」

我說著朝門口走去，見定宸太妃並未跟上來，忙轉頭道：「妹妹，這些是孩兒們的事了，咱們老姐妹就別操這些心吧，哀家相信皇上和皇后娘娘會妥善處理的。」

定宸太妃這才點點頭，跟著走出，「姐姐所言甚是，既然園子裡的金菊開了，咱們老姐妹還是閒步賞菊去吧。」

我剛午憩起身，小全子便端來一盤糕點，笑道：「太后娘娘，這是新出爐的桂花糕，您請嘗嘗。」

我頷首而應，小全子甫用小刀將盤中花狀桂花糕切成幾小塊，自己試食過後方端來擺在我旁側小几上。

我伸手拾起小碟中的銀叉，叉了一小塊糕點放入口中細細品著，半晌才點頭笑道：「春桃手藝真是進步不少呀，自從彩衣出嫁後，哀家許久沒吃到這般爽口的糕點了。」

伺候在旁的小碌子笑道：「咱們的彩衣姑姑如今可是管夫人了，奴才聽說入夏之時她有了身子，這會子只怕是大腹便便，到明兒開春便要做娘啦。」

「是啊，哀家也時常惦記她呢。」我笑呵呵招呼了幾人過來，「都來嘗嘗你們春桃姑姑的手藝吧，雖比不上那要當娘的彩衣，但終是不差的。」

「什麼珍饈不錯啊，朕也嘗嘗。」爽朗之聲隨著那身明黃傳入，「能得母后親口稱讚的可不多，朕聽著口水都流出來了。」

我抬頭一看，跟在皇上背後進來的皇后忙趨前行禮道：「臣妾給母后請安，母后萬福金安！」

我呵呵笑著，示意奴才們扶她起來，「瞧瞧，還是兒媳婦孝順，哪像這孩子，見了哀家也不曉行禮哩。」

眾人齊聲笑著落坐，小全子忙又出去端了兩盤桂花糕進來。

「皇后身子可大好了？」

「多謝母后關心，臣妾身子已然見好。」

我點點頭，柔聲道：「皇后啊，這宮中人多事雜，比不得在家那會兒，你可得多加謹慎才是。」

「多謝母后關心，臣妾謹記在心！」

「哼，那些個毒婦，朕恨不得將她們全趕出去！」皇上忿忿然道。

「怎麼？那下毒之人可查到了？」我瞧他一副氣憤之狀，想來是有了結果。

「今兒個剛查出來，竟是同住一宮裡的郁嬪買通了皇后宮裡的粗使丫頭，趁小廚房無人之時對皇后下毒。本來是慢性毒藥照理不會那麼快發作，偏偏那日所用的藥膳之中有黨參作藥引，故立時便發作出來，若非奴才們心細，只怕……」

皇后紅了眼眶，低下頭去。

我長歎了一聲，寬慰道：「行了，皇兒，這會子皇后無事，你就別想太多了，往後啊，切得更加仔細些。」

「母后，聽說香山別苑的楓葉紅了，兒臣想帶皇后前去散心，順道瞧瞧那香山紅葉是否真如傳說中那般出奇美麗。」

「去吧，去吧。皇后大病初癒，皇上國事操勞，是需要好好散散心去。」我樂呵呵答應著。

兩人又陪我閒聊好一陣，問候過我的身子並定下賞楓行程後，方才離去。

「小碌子，去打聽打聽，皇后中毒一事究是何如。」

「回太后，方才衛公公已悄悄告訴奴才了，聽說這事還是定宸太妃查出的。」小碌子邊察看我的臉色，邊小心翼翼道。

「哦？」我驚了一下，隨即又呵呵笑道：「看來定宸太妃真是閒不住啊。小碌子，去告訴衛公公，閒來無事時，該給定宸太妃換點新鮮花樣玩玩。」

小碌子嘿嘿一笑，答應著退出。

轉眼已近年關，皇上頒下旨意，年三十夜裡要大擺宴席，邀請皇親國戚和朝中重臣同樂。內務府早早就開始準備，因著這是皇后頭一次操辦盛宴，自然很是上心，緊張之下便過來朝我請旨。

我本想親自指點於她，不想天氣乍變，咳嗽的老毛病又犯，連著幾日皆咳得頭暈眼花出不了門，定宸太妃遂主動請纓過去幫忙。

所幸南宮陽先行研出治療法子，沒多久我的身子轉好，再過去看時，定宸太妃已然幫著把筵席準備妥帖。

年三十轉眼即至，我午憩剛起身，春桃便帶人進來伺候梳洗，替我梳好頭，又命奴才們將宮裝一套套舉著展於我跟前，「太后娘娘，今兒晚宴您想穿哪一套宮裝啊？」

我掃看眼前新製的幾套宮裝，一眼便相中了那套青色金絲錦團繡鳳宮裝，伸手一指，奴才們便舉上前來伺候我著裝。

打扮妥當的時候，定宸太妃恰也來到。我二人還未說上幾句話，皇上便就進來道：「母后，母妃，時辰已到，該上殿了。」

「太后娘娘，定宸太妃，皇上，皇后娘娘駕到！」通傳的小太監尖聲唱道。

我四人緩步踏入殿中，西寧楨宇和房丞相、端木大夫等要臣帶了眾人齊齊跪拜道：「微臣拜見皇上、太后娘娘、太妃娘娘、皇后娘娘，皇上萬歲萬歲萬萬歲！娘娘千歲千歲千千歲！」

「平身！」皇上一臉喜氣洋洋。

眾人又謝過恩，甫起身入座。正殿右側端坐著朝中重臣，靖康王自然坐在右首位，近旁則是房丞相、端木大夫。因著皇上乃新皇，宮中嬪妃不多，皇后便下了懿旨准許朝中大臣攜夫人出席，因此正殿左側此時也坐得滿滿的，嬪妃們與背後的夫人凡是母女的皆頻頻相望，眉目之中傳遞著親情。

皇上尊口開宴，眾人跟著喝將起來，幾杯下肚後就不那麼拘束了，皇上高聲與眾臣談笑，這廂嬪妃們也與命婦們閒敘一番。

階下坐於位首的西寧楨宇口中談笑風生，卻不時朝我瞟來，眼瞳滿透刻骨的相思痛，如流星劃過夜空轉瞬不見。

我心頭一酸，喉嚨彷彿哽著硬物，鼻子微微發酸，眸中升起一團霧氣，含在口中的糕點難能嚥下。

「姐姐，今兒個大喜日子，大家喝得這等盡興，咱們姐妹倆也滿飲一杯吧。」定宸太妃兩杯下肚，臉頰微酡，親自替我斟滿了酒。

我愣生生扯開嘴角，露出一抹苦笑，端起桌上酒杯朝定宸太妃一舉，仰頭飲盡，放杯之時卻見西寧楨宇正凝視於我。口中烈酒直燒到胃中，嗆得我幾乎流出淚，眼底深處閃現悲哀之色，忽地斂住不讓人察知。

從他俯首執起酒壺不停往蓮花金盞中注入又仰頭暢飲的急切之狀，我知曉他看見了。怕自己難以自持，我匆匆別過頭去和定宸太妃閒說幾句，又連誇皇后賢慧。

定宸太妃忙笑道：「皇后，還不快向太后敬酒。」說著又將我杯中斟滿，我笑著飲下。

皇上興致頗高，傳了歌舞助興。樂聲乍起，便有一女子身著輕紗舞衫，在伴舞眾人的簇擁下緩緩盈步登臺，聞樂起舞，纖長明透的裙帶隨著旋轉漫天飛舞，飄逸之姿美若流雲，贏得一片喝彩。

我因心中苦悶，在定宸太妃勸說下又連飲兩杯，竟覺著頭有些眩暈，不由得伸手揉了揉。

定宸太妃忙關心道：「姐姐，您鳳體初癒，不宜操勞，宴會怕是還會熱鬧好些時候呢，妹妹命人送姐姐到偏殿歇一歇吧。」

我眩暈得厲害，便點了點頭，由春桃扶了從後殿退出。偏殿倒也不小，裝飾素淨，春桃伺候我躺下，輕聲道：「太后，您先躺會兒，奴婢令小全子在外間守著，奴婢回去給您煎湯藥送來。」

我本不想在大過年裡服用湯藥，命人從昨兒個起便停了藥，如今看來卻是非服不可了。我點點頭不再說話，靠入柔軟被褥間。

不曉過得多久，朦朧之際耳邊傳來一陣雜亂腳步聲，眼前倏地亮了起來。我皺皺眉頭，瞇著眼喚道：「春桃……」

回應我的卻是一陣抽泣聲，我驀地想起此處並非莫殤宮而是寧壽宮偏殿，忙睜開眼，轉過頭卻赫見床前圍了一堆太監、宮女，簇擁著皇上立在跟前。

我頭疼欲裂，奇怪道：「皇兒，哀家這是怎麼啦？」

「怎麼啦？」皇上冷眼看著我，又斜瞟了旁邊一眼，「朕也想問問母后，這是怎麼回事呢！」

我心下乍驚，慌得坐起身，猛地察覺自己竟然衣衫不整，忙拉了錦被捂著。詫見床前跪了一男子僅著裡衫，我定睛看去卻駭出一身冷汗，失聲道：「靖康王？你怎麼……」

西寧楨宇冒出涔涔冷汗，重重朝皇上磕了個響頭，勉強道：「皇上，微臣……」恍覺再作萬般解釋皆是枉然，他已吐說不出半個字。

皇上氣得渾身發抖，看看西寧楨宇，又轉過臉來瞪視於我，眼中似要噴出火來，冷冷道：「母后，您太令兒臣失望了！任別人怎生胡傳，兒臣只是不信，想不到……」

此時我已猜知發生什麼事了，想不到如今深居簡出的我也有人欲加陷害。

我慘然一笑，喃喃道：「皇兒，哀家是被奸人所害！」

皇上內心波濤洶湧，胸膛劇烈起伏著。皇后見勢不妙，輕喚了聲「皇上」，待要再勸之際，皇上驟然發作，厲聲喝道：「衛公公，傳掖庭令！」

皇后聞言瞅看我一眼，滿臉擔憂，又喚了聲：「皇上……」

皇上惡狠狠瞪著靖康王，殺意頓生，但又硬是壓了下去，凜聲道：「靖康王酒後無狀，御前失儀，著閉門思過。沒有朕的旨意，不許踏出王府大門一步！」

思過？這是明擺著的圈禁，但我仍是鬆了口氣。

小玄子忙上前提醒呆跪在地上的西寧楨宇，「王爺，快快謝恩！」

西寧楨宇狀似未聞，僵在原地。小玄子遞了眼色，小曲子忙帶人上來攙著西寧楨宇磕了個頭，架起他朝外而去。

直到門口之時，西寧楨宇才淡淡開口道：「皇上，微臣本想待開春請辭，不想皇上連這幾日也等不了了。」

皇上周身一怔，愣在當場，半晌才道：「衛公公，太后娘娘重病臥床不起，需於莫殤宮靜心調養，沒有朕的旨意，任何人不得前往打擾！」

皇上瞥看我一眼，毅然決然地轉身而去。我頓覺心如死灰，手足發軟，一動也動不得，只愣愣仰看著床頂。

混沌間回轉宮中，由奴才們伺候著。任憑小碌子等人怎樣勸說，我從此不再言語，如行屍走肉般活著，最常做的便是靜坐窗前向外呆望。

「太后娘娘，定宸太妃來了。」小碌子慌慌忙忙掀了簾子進來，見呆坐在窗前的我，遲疑有頃，才又道：「太后主子，要不，奴才這就出去婉言謝絕太妃娘娘的探望？」

我眼中閃過精光，驟地收緊十指又緩緩放開去，淡淡言道：「小碌子，你退下吧，定宸太妃既然要來，又豈是你能阻止得了的？」

「還是姐姐瞭解妹妹啊！」定宸太妃跨入屋內，朝小碌子吩咐道：「退下！」

小碌子望向我，我頷首而應，小碌子甫才躬身退出。

今兒個的定宸太妃一身絳紅繡金宮裝堪稱風姿迷人，滿頭青絲綰成精巧的富貴流雲髻，髮間一支赤金珊瑚簪，映得面若芙蓉，眉目間盡顯得意之色。

「姐姐，您身子可好些了？」她一臉意氣風發，笑盈盈湊上前來。

「哀家好著呢，不勞定宸太妃操心。」我溫聲應道，雙眼冷覷著她，直看進她心裡，彷彿要把她看穿似的。

她眼中閃過心虛之色，隨又恢復鎮定，老大不客氣地逕自落坐旁側的楠木椅，語帶不屑道：「事到如今，太后娘娘還有甚架子可端哩？」

我不吭聲，猶緊盯住她。她想端起几上茶杯呷上一口定定心神，發顫之手卻怎麼也端不起茶杯，在杯托中抖得「喟喟」直響。

我嘴角露出一抹冷笑，她正巧撞見，忍不住怒從中來，索性將手中茶杯往几上一磕。茶杯登時傾斜流出茶水，沿著紋路盈滿几邊，蓄積有頃終是溢出，涓涓滴至地上。

「木蓮，哀家自認待你不薄，你為何要陷害哀家？」我平靜問道。

「呵呵，不薄麼？的確是不薄！」定宸太妃冷冷一笑，隨即斂了神色，「我早就對太后說過，人的欲望是無窮盡的，有了皇子便有了野心，可你偏偏不信，說什麼你的皇兒便是我的皇兒，把皇上自小就放在我跟前共同養育。這麼多年來，我與皇上的感情可半點不比你淺薄，我待皇上才是真正盡到了一個做母親的責任，爲甚只有你一人能做太后，我就只能是太妃呢？」

「太后？太妃？純粹是個虛名而已。哀家給了你所有別人想都不敢想的，你卻仍是背叛了哀家，究竟爲何？」

「爲何？就是因爲你口中所謂的別人想都不敢想的榮耀，就是你口中那言辭鑿鑿的善良！」木蓮忿忿然道，頭一次在我面前吐訴出她深藏心中的話語。

「你成日裡打著善待的名義將我放在身邊，讓我看著你的幸福、你的榮耀，在你的光環下受著無盡的煎熬。先皇在世之時，你十餘年寵冠六宮，無人能及，即便先皇疑心你與西寧楨宇有染，亦只逼迫你喝下了湯藥，無論我在他身邊如何煽風點火，他終是捨不得對你痛下殺手，甚至時刻掛記於你。即使他不去莫殤宮看你，也只是在他人身上尋找你的影子，甚至暗地裡傳了你宮裡的宮女，詢問你每日的作息和身體狀況。」

我驚愣在當場，全身顫慄著，想不到我耿耿於懷的事，中間還有這許多隱情，想不到他竟……竟對我這樣上心，用情至深！

曾經是那麼刻骨地感激著他，畢竟除了娘，他是第一個給我溫暖的人，曾經只想陪伴他一生一世，只是後來的我們，各自束縛於自己的立場而漸行漸遠。

驀然想起先皇臨終前那句未完之語，此時想來，他定然是想問我：「言言，朕只想知道，你有沒有眞的愛過朕？」

我腦中忽地一片空白，喉頭哽咽著，鼻酸至極，淚如泉湧無法抑止，激動得渾身癱軟跌坐在地。

我半晌才痛呼出聲：「皇上……肅郎……臣妾是愛你的，的的確確愛過你的……眞的愛過……」話音未落便啞然失笑，聲音隨之戛然而止，沙啞得連自己也不信自己說的是實話，明明是我活生生將皇上氣得吐血。

「擁有了先皇的獨寵你還不滿足，又勾引大順皇朝第一勇將靖康王。靖康王竟也無法自拔地愛上你，爲了你這個他人之婦至今未娶，更未留下一男半女，甚至爲了你落得離鄉背井、無依無靠、孤獨終老的下場！」

「什麼？」呆坐在地的我詫異萬分，失聲嚷道：「你胡說！這怎麼可能，皇兒他……」

定宸太妃朝我得意一笑，「昨日皇上親赴靖康王府，靖康王就於今兒早朝之時奏請皇上准其辭官隱居山野，皇上當場便准了奏。莫言，因爲你的自私，害慘了兩個深愛著你的男人！」

我倏地抬頭，忿忿看著她，冷聲道：「你胡說，是你！是你嫉妒哀家擁有的一切，是你一手導致了他們的悲劇，你才是那個劊子手！」

「不錯，是我命人令先皇沉迷酒色，是我讓人設計陷害你和靖康王的，可追根究柢，禍根還是你，逼迫我不得不下此毒手的人是你！你如願做了皇太后，可我呢？僅僅是個太妃，你與西寧楨宇情長意綿之時，我卻只能依靠宮中男寵頹廢度日。就連皇上……

「皇上還是皇子之時，你終日裡忙於爭寵，是我把睿兒養育成人，可如今呢，他眼中幾時有過定宸太妃，有的還是你這個皇太后！你不過落下個咳疾病根，皇上和靖康王便傾盡全力，只爲尋那塊燕山紅玉。而我呢，我就算死在長樂宮中怕也無人問津，為何如此天差地別？我不甘心，不甘心！」

我看著幾已陷入半瘋狂的定宸太妃，淡淡笑道：「木蓮，你誠然是這宮中最精明的女人，可你機關算盡之餘，最終又得到了什麼呢？」

「至少我可以不用生活在你的陰影之下，不用想到先皇對你的濃寵，不用看著你眼角那片被靖康王的愛情滋潤著的柔情春色，不用成日裡看著皇上和皇后對你噓寒問暖，孝順有加……」定宸太妃咬牙切齒道：「至少我不用在你的光芒下暗自傷神，銀牙咬碎，夜不能寐！」

「眞的不用了麼？」我咯咯笑著，「只要哀家在這莫殤宮中一天，你哪能越過哀家去呢，簡直癡人說夢！」

「哈哈，莫言，你到底太過天眞，今歲已是皇睿二年，你怎還做著皇肅年間的美夢？年輕氣盛的萬歲爺怎看得過自己最敬愛的母后與最尊敬的師傅通姦？大順皇朝聖明之君又豈會容得下自己有個淫蕩無恥的母后呢？」定宸太妃眼中盡顯得意之色，轉頭朝門外高聲道：「衛公公，還不快進來！」

珠簾響動，小玄子一身正裝宮服緩步走入，神色凝重，眼中滿是痛楚。跟在背後的小曲子手持托盤中，竟擺著白玉壺和一只白玉杯。

小玄子會親自過來，自然就是皇上的意思了。我站起身來，淡淡看了定宸太妃一眼，輕笑道：「難怪定宸太妃一副勝券在握之樣，想來促使皇上下此決心，定宸太妃定然功不可沒。」

定宸太妃冷哼一聲，「太后娘娘，請吧！」

我看也不看她，只盯著小玄子問道：「衛公公，皇上可有說什麼？」

小玄子搖了搖頭，黯然應言：「回太后娘娘，皇上命奴才將鴆酒送過來，什麼也沒交代，只留下一道口諭，讓奴才明兒一早昭告天下！」

「什麼口諭？」

小玄子突然「咚」的跪落在地，失聲痛哭道：「太后娘娘，皇上、皇上命奴才明兒一早……明兒一早昭告天下：太后娘娘暴病而亡！」

我一個踉蹌連退幾步，跌坐在背後的楠木椅上，慘然一笑，「哀家的好皇兒，好皇上，天下百姓的明君！哀家死而無憾！」

「別再裝出與世無爭、一派淡然的模樣啦，莫言，你的自私害了兩個男人，你自私地欺騙皇上，我不過是讓皇上看清你的眞面目，讓你得到應有的報應！」定宸太妃哈哈大笑，一臉癡狂，「莫言，你終於消失在我眼前，總算不再攔阻我的路了，哈哈哈……」

我木然癱坐地上，先皇臨終痛心遺憾的神情以及西寧楨宇筵席上刻骨相思的眼神，交錯浮現在我腦中。是啊，多麼優秀的兩個男子，因爲我這樣一個心狠手辣、自私自利的女人，一個含恨而去，一個卻要孤獨終老！

心中萬念俱灰，痛極反笑。我咯咯笑著盯視於定宸太妃，直笑得她心裡發毛，偏頭躲開我的眼神，才低聲道：「木蓮，定宸太妃，哀家成全你！」

「你……」定宸太妃一頭霧水，怔怔回看著我。

「宮鬥，宮鬥！宮還在，鬥怎會休止呢？哀家鬥贏了所有人，卻輸給了一個不起眼的小人！木蓮，哀家只願你永遠都是贏的那一個，只願你永遠也別後悔！」我在她驚愕神情中，轉過頭輕聲道：「小玄子，傳哀家懿旨：尊定宸太妃爲定宸太后，居長樂宮！」

眾人登時忘了呼吸，屋子裡一片死寂。

我緩步走近小曲子，優雅地伸出纖纖玉指端起盤中白玉杯，仰頭一飲而盡。

在眾人的痛呼聲中，我意識逐漸模糊，恍又回到了守在山洞口等候西寧楨宇打獵歸來的日子，那樣簡樸卻又那樣確實的幸福……

宮中沉悶的鐘聲再次響起，皇太后殯天，帝悲切，追封為莊懿孝誠皇太后，親自入殮，葬於靈山。百日之後，奉莊懿孝誠皇太后臨終懿旨，尊定宸太妃為定宸太后！

六十八　柳暗花明

我坐在木屋外的樹墩上，淙淙溪水明澈照人，迂迴於腳邊。雜花生樹，飛鳥穿林，雲霧濛濛的空氣中飄蕩著恬淡花香，只見那百花深處鳥兒成群飛來飛去，爭鳴不已，好一派宜人的旖旎春光。

是的，我沒有死去，葬在靈山的不過是宮中意外身亡的侍女。我的自私狠狠傷害了身邊愛我的人，可我的一念之仁卻救了我自己。

當初我用南宮陽的藥暗渡陳倉救了端木雨，如今皇上用南宮陽的藥偷梁換柱將我送到辭官隱居的西寧楨宇身邊。

三天後醒來之時，置身於顛簸的馬車中，我虛弱地掀開簾子，映入眼簾的是那個熟悉的背影。我長吁了口氣，復又躺回去，再次陷入沉睡，嘴邊浮上一絲暖暖笑意。

西寧楨宇帶我來到這風景如畫之地，經過一段時日的調養，我的身子已然康復。

今兒一早趁他外出之時，我步出木屋，坐在溪邊樹墩上，欣賞這如詩如畫的美景，感受久違的輕鬆愜意。溪中有不知名的小魚正自在地游來游去，我含笑凝視著幸福的魚兒。是的，幸福！魚兒是幸福的，我，亦然。

「言言，你在看什麼？」西寧楨宇不知何時已經回來，他蹲在背後輕攬著我，將一束鮮花放到我面前，「送給你！」

「好漂亮！」我忍不住讚道，這一大把鮮花開得嬌豔欲滴，香氣沁鼻，晶瑩水珠於花瓣上滾動著，在朝陽照映下益顯剔透。

想不到他竟有這等心思。我伸手接過，雙頰酡紅，微低下頭柔聲道：「謝謝！」

「清晨露氣重，你身子骨又弱，當心寒氣入體，還是先進去吧！」他狀似未發覺我嬌羞之態，蹙著眉，邊說邊扶我起身。

二人踏著木階，朝依古樹而建的木屋走去。

瞧他這等小心翼翼的樣子，我心中無限溫暖，朝他莞爾一笑，「我哪有你說的那般嬌弱啊？我的身子早就痊癒了！」

「上回就害你落下了咳疾病根，這次定得要萬分小心才是。此處空氣潮濕，若你身子不適，我再帶你去別的地方。」

西寧楨宇扶了我落坐屋中的竹椅，倒了杯溫水遞到我手中，「等你身子再好些，我就帶你去尋燕山紅玉。」

「不用！」我含笑凝看他，搖了搖頭，「我喜歡這裡，有你陪著我，我就覺得很幸福了，不需要什麼燕山紅玉。」

西寧楨宇輕握住我的手，眉目間滿懷柔情，「可我希望你好！」

「有你在身邊，比什麼都好！」我反握著他的手，「黃榜有尋燕山紅玉，只怕那些人爲了賞賜不擇手段，我不想你涉險。」

「不會的，我……」西寧楨宇忽想起甚緊要之事，驟地放開我的手，轉身到櫃裡取來一只錦盒放在我手中，「這是皇上那日裡到我府中之時，親口囑託讓我轉交予你的。前些日子忙著替你調養身子，倒把這事給忘了。」

「眞的麼？」我喜出望外地接過來，心中喜憂參半，很想知道睿兒留了什麼給我，又有些怕知道……

我在西寧楨宇鼓勵的眼神下，用鎖匙啓開了錦盒。

盒中放著一封信，信上有一塊拇指大小的鑲紅美玉。我將玉握在手中，鑲紅的玉竟倏地變得紅豔，彷若活過來似的，玉中隱有玉液緩緩流動，不消說，這定然是燕山紅玉了。

我慌忙拿起信打開來，卻是一封睿兒寫給我的信：

母后，您定要把握幸福，無論如何，孩兒永遠都敬愛您！

贈燕山紅玉一塊，願母后玉體安康！

睿兒敬上

寥寥數語卻是字字鑽心，晶瑩淚珠在眼中打轉，我含淚欲滴。
「怎麼啦？言言，你這是……」西寧楨宇驚慌失措地急問道。
我默默將信遞將過去，他一把抓去，迅速瀏覽一遍，甫緩緩鬆了口氣。
沉默有頃，他緩緩伸手擁我入懷，「言言，我一定會讓你幸福。我們不能辜負了睿兒這一番苦心，定要長相廝守！」
我再忍不住心中煎熬，痛哭出聲，「我不值得你這般對我好，我、我欺騙了你！」
「我知道。」他柔聲哄道。
「你不知道，我說的是、是睿兒他……」我終忍不住喊出了心中的祕密。
「我知道！」他溫柔如故。
「嗄！」我怔在當場，震驚萬分地愣看著他，忘了哭泣，也忘了呼吸。
西寧楨宇滿臉含笑，深情望著我，伸手替我揩去頰上淚珠，一字一句篤定道：「我知道的！」
「你、你何時得知的？」我遲疑著。
「那不重要。」
「那，你和睿兒合計好了賜我鴆酒？」我疑惑著。
「我們都很愛你，希望你幸福！」他避重就輕地回答。
「睿兒他怎麼會……」
「彩衣找過他，他什麼都知道。」

「睿兒找你時，你們都說了些什麼？」

「那不重要！」西寧楨宇再次擁我入懷，「你別再像個好奇寶寶問個不停了。言言，換我來問你吧，你還欠我個孩兒，你說，該怎麼辦？」

「怎麼辦？」我的腦子還停留在方才的震驚之中，尚未轉過彎來。

「還能怎麼辦？生一個還我唄！」西寧楨宇一把抱起呆愣著的我，朝內室走去。

我回過神來，微微掙扎著，「這大白天的，你、你怎可……」

「怎麼不行？反正也沒有別人，況且你今已是我名正言順的妻子！」西寧楨宇將我放倒床榻之上，整個人壓了上來。

「可是……」我抵住他的胸膛，西寧楨宇卻不再言語，猛地低頭含住我喋喋不休的小嘴，濕熱的舌尖在我唇間打轉。

我腦中早已化成一團漿糊，忘了方才想說的話，伸手摟住他的脖子，嚶嚀一聲，熱切地回應著他。

西寧楨宇猛地抬起頭來，喘著粗氣，貌似努力隱忍什麼，咬牙切齒道：「你確定你的身子已經完全好了？」

我莞爾一笑，主動勾他的脖子，整個人貼了上去，吻住他性感的雙唇。

他低咒一聲，將我壓向被褥之中，伸手拉開了我腰間的裙帶……

番外：木蓮獨語

我在一片清脆的鳥鳴聲中朦朧醒轉，恍然驚覺，又是一年春來到。不知道莫殤宮中的櫻花是否繁華依舊？

「太后娘娘，今兒午後您想做何為樂啊？」小恩子上來伺候我起身，替我梳洗更衣畢，小心問道。

「又是春天啦，不知那片櫻花是否還那麼招人喜愛……」我對小恩子的話恍若未聞，輕聲呢喃著，頓了一下又轉頭吩咐道：「小恩子，等會子陪哀家去莫殤宮賞櫻吧！」

小恩子愣了愣，隨即躬身答道：「是，太后娘娘！」

我伸手端起几上的參湯，用銀勺輕輕攪拌，喝了幾小口才發現向來侍奉在旁的小喜子竟不見蹤影，遂隨口問道：「小喜子呢？怎麼不見蹤影？」

「回太后娘娘的話，方才喜公公喚奴才進來侍奉，說是有些乏了，想歇息一會子。奴才這就去請喜公公！」

「成了，你扶我去吧！」我喚住作勢要朝殿外而去的小恩子。

「是，太后娘娘！」

小恩子答應著，轉身到屏風後取來披風為我披上，躬身抬手引我出門，沿著迴廊往宮門方向行去。

午後陽光暖洋洋照著大地，奴才們午憩也還未起身，除了偶爾的鳥鳴，院子裡靜悄一片。

扶著小恩子的手路過偏殿之時，聽得殿中傳來一陣熟悉的嬌喘聲。我心下一沉，駐步而立，那令人面紅耳赤的呻吟斷斷續續傳入耳中。

小恩子欲言又止，終在我嚴厲眸光下默然垂首退至一旁。我緩步走至窗前，抬手想推開窗，手剛觸上窗沿卻不自主又停下來，過得許久，終是不忍讓那殘忍事實映入眼簾，我緩緩將手放落。

「春桃，你叫啊！快，叫出聲來，大聲叫……」熟悉的聲音如魔音貫耳般直刺我心，冰凍了心中那最後一絲念想。

我心下一陣悲哀，不禁暗暗自嘲，還存甚奢望呢？這長樂宮中除了他，又還能有誰呢？只是沒想到另外那個，卻是春桃。

我不禁想起莫言去了後，我將春桃喚來身邊的一番對話。

「春桃，如今你面前有兩條路可選，一是到我跟前來侍奉我，二是隨你的老主子去，到陰間好好侍奉她。」我笑盈盈看著春桃，「哀家給你個機會，你自個兒選吧！」

「回太后娘娘的話，奴婢只是個奴才，是不能自選去留的，請太后娘娘示下！」春桃向我端正磕了個頭，恭敬答道：「若太后娘娘讓奴婢去侍奉老主子，那奴婢就爲老主子盡了忠，奴婢到死也會感激太后娘娘；若太后娘娘留了奴婢在身邊侍奉，那太后娘娘就是奴婢的主子，爲主子盡忠是奴婢的本分！」

好個心思玲瓏的丫頭，回答得眞是好，好得讓人無半點破綻可尋，既維護了舊主子也不開罪於我。

自從梅香去了後，我身邊少了個伶俐丫頭，遂便留下她。只是，身邊有小喜子，我不願讓她太過親近，畢竟她是她的宮人，我再中意也不能不防。

「唔……奴婢、奴婢不敢！」春桃狀似痛苦地隱忍壓抑，嬌喘著斷斷續續道：「太后娘娘睡著了也是睜著半隻眼看著你的，若是讓她知道了……」

「寶貝兒，乖，她這會子正與周公下棋呢！」小喜子低聲哄著，「你別緊張，慢慢放鬆來！」

「嗯，啊……」春桃終是嬌呼出聲。

「啊！」小喜子粗喘了幾口氣，低吼一聲，「我……我受不了了！」

一陣猛烈的床榻搖擺聲響，隨著一浪高過一浪的淫叫聲，最終都化爲一聲滿足的歎息，而後復歸於平靜。

我驀然轉身，緩緩轉過迴廊步出宮門，往莫殤宮而去。小恩子自是猜知發生何事，不敢多言，只緊緊跟在我背後尾隨而至。

我攏了攏披風，坐在院中櫻樹下莫言生前常坐的那張鏤空雕花楠木椅上，滿園櫻花繁華似錦，清香依然。

莫殤宮中一切如舊，皇上特旨，不准任何人動園中一草一木，派人悉心照料，至今一如莫言生前景貌，只是……人面不知何處去，櫻花依舊笑春風！

莫言啊莫言，你始終是我無法超越，只能仰慕的大山。

就算你不守婦德，可你仍舊是他最寵愛的女人。雖然人人皆道他終生念念不忘的是薛皇后，可我卻知他對薛皇后不過是內疚而已，對你才是眞正的愛，是男人對女人那種愛情！

莫言啊莫言，即便你不是個好母親，可你仍舊是睿兒心目中最愛的娘親，他爲你保全聲譽，更爲你保留了莫殤宮，無論我怎麼努力，依然只能活在你的陰影之下。

我原本以爲，只要你不在了，睿兒便會全心全意尊敬於我，孝順我。如今我終於明瞭，你活著時我爭不過你，你死了，我連同你爭的機會也沒有了。

誠如你所說，太后、太妃，皆不過是個虛名而已，宮鬥、宮鬥，宮還在，鬥怎會休止呢？我看著你鬥贏了所有人，最終我鬥贏了你，可我，仍舊鬥不過我自己！

你的一生，有皇上的恩寵，靖康王的愛戀，睿兒的孝順，而我呢？我的一生卑賤而痛苦，只是個長得像薛皇后的替代品，只是你手邊的一顆棋子……

我一直不肯承認的事實，隱忍已久的落寞和悲哀終於爆發開，鋪天蓋地席捲了我，壓得我快透不過氣來。

我望著滿園你癡迷不已的櫻花，呢喃道：「莊懿孝誠太后在世之時，最愛的便是用這滿園櫻花釀製櫻花釀。今時物是人非，若還能飲上一杯姐姐親手釀製的美酒，該多好啊！」

「莫殤宮每日早晚內務府必派奴才過來打理，酒窖中定然還有封存的櫻花釀，太后娘娘有此雅興，奴才這就去取！」默默侍奉在旁的小恩子答應著朝後院奔去。

看著他迅速隱入院落中，直奔通往後院酒窖的那條捷徑，彷若對園內一切熟悉無比。我娥眉輕蹙，若有所思地望著小恩子消失在林中的背影。

「太后娘娘，請您品品這三年陳釀的美酒！」

我回過神，氣喘吁吁的小恩子已奉上櫻花釀，替我滿斟了一杯，香醇的酒香自杯中蔓延開來。

我怔怔望著他，輕笑道：「嗯，小恩子，你辦事越來越可靠了。先放著吧！」

「是，太后娘娘！」

「你先去替哀家辦件事吧！」我揮手示意他上前，在他耳邊低聲吩咐道。

小恩子臉上閃過一絲訝色，復歸平靜，垂首恭敬答道：「是，太后娘娘，奴才這就去辦！」

小恩子答應著轉身而去，小喜子已帶了春桃迎面過來，趨前給我行過禮。

小喜子一臉討好道：「太后娘娘，您過莫殤宮賞櫻花，怎也不叫奴才在旁侍奉呢？旁人粗手粗腳，倘惹惱娘娘，可就壞了娘娘賞花的情趣哩！」

「是麼，哀家倒覺著小恩子侍奉得挺好的！」我瞟了他一眼，如常答道。

小喜子自討了個沒趣，也不敢多言，只尷尬地恭立一旁。

我瞥了一眼立於背後不遠處的春桃，又朝小喜子道：「況且喜公公午憩尚未起身，哀家不想累壞了喜公公！」

「太后娘娘恕罪！」小喜子「咚」的跪落我跟前，顫聲答道：「侍奉太后娘娘是奴才的本分，奴才不敢喊累！」

「嗯。」我淡淡應了一聲，不露半分喜怒。

小喜子只當我惱他未在跟前侍奉，立時便厚了臉皮，躬身上前低聲笑道：「這早春的天挺涼的，奴才睡了一下午也沒暖被窩，不知娘娘可曾睡好了？要不，奴才回去替娘娘暖暖被窩？」

一股嫌厭之情油然而生，我倏地覺得眼前的小喜子教人憎惡，真有些不明白往日裡究竟是中意他什麼來著？

我冷哼一聲，「怎麼，春桃那丫頭還替喜公公暖不了被窩麼？要不要本宮把屋裡頭的丫頭們都叫過來給喜公公暖被窩啊？」

小喜子怔在當場，臉上閃過一絲錯愕，又跪倒在我跟前，磕頭不止。

只見他冷汗淋淋，連聲道：「太后娘娘饒命啊！都是春桃那丫頭勾引奴才，奴才不依，那丫頭卻給奴才下了春藥，奴才無可奈何，這才……」

「春桃，是這樣的麼？」我轉頭冷覷著臉色發白、額頭早冒出一層冷汗的春桃。

「哼！不要臉的東西，敢做不敢當！」春桃冷哼一聲，當場跪道：「太后娘娘既已知曉，要殺要剮悉聽尊便！」

我看看痛哭流涕著連連磕頭求饒的小喜子，又看看一臉淡然、視死如歸的春桃，長歎一聲，揮手示意早已按我旨意備好湯藥的小恩子走上前來。

「春桃，你當眞不怕死麼？」我盯著她，惋惜道：「你該知曉宮女不守婦德的下場，你若如實道來，哀家定會還你個公道！」

「公道？」春桃彷若聽見無稽之言，輕蔑地看著我，「這宮裡還有公道可講麼？若眞有公道，太后娘娘不早該下十八層地獄了？」

「不識好歹！」我沉下臉色，示意小恩子將湯藥端至春桃跟前，「你不怕死，哀家就成全你！」

春桃愣愣盯著那碗湯藥，愴然悲道：「主子，奴婢無能，終究不能給您報仇雪恨！奴婢這就過去侍奉您，任由您處置，奴婢絕無怨言！」說罷，毅然決然地伸手端了那碗湯藥，仰頭一飲而盡！

「哈哈！」我冷笑出聲，「你終於說出來了！這兩年，你忍辱偷生跟在我身旁，就是爲了找機會給你的舊主子報仇吧？」

「不錯！」春桃狠狠瞪著我，「我只恨沒手刃了你這忘恩負義的淫婦！莊懿孝誠太后娘娘對你恩重如山，你卻恩將仇報！且等著吧，我殺不了你，總會有人替主子報仇雪恨的！」

「哼！她究竟給了你們何等好處，讓你們這樣死心塌地跟著她，至死也忘不了？」我忿忿然道：「你想死？想去侍奉她麼？哼，哀家偏偏不給你這等機會！」

「你知道你方才所喝的是甚麼？」

「是甚？難道不是你命人熬製的毒藥麼？」春桃聽我如此一問，不免目露驚慌。

「你還眞是想死！」我仰頭哈哈大笑，「你勾引了哀家的男人，哀家會這樣輕易就讓你死了麼？」

「不用緊張，不要害怕！那只是碗替你打消後顧之憂的藏紅花罷了！」

「你！」春桃這才眞正恐懼起來，雙唇顫抖不已，半晌也沒吐出一句話。

我心中怒意瞬間爆發，高聲喚道：「來人啊！將這賤人送到軍中，讓她做千人騎、萬人枕的軍妓。」

我恨恨地瞪視她，滿意地看著她臉上血色一點點退盡，「你口口聲聲罵哀家淫婦，哀家就成全你，做個眞正的淫婦，把你勾引男人的本領儘管使出來吧！」

「不，不！」春桃看著慢慢逼向她的太監，終是抵不住心中的恐懼，起身奮力朝櫻花樹撞去。

滿地櫻花被殷紅染開，妖豔而美麗。

小喜子嚇呆了，瞧我但笑不語的模樣，越發害怕起來，連連求饒：「太后娘娘饒命，奴才知罪，求娘娘饒命！」

「快住了！」我厲聲喝斷他令人厭煩不已的叨叨求饒，問道：「小喜子，你跟著本宮也有些年頭了吧？」

小喜子微愣一下，隨即小心翼翼答道：「是，太后娘娘，奴才記得剛進宮那年，太后娘娘正與莊懿孝誠太后一同賞櫻呢，算算到今年，奴才跟在娘娘身邊整整十年了！」

我點點頭，陷入深深沉思，「嗯，哀家進宮二十有三年了，比莊懿孝誠太后還要早三年，算算，哀家這一輩子，你也陪伴哀家跟前不少年啦。」

「能跟在娘娘身邊，是奴才的福分！」

「福分麼？」我淡淡一笑，「若哀家有日死於非命，你也會像春桃那般費盡心力替哀家報仇雪恨麼？」

「會的，會的，爲了太后娘娘，奴才粉身碎骨、肝腦塗地，在所不惜！」小喜子拚命磕頭保證道。

「嗯，你有這份心，哀家也就滿意了！」我揮了揮手，「你出宮去吧，走得遠遠的，去一個沒人認識你的地方，隱姓埋名，安安穩穩地過完後半輩子！」

「啊？」小喜子愣在當場，滿臉訝色望著我。

「快去吧，帶上你所有的家私！」我平靜地看著他，「趁哀家還未後悔前！」

小喜子這才相信我所言非虛，一抹欣喜之色湧上臉頰，連連磕頭道：「謝太后娘娘，謝太后娘娘！太后娘娘的大恩大德，奴才永世不忘！」

我看著小喜子背影消失在迴廊轉角處甫才收回目光，不緊不慢端起旁邊几上那杯櫻花釀，轉頭對小恩子說道：「小恩子，這是莊懿孝誠太后親手釀製的櫻花釀，珍貴無比，今兒個哀家就賞賜你一杯！」

小恩子忙跪在跟前，雙眼緊盯我手中的白玉杯，顫聲道：「奴才恐慌，這是莊懿孝誠太后親手釀製，區區奴才之身豈敢受此恩賜！」

「喝了它！」我雙目炯炯盯著他，厲聲喝道。

小恩子欲言又止，抖著手接過酒杯，咬牙一飲而盡！

「好樣的！眞不愧是忠義無比的好奴才！」我開口誇讚道，又歎了口氣，「小恩子，莊懿孝誠太后故去後，這宮中，哀家連個說貼心話的人都沒有了，今兒個你就陪哀家說說知心話吧！」

「是，太后娘娘！」小恩子笑應，「這是奴才的福分！」

我指了指旁邊的椅子，「坐吧！」

小恩子也不客氣，朝我謝過恩，一屁股坐在雕花楠木椅上，問道：「太后娘娘，您想說什麼呢？」

「小恩子，你來哀家身邊也有兩年了，哀家還不曉得你的名字呢？你叫什麼名字呀？」

「懷恩，奴才名叫懷恩！」

「懷恩，好名字！」我展顏一笑，「心懷感恩！」

「她究竟有甚好？為甚你們一個個這般惦記著她，甘願為她而死？」我心中悲戚不已。

「沒有為甚，她是奴才的主子，從一而終！」

「哀家知道，春桃是她宮裡的姑姑，可你呢，你又是誰？哀家從未在莫殤宮中見過你！」我不禁狐疑著。

「奴才的師傅，莊懿孝誠太后喚他小碌子！」

「小碌子？」我眉頭緊鎖，「他不是被皇上派去靈山守衛莊懿孝誠太后的陵墓了麼？」

「師傅說，莊懿孝誠太后實是被她最信任的姐妹出賣，被逼服毒自盡的……」小恩子嘴角溢出一絲黑血，淒然道：「奴才想知道，太后娘娘是何時開始懷疑奴才的？」

「就在今天！」我不冷不熱地答道：「方才你刻意引哀家從偏殿而過時，哀家只疑惑著，明明可以穿堂而出，你卻為何偏選了偏殿那條迴廊。」

「太后娘娘心思縝密，奴才望塵莫及！」小恩子取出白色絲絹，細細拭去嘴角血絲，輕笑道：「娘娘又是如何得知奴才在酒中下了毒？」

「這才是你眞正讓哀家生疑之處，哀家對莫殤宮熟悉到閉著眼也能行走，你一個奴才又從何得知那條通往酒窖的捷徑呢？若不是莫殤宮裡有頭有臉的奴才，斷然不會知道此路，哀家不過存心試試，沒想到你眞的……」

「百密而一疏，這小小的疏忽竟令奴才功虧一簣！」小恩子自嘲一笑，「奴才方才還得意地想著，努力了兩年總算抓到了這樣個大好機會！」

「兩年，你從一個內務府派來掃院落的粗使奴才，一步步爬至哀家身邊做了一等太監，心思不可謂不縝密，用心不可謂不良苦！」

「可惜奴才不中用，仍舊……嘔！」小恩子嘔出一大口鮮血，奮力擠出最後一句話來，「仍舊……不能替莊懿孝誠太后討回公道！」

我閉眼深吸了口氣，對著在春風裡逐漸冰涼的屍體，低聲呢喃道：「誰對？誰錯？誰好？誰壞？在這後宮從無公平與公道，有的只是主子的喜怒哀樂，有的只是無休無止的爭鬥！活著，努力地活著，且活得好、活得尊貴無比才是最重要的！」

我獨自坐在櫻花林中，思緒越飄越遠，猶記得那時候……

那時候誰都以爲我不過是浣衣局的一個粗使宮女，只有我自己知道，我心裡頭懷著一個夢……

（全文完）

鬥無可鬥，返璞歸真——作者後記

很小的時候，我就喜歡看宮廷劇，總羨慕後宮裡皇后嬪妃們錦衣玉食、雍容華貴又榮光萬丈的生活，更恨自己生不逢時，沒有那樣的機會榮光一回。漸漸長大，才知道那光鮮亮麗背後的辛酸血淚，也才知曉了「宮鬥」一詞。

說到宮鬥，便不得不提香港TVB那部具有劃時代意義，被譽為宮鬥劇始祖和經典的《金枝慾孽》。正是透過該劇，我才深深體會到，原來女人間的戰爭不見刀槍、不見硝煙，卻能比諸政壇上男人們的角逐更見殘酷無情、驚心動魄。也就是從那時，我深深迷戀上了宮鬥，無論電視或小說皆不放過，每每感歎之餘，總會去探究嬪妃們爭鬥手段和計謀的邏輯合理性，進而產生強烈的寫作欲望。

《棄女成凰》（簡體版原名《殤宮：宿命皇后》）講述的是一段卑微宮妃的奮鬥史。經由這名宮妃耍盡心計，從末品庶妃爭寵借勢一步步走上權力之巔，入主中宮，最終成為太后的過程，意在向讀者展示最真實細膩且最禁得起邏輯思維推敲的宮鬥小說。女主角莫言從最開始的不爭，到後來自動去爭；從最初善良到連隻螞蟻也不願踩死，到後來泯滅良心的下毒陷害、借種偷情、弒君奪位，其權傾天下的歷程幾乎是在史書上占一席之位的宮妃們的成長血淚史。非善類的女主角照樣能夠魅力勾人，引起眾人的共鳴和疼惜！

《棄女成凰》中除了女主角莫言，還有個我想特別提說的女性人物，即是宸妃木蓮。身分卑賤的木蓮就是這樣一位教我又愛又恨的宮妃，我甚至爲了她最後的歸宿夜不能寐，輾轉反側。她趨炎附勢、機關算盡，不達目的誓不甘休，甚至得不到就要毀滅的狠毒讓我恨得咬牙切齒，可她的卑賤無奈，內心深處對情愛的奢望卻又教我心疼不已。如果說莫言的成長史是後宮主子嬪妃的成長史，那麼木蓮，便是千千萬萬被充入後宮那些卑賤宮女之典型。殊異的上位之路，卻同樣令人難忘！

《棄女成凰》於我心裡，在莫言弒君奪位、被尊爲太后之時便已是結局。然而，問盡天下女人心，不外乎皆是「願得一心人，白首不相離」，也許，高處不勝寒，返璞歸眞才是最大的幸福。是以，我成全了那顆女人心，也願每一位品閱《棄女成凰》的女子能得一心人，白首不相離！

作者　木子西

書於二〇一三年三月二十五日

國家圖書館出版品預行編目資料

棄女成凰（卷五）夙夢回翔／木子西著；── 初版．
── 臺中市：好讀，2013.10

面：　公分，──（真小說；34）（木子西作品集；5）

ISBN 978-986-178-290-4（平裝）

857.7　　　　　102005099

好讀出版

真小說 34

棄女成凰（卷五）夙夢回翔

作　　者／木子西
總 編 輯／鄧茵茵
文字編輯／林碧瑩
美術編輯／鄭年亨
行銷企畫／陳昶文

發 行 所／好讀出版有限公司
台中市 407 西屯區何厝里 19 鄰大有街 13 號
TEL:04-23157795　FAX:04-23144188
http://howdo.morningstar.com.tw
（如對本書編輯或內容有意見，請來電或上網告訴我們）
法律顧問／甘龍強律師

戶名：知己圖書股份有限公司
劃撥專線：15062393
服務專線：04-23595819 轉 230
傳真專線：04-23597123
E-mail：service@morningstar.com.tw
如需詳細出版書目、訂書，歡迎洽詢
晨星網路書店 http://www.morningstar.com.tw

印刷／上好印刷股份有限公司 TEL:04-23150280
初版／西元 2013 年 10 月 1 日
定價：220 元
如有破損或裝訂錯誤，請寄回台中市 407 工業區 30 路 1 號更換（好讀倉儲部收）

Published by How-Do Publishing Co., Ltd.
2013 Printed in Taiwan

ISBN 978-986-178-290-4

情感小說 · 專屬讀者回函

書名：棄女成凰（卷五）夙夢回翔

姓名：________________ 性別：□男 □女 生日：______年______月______日

教育程度：________________________

職業：□學生 □教師 □一般職員 □企業主管

□家庭主婦 □自由業 □醫護 □軍警 □其他________________________

電子郵件信箱（e-mail）：______________________ 電話：________________

聯絡地址：□□□ ____

您怎麼發現這本書的？

□書店 □____________ 網路書店 □朋友推薦 □____________網站／網友推薦

□其他____

買這本書的原因是

□內容題材深得我心 □價格便宜 □封面與內頁設計很優 □其他____________

您閱讀此本小說的原因：□喜愛作者 □喜歡情感小說 □值得收藏 □想收繁體版

□其他____

您喜歡閱讀情感小說的原因

□打發時間 □滿足想像 □欣賞作者文采 □抒解心情 □其他________________

您不喜歡哪類情感小說的情節設定

□人人都愛女主角 □女主角萬能 □劇情太俗套 □太狗血 □虐戀 □黑幫

□其他____

最無法忍受的主角人物關係

□父女 □師生 □兄妹 □姊弟戀 □人獸 □ BL □其他________________

您最常接觸情感小說的方式

□購買實體書 □租書店 □在實體書店閱讀 □圖書館借閱 □在______________

網站瀏覽 □其他____

您喜歡的情感小說種類（可複選）

□宮廷 □武俠 □架空 □歷史 □奇幻 □種田 □校園 □都會 □穿越 □修仙

□台灣言情 □其他____

推薦你喜歡的情感小說作者或作品（多多益善喔）

____

您還對本書還有其他想法嗎？請通通告訴我們：

____

請填妥後對折黏貼，直接投郵即可，無須貼郵票。

廣告回函
台灣中區郵政管理局
登記證第 3877 號
免貼郵票

好讀出版有限公司　編輯部收

407 台中市西屯區何厝里大有街 13 號

電話：04-23157795-6　傳真：04-23144188

沿虛線對折

填 問 卷， 送 好 書

詳填此張讀者回函，並附上 40 元郵票（寄書郵資），即送您好書

中視八點檔大戲｜傾世皇妃原著小說｜林心如主演

《傾世皇妃（上）一寸情思千萬縷》

定價：250 元

數量有限，送完為止

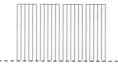